U0902745

Staread
星文文化

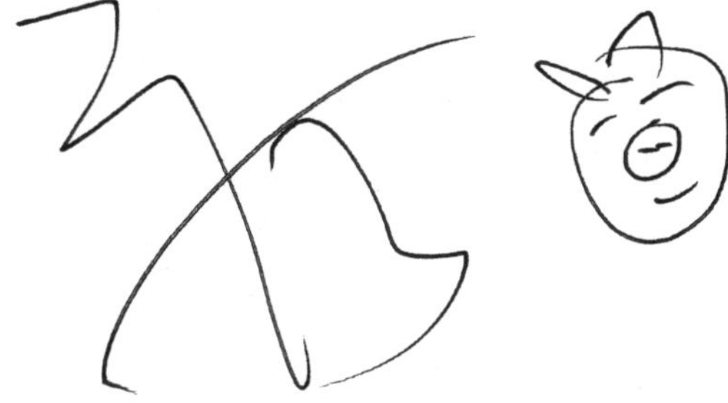

唐缺 著

浙江出版联合集团
浙江文艺出版社

图书在版编目（CIP）数据

九州·黑暗之子 / 唐缺著. -- 杭州：浙江文艺出版社，2018.6

ISBN 978-7-5339-5316-4

Ⅰ. ①九… Ⅱ. ①唐… Ⅲ. ①中篇小说—小说集—中国—当代 Ⅳ. ① I247.5

中国版本图书馆 CIP 数据核字（2018）第 095122 号

九州·黑暗之子

JIUZHOU · HEI'AN ZHI ZI

唐缺 著

责任编辑 瞿昌林
责任印制 朱毅平

出版发行 浙江文艺出版社
地　　址 杭州市体育场路 347 号
印　　刷 三河市嘉科万达彩色印刷有限公司
经　　销 浙江省新华书店集团有限公司
开　　本 700 毫米 ×1000 毫米 1/16
字　　数 229 千字
印　　张 16
版　　次 2018 年 6 月第 1 版
印　　次 2018 年 6 月第 1 次印刷
书　　号 ISBN 978-7-5339-5316-4
定　　价 39.80 元

序言

唐缺

在写“九州”的作者里，我大概是良心最坏的一个，因为我总是喜欢绕开设定。在我看来，设定对小说的束缚过重，就好比戴着镣铐跳舞，舞者气喘吁吁、鲜血淋漓，跳到最后只剩下镣铐在叮当作响。

绕开设定的做法，最开始还谨小慎微、如履薄冰，一点一点地尝试，就好像拿着鱼干去逗一只陌生的猫，不知道这只肥猫到底是会惬意地躺在膝盖上任你摆布，还是会一个不高兴就挠你个满脸开花。后来我终于发现，这只猫完全睡着了——原来压根儿就没人来管我呀。分析起来是这么回事，编辑们未必乐意看到设定被扔到一旁，千怪万怪就得怪写“九州”的人实在是太少了，能凑出几篇稿子都不容易，再拿设定门槛卡一卡，那简直就没活路了。所以唐缺固然很可恶，但为了不让杂志开天窗，就姑且让他由着性子胡闹吧。

于是我从2006年开始胡闹到现在，一晃多年过去了，绕开设定的手法也像小偷摸钱包一样越来越熟练，越来越放肆。所谓“绕开”，只是一个冠冕的说法，其本质就是抛开设定、扔掉设定，让小说回归到本质。这样的做法自然有人喜欢、有人不喜欢，但对我而言，能看到许多对“九州”设定不太了解或者完全不了解的读者，可以毫无障碍地从我的小说开始进入“九州”世界，那是十分欣慰的一件事。

我一直都在讲，我不求构建世界，不求描摹地图，不求完善魔法书，不求在历史年表里留下自己的足迹，只想做一个死说书的，老老实实地说故事。既然扔掉了设定，就只能在小说本身多下点功夫，努力寻找各种各样的题材。

不止一次有人问我，你写了那么多“九州”——快三百万字了——有没有觉得腻？有没有觉得写不下去？坦率地说，没有。我以为“九州”是一个无限广阔的世界，信手拈来一点元素就能扩展成小说，而且能呈现出千姿百态的不同风味。这个世界不应该只局限于王朝争霸，还能有更多的视角，更多不一样的东西。

所以有一天，我突然想写一个发生在九州的恐怖故事。我开始设想一个阴郁的清晨，一间不起眼的小客栈，一起离奇血腥的惨案，一个令人不寒而栗的恐怖传说。这只是一个惊悚故事的开头，那还不足够，因为它还需要浓烈的九州气息，成为一个只能在九州发生的故事，于是我又引入了魅的元素。我一直以为，九州六族中，最具浪漫色彩的种族就是魅族，在这个种族身上，可以延展出许多的表达。

这就是《黑暗之子》这本书的同题小说，也是系列故事的第一篇。在那以后，又陆续以相同的主人公写出了《童谣》《神罚》和《花逝》。在我写过的各种系列中篇里，我尤其偏爱这个系列。悬疑、惊悚、恐怖只是这些故事的外皮，人心才是隐藏在黑暗背后的终极谜题。爱情、仇恨、亲情、感恩……一切的情感，都可能是悲剧的源头，也可能是希望的开端。人们纠结于无穷无尽的欲望，又最终在欲望中迷失与觉醒。这是我喜欢的小说，也是我想写和一直在写的小说。

《黑暗之子》的故事以魅族为开端，后面又陆续出现了羽人、鲛人、河络等其他的种族，这也是我写作“九州”小说的一个爱好。过去的“九州”小说里，出现最多的是人族，其次是羽人。当然，这两个种族的人长得最漂亮，或者说，最符合地球人的日常审美，也最适合读者进行自我代入，但只有这两个种族是不够的。我很喜欢把笔墨花在其他的种族身上，尝试着去描绘他们的生活，他们的心灵，他们的爱与恨。不同的种族性格和思维模式，可以碰撞出十分激烈的火花，这一点，可以在这本小说里看到。

小说中的两位主人公是青石城的捕快，所以一切故事都从青石这座牲畜贸易发达的小城发端，但每一桩案件的线索都往往会牵涉其他城市，其他地理元素，这是我的另一个爱好。想要通过一篇小说来描述九州的全貌是不可能的，但我们可以尽可能地展现这个世界更多的风貌，天文、地理、种族、人文、历史……每一篇“九州”小说，都是一块碎片，可以独立成篇，有着自己的美丽光芒，但把它们拼在一起，就是“九州”了。

目录

神　罚　　111

花如烟的脸就浸泡在水晶瓶里，容颜宛然，栩栩如生，仿佛还在轻启朱唇唱出美妙的歌曲。岑旷忍不住想，你要是还能说话就好了，就能告诉我凶手到底是谁了。

花　逝　　175

那个黑影陡然跪倒在地上，面对散落一地的枯萎花瓣，爆发出凄惨的哭声，那哭声中似乎饱含着人世间所有的悲凉和愤恨、所有的哀伤和痛苦，那哭声在暗夜的空气中如河流般奔涌，将黑夜的色彩染得墨一般浓重沉滞。

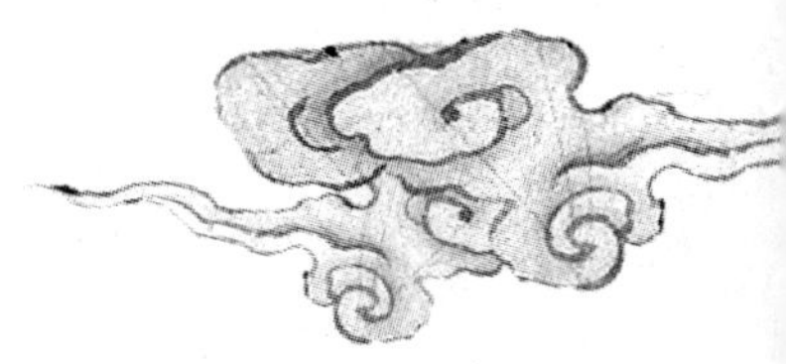

黑暗之子

一个狂风怒号的夜晚，青石城发生了一起骇人听闻的凶杀案，一家客栈老板死于非命，但凶案现场却出现了一幕很多人连噩梦中都很难见到的景象。

楔子

那个女人在一个阳光灿烂的午后来到青石城。她艰难地挺着大肚子，手提一个小小的包袱，沿路打听着泰升客栈。当抬头看见客栈的招牌时，她苍白的脸上露出了一丝满意的笑容，然后做了一个动作——从怀里掏出一条丝巾，把自己的脸遮了起来。当然，这个动作不算新鲜，青石的牲畜贸易发达，空气中总飘飞着动物的毛絮以及隐隐约约的牲口臭气，蒙住口鼻的女人在这座城里很常见。

女人进入客栈，开了房，把自己关在了屋内。这一天直到天黑，也没有人见她出来过，连晚饭都没有吃。

"兴许是要生孩子了，疼得吃不下吧。"饶舌的伙计甲说。

"也真奇怪了，挺着那么大的肚子，居然还一个人赶路。现在可不是什么太平盛世。"饶舌的伙计乙接口说。

"孕妇其实还算安全了，这要是个年轻漂亮的妞儿，说不定就被你这样的人劫色了。"两个人说笑起来，话题很快转移到了令他们感兴趣的方向，这个孕妇被他们抛在脑后。

当天夜里青石城狂风怒号，牛马骡子臭烘烘的气味随着流动的空气席卷了青石的每一个角落。人们都闭门不出，在呼啸的风声中做着不安的梦。这一夜，泰升客栈究竟发生了什么，无人知晓。

第二天清晨，泰升客栈的伙计们发现，他们的老板杜万里并没有像往常那样早起巡视。最初他们并没有在意，继续做着自己的事情，但直到日上三竿，杜万里还没有现身，伙计们开始感到有些不对。

之前提到过的那个饶舌的伙计甲，找了个借口去敲杜万里的房门，但

他的手还没有碰到门板，鼻端就隐隐闻到一股奇怪的味道。那个味道，像是……血腥。

他心里一紧，忙伸手推门，但房门紧闭，推不开。与此同时，伙计甲发现门缝下方有点什么东西腻腻地粘在那里。

血。真的是血。他慌忙扯起嗓子大声喊人，然后连踹了几脚，用力把房门踹开。呈现在他和其他刚刚赶到的人们面前的，是一幕连噩梦中都很难见到的景象。

杜万里躺在地上一动不动，身子浸在血泊中，双手握成拳放在胸前，看来是活不成了的。在他的身边，并头躺着昨天刚刚住进店的那个孕妇。这个女人也死了，死状却远比杜万里残酷和恐怖，因为她的肚子被剖开了。这满地的鲜血，都是从她的身体里流出的。一把短刀就扔在她身旁。很难有人忍住不转身呕吐，有几个人直接晕了过去。但伙计甲的确比一般人胆大，在干呕了几声后，他小心翼翼地踩着地板上没有血迹的地方进去，捏着鼻子靠近了两人。

他这才发现，死者的表情都很奇怪。杜万里的胸口有个很深的伤口，但脸上并没有带着临死前的恐慌，也没有被杀的惊惶或愤怒。他似乎是带着某种如释重负的感觉死去的，就像是终于完成了一个萦绕已久的心愿。他的双手紧紧握成拳，事后仵作掰断了几根手指，才把那拳头分开。除此之外，不能忽视的是他的双眼。这个死人的双目瞪得几乎快要裂开，仿佛还在直视着某样东西，某样让他绝对不敢相信会在这个世界上存在的东西。

与之相比，女人的面容显得更加平静，不再有血色的面庞上带着一丝浓得抹不去的悲哀，翘起的嘴角却在做出略带幸福的微笑。

这样的两张脸让伙计甲很不舒服。他擦擦额头不断冒出的冷汗，正准备转身出去，眼角的余光突然捕捉到了一丝异样的动静。

他停止转身，视线像被磁石吸引一样，定在了女人肚腹上的伤口处。

伤口在动！

伙计甲觉得自己浑身的汗毛都竖起来了。他揉了揉眼睛，再定睛一看，没错，伤口真的在缓缓蠕动。没等他反应过来，从伤口里忽然冒出了一只血淋淋的小手，那是一只细嫩的婴儿的手。

这只手奋力地扒开伤口，紧跟着，一个婴儿的头钻了出来。

那一刻，被吓得魂不附体的伙计与满身血污的婴儿对望了一眼。然后伙计甲崩溃地、用足以把胸腔震破的声音歇斯底里地尖叫了起来。

“他在笑！”他疯狂地大喊着，用仿佛不属于自己的尖厉声音大喊着，“他在笑！他在笑！”

一 

戚飞在一个阳光灿烂的午后死去。当时他并没有意识到自己的死亡，还从地上跳将起来，一把抓向站在自己面前的强盗。但他的手指轻飘飘地穿过了对方的胸膛，就像穿过一阵和煦的微风，而强盗也完全没有理会他，只是往地上看了一眼，招呼自己的同伴说：“他已经死了！”

戚飞难以置信地缩回拳头，顺着强盗的目光向地上看去。那里躺着一个浑身鲜血的年轻人，双目圆睁，犹带怒容，脖子呈现出一种怪异的扭曲状态，上面还有一道深深的刀口。戚飞一看就傻眼了：这不就是我吗？

强盗走过去，翻开戚飞的包袱，把里面的银毫、铜锱（戚飞穷得没有金铢）和一只手镯都拿走了。那是一只玉镯子，是戚飞的未婚妻在他临行前送给他的。戚飞大呼小叫，试图阻止他，但对方根本无法意识到他的存在。

后来强盗离开了，戚飞眼泪汪汪地跪在地上，一次次徒劳地试图捡起被强盗扔在地上又狠狠踩了几脚的书籍。强盗说：“狗日的，还是个文士呢，那么凶，抓出我一胳膊的血印子！”

再后来戚飞终于明白过来了，自己的手碰不到强盗的身体，也碰不到地上的书，也碰不到未婚妻的手镯，因为自己和上述事物已经分属两个世界。地上那具尸体提醒了他：自己已经死了，现在戚飞是一个魂。

一个人刚生下来的时候，难免会处处不适应，由此可以推理，一个人

刚死去的时候也是如此。而由于拥有生前的记忆，这种不适应往往会加倍。戚飞此刻就茫然无措，坐在五月明媚的阳光下，眼看着自己尸体上的血迹慢慢地凝结，最后呈现出一种古怪的紫黑色。他的脑子里乱纷纷的，各种对往事的回忆纷至沓来，犹如汹涌的潮水在翻滚泛滥。他想到从童年时代就开始在自己桌上摇曳的油灯，想到家中墙壁上大开的裂缝，想到秋雨中漏水的屋顶，想到未婚妻扔到他窗上的小石子，想到老母亲在他临行前杀了家里下蛋的母鸡为他熬的一锅鸡汤。然后他终于慢慢梳理清了事情的经过：自己是个读书人，十年寒窗苦读，前往京城赶考，现在正走在半路上，却被强盗一刀砍断了脖子。功名利禄，锦绣前程，良辰美眷，一切都在一瞬间化为泡影。

二 

岑旷慢慢地退出了对方的记忆，缓缓睁开眼，回味着自己刚才阅读到的精神印记，有些发怔。

“怎么样？看到什么了吗？”叶空山不紧不慢地问，“头和身子分家的时候，你也会感到疼痛吗？”

“看到了，听到了，很清晰。”岑旷回答，“但是……感觉很奇怪。一个人可能死两次吗？”

叶空山一愣：“你这是什么意思？”

“这个人怎么死的？”岑旷反问。

“废话，今天早上被刽子手砍了，然后脑袋就被我们带回来了嘛。”

“但我在他的记忆里看到的……分明是另外一种死因——他被强盗砍断了脖子。”

“哦，是吗？还有别的细节吗？”

岑旷把自己所见的讲述了一遍：“更奇怪的是，他还存在着死去之后的记忆。他的灵魂从死尸上脱离出来，一直看着自己的身体哇哇大哭。但是据我所知，灵魂这种说法，从来没有得到过任何的验证。即便是传说中的魂印兵器，封印的也并不是带有思想和记忆的完整灵魂，而仅仅是……”

叶空山挥手打断了岑旷，然后若有所思地仔细打量着对方：“你是一个魅，一个精神力无比强大，却心地单纯从不说谎的魅。所以你刚才所说的，一定是你亲身感知到的。”

“并不是魅不会说谎，而是我不会说谎。”岑旷纠正他，“魅在凝聚成形的时候，都会或多或少地带有一点点缺陷，只有运气极好的那种魅，才能完全和自己想要凝聚成的生物一致。我的缺陷有很多，其中之一就是不会说谎话。”

“我的长相如何？”叶空山忽然没头没脑地问。

岑旷看了看他：“虽然我和你们人族接触还不多，但根据我所领会的你们的审美观念，你已经三十二岁，身材略显胖，脸太大，头发太乱，相貌介于丑与不丑之间，离丑多一点，但还算不上彻底的丑。”

“谢谢你的诚实，真让我长信心。”叶空山咧嘴一笑，“所以我也可以无所顾忌地挖苦你了——你的脑子真够笨的！你是一个单纯的白痴，白痴到掉在路边的钱都不会捡，当然不会懂得一个职业强盗内心的煎熬。你刚才看到的，是真实的记忆在犯罪的内疚刺激下产生的一点点小变形：这个强盗把被害者当成了他自己，产生了近乎真实的幻觉，并且把这段记忆收在了精神的深处。我没有猜错的话，这可能是他的第一次犯罪，所以才会那么印象深刻。而且你虽然很努力地在观察人族社会，但对于什么才是你应该观察的，显然还是心里没数，否则今天我们去取人头的时候，你就不会没有注意到，罪犯背后的刑签上写着‘戚飞’两个字了。”

岑旷是上司黄炯在两个月前硬塞给叶空山的。用黄炯的话来说，机会难得。

“机会难得啊，多少捕快希望自己身边有一个厉害的秘术师帮忙啊！”黄炯说，“这可是个魅，精神力比一般人族强得多的魅，而且还老实，从来不会说谎！”

“笨蛋才从来不会说谎。”叶空山嗤之以鼻，“带着一个不会说谎的废物还怎么查案啊？好比你死了，我刚想假惺惺地慰问你老婆两句，这个老实不会说谎的家伙已经替我开口了：‘他对你丈夫的死感到幸灾乐祸，对和你上床很有兴趣，不过还是会想办法先调查一下你是否犯下了谋杀亲夫的罪行。’”

黄炯悠然一笑：“第一，你所描述的才是货真价实的笨蛋。这个魅的智力很高，虽然不能说谎，但可以选择沉默；第二，你真想调查我老婆是否谋杀亲夫，根本不必张口，这个魅能帮你直接在脑子里问……”

叶空山吓了一跳：“他能侵入他人的精神？读心术？”

黄炯点点头：“你应该知道读心术是多么艰深而罕见的秘术，一般人最多只能侵入精神错乱而无法控制思想的病人的头脑，但这个魅具备寻常秘术师达不到的精神力。而且魅本身就是由精神游丝慢慢凝聚成的，对精神的敏感是常人不可比拟的。”

“听起来，这简直是块宝贝呀，”叶空山思索了一阵，“但根据我对你的一贯了解，你从来只会在有坏事的情况下才来找我。这种有了宝贝巴巴地来献给我的事情，你在喝光三斤酒之前是做不出来的，而今天你身上并没有酒气。”

黄炯从容地点点头：“没错。这个魅向往人族的生活，而其精神特质很适合用来办案，揪出隐藏在罪犯内心深处的秘密。但人的精神太过复杂，魅即便深入，也无法从所观察到的图景中提炼出真相，更何况经受过精神训练的人，还能故意用幻象来进行欺骗。这个魅在我手下尝试着施用了几次读心术，效果并不好……”

“所以他才需要一个名师指点，教会他人心的诡诈，教会他如何在纷繁复杂的假象中抽丝剥茧，刨出真相，”叶空山接口说，“而你手下，最满肚子坏水的就是我了。我没猜错的话，你已经把他带来了，我不收也得收。”

黄炯摇摇头：“我可没说得像你这样直白，我只是告诉这个渴求知识的魅，你最了解人心。至于已经带来了嘛……事实上，就等在门口了。”

“但我需要直白，”叶空山说，“两个字：加薪。”

岑旷放下手里的人头，默默回想着之前的那次精神入侵。在人死亡的瞬间把人头冷冻起来，并迅速侵入对方的脑子，居然真的能找到一点记忆残片，叶空山的直觉果然敏锐。但自己没有想到，即便是一个不再会作伪的死人的记忆，也会因为其他因素而模糊掉真相。那么，一个活人的头脑，是否就更加难以把握了？

“你没有时间难过，”叶空山看着手里刚刚送到的卷宗说，“我们的训练暂停。这次有真正的活儿了，据说非你不行。”

岑旷紧跟着他跨出门，一面走一面说：“我没有难过。相对我获得生命的过程来说，这种事不值得难过。”

这个不会骑马的魅笨拙地爬上马，牢牢抱住叶空山的腰，然后紧闭双目，开始忍受颠簸。眼睛睁开时，两人已经身在县衙。一个肤色惨白的女人静静地躺在床上，双目紧闭。叶空山走上前，摸摸她的脉搏，再测了一下鼻息：“脉搏和鼻息几乎都断了，但偏偏都还留了一丁点。我还很少见到这样半死不活的人。”

“如果你知道她被发现时的样子，你还会更吃惊。”黄炯说，“孕妇，肚子被剖开了，被发现时血流了一地，所有人都认为她早就死了。”

“但她居然没死？”叶空山也觉得不可思议，“开什么玩笑！”

黄炯摇摇头：“不是开玩笑。是真的。发现时一共有十三人在场。”

“这十三个人一定受惊不轻。”叶空山事不关己地耸耸肩。

“如果仅仅说她，的确把那些人吓得不轻，”黄炯神色阴鸷，“但加上另外一个人，程度就不仅仅是‘不轻’了。事实上，十三个人里疯了两个，离得最近的那个现在几乎成了白痴。”

“另外一个人？那是什么？”叶空山收起了嬉皮笑脸。

黄炯的语气沉缓而诡异：“婴儿。母亲的血流掉了三分之一，婴儿竟然没有死，还自己从肚子里爬了出来。而且据说……那个婴儿爬出来之后，第一个表情是在笑。”

他简单把案情向叶空山说明了一下。泰升客栈的老板杜万里，在清晨被发现死在自己房中的地板上，身边躺着这个肚子被剖开的将死未死的女人，后来婴儿从她的肚子里爬了出来。剖开肚子的是一把普通的短刀，就扔在两人身旁。现场门窗紧闭，没有第三者的任何足迹。女人是客栈的新住客，前一天刚刚住进来，没有任何人知道她的来历。

“老板的死因是什么？”叶空山问。

“一刀毙命，正中心脏。”黄炯叹了口气，“杜万里和那个无名女人，不管是自杀还是他杀，用的都是同一把刀。而根据伤口的角度，我们只能得出一个匪夷所思的推测：杜万里先用那把刀杀死了自己，然后女人硬从他手中抽出刀——他的手指头都被割伤了，从切口判断是从内往外抽时造成的伤口——给自己剖腹。”

“婴儿呢？婴儿现在在哪儿？”叶空山又问。

黄炯凝视着他，缓缓地说：“这就是我一定要你们来的原因。这个婴儿太邪门儿了，现在被我们关了起来，谁也不许接近。不过，如果时间太长，他就会死掉。”

“如果这个婴儿没什么问题，他死了你们又没法交代，对吧？”叶空山说，“时间紧迫，毫无线索，用常规手段肯定不可能在婴儿死之前破案。所以必须依靠岑旷，从那个即将死掉的孕妇脑子里找出事件真相，好确定如何处理这个婴儿。”

“和你打交道就是方便，省掉很多口水。”黄炯说。

“但我也得告诉你，读心术很耗精神力，你不可能逼迫岑旷连续不断地侵入这女人的脑子——会累到发疯的。而记忆，就像浩瀚的海洋，你并不知道你要找的那朵浪花究竟藏在哪儿。在能获得的记忆碎块有限的情况下，我不能保证拼凑出完整的事件真相。”

“拼不出来，就只好按最稳妥的方向走了。宁可错杀。”黄炯回答得毫不犹豫。

“那么根本的问题来了：你们为什么害怕这个婴儿，还要动用金焕铁这样的秘术大家来壮胆？”叶空山追问。

黄炯面色一变。叶空山一笑：“要想改扮得别人认不出来，就要舍得下手。他那把难看的胡子实在太醒目了。”

黄炯看上去很犹豫，十指无意识地交缠在一起，最后才低声说：“不止金焕铁，一共有七位秘术家在用秘术划出屏障，隔离那个婴儿。本来必死无疑却能挺住不死的孕妇，从近乎死尸的母亲肚腹里钻出来的婴儿，还有那个毫无缘由自杀的男人——这一切很像是，很像是传说中的……鬼婴。”

三

道路弯弯曲曲地向远方不停延伸。女人在行走。

显然，隆起的肚腹使她行动不便，但她的脚步并没有半点放缓。道路两旁的景物不断变换，有时候是广阔的田野，有时候是荒芜的戈壁，有时候是郁郁葱葱的高大树木，有时候是挺拔的山峰。

天空的颜色在飞速变幻，忽暗忽亮，恍如人眼的一睁一闭。太阳拖着长长的尾焰，从东方升起，划过一道鲜亮的轨迹后，立即消失在西方。星辰们出现又消失，只留下惊鸿一瞥的闪光。

女人在不停地行走，翻过高山，跨越河流，穿过一座座大同小异的城市。

她手里始终只有一个简陋的小包袱，脚上的鞋磨破了就补补，彻底坏了就换掉。她毫不停留地前进着，目光中充满了坚定。

四

“对不起，这一次我只能看到这些，”岑旷说，“读心术实在太耗精神力，即使是魅也吃不消。”

叶空山看着眼前这具用诸多珍贵的大补药物强行吊住性命的躯体：

“这倒不能怪你。何况这些信息也是很有用的，至少说明这个女人是从遥远的地方来，不管一路上脱了几层皮、断了几根骨头，也非要达到某个目的不可。有这种精神的罪犯最终往往能成功。”

岑旷点点头：“的确，在这一部分的记忆里，我能体会到某种坚定的信念。”

“除此之外呢，还有其他情绪吗？”叶空山问，“她有没有想一个男人想得发狂，或者是想要一个男人的命想得发狂？”

“我并没有在这一部分中感觉到。”岑旷说，“不过倒是有一点挺奇怪的，不知道是不是她的记忆产生了混乱。你们人族怀孕，刚开始的时候肚子应该是平整的，后来才越变越大，直到分娩，对吗？”

“恭喜你，你对人族的研究已经达到登峰造极的境界，可以回到魅族里开业授课了。”

“魅都是单独形成个体的，不存在聚居的族群，”岑旷好像完全听不懂对方的讥讽，“在我刚才搜寻的那一段记忆中，应该是覆盖了相当长的一个时间段吧，但是，她的肚子一直都是那么大的隆起，没有变化过。”

叶空山脸色微微变了一下。岑旷觉得不可思议：“认识你那么久，还从来没见到你有这样吃惊的表情。”

“有只蚂蚁咬了我一口，行吗？”叶空山哼了一声，“鉴于你从来不会说谎，要么真的只是这个女人记忆混乱，要么你刚才的描述可能会指向一个足够把黄炯吓得尿裤子的结论。”

“就是刚才你们提到的‘鬼婴’，是吗？‘鬼婴’究竟是什么？”

九州历史上曾经有过一段秘术的黑暗时期，邪恶的秘术师们穷尽心思，钻研着各种各样威力奇大却又充满危险的秘术方案，比如流传后世的尸舞术和邪灵兵器。也有一些恐怖的秘术并没能留下来，甚至于严肃的史学家根本就怀疑它们的存在，却反而能令人们在听闻传说后不寒而栗。培育鬼婴，就是其中最诡异、最骇人听闻的一种。

之所以说它骇人听闻，是因为寻常邪术往往都是以折磨旁人为施术的根基。比如邪灵兵器的铸造，就是利用魂印兵器的铸造原理，抓来素质合适的活人，用秘术和药物培养出充满怨气的邪灵，再用星焚术打造成兵器。但鬼婴的施术受体，却必须是施术者自己，而且只有怀孕的女性能使用。

当想要培育鬼婴的女性怀孕到接近生产时，并不将婴儿生下来，而是使用一种特殊的药物直接从肚脐处注入体内。这种药物能将胎儿杀死在腹中，却又一直保持着另类的活性而不腐烂，使其长期存在于母体内，仍然依靠母体的供养维持身体的完善。在这之后，母亲开始大量吞服各种剧毒的药物，并将自身大部分的摄入都转到胎儿身上，以保证腹中的鬼婴吸入的全部是精华。这一过程会持续很长时间，通常最少都要三五年。那个可怕的婴儿就在母体内贪婪地攫取着养分，积蓄着自己的邪力。

“所以鬼婴虽然让很多人牙根发颤，却是我所见过的最愚蠢的邪术。”叶空山说。

“为什么？就是因为时间太长？我们魅凝聚成形可需要差不多十年呢。”岑旷说。

“但你们凝聚成形后，生命就归自己掌握了，”叶空山用手指戳了戳对方的额头，“而鬼婴培育成功之时，也就是母体丧命的时候，因为所有生命的精华全都转入了鬼婴体内。当分娩的时候，本来早已死去的婴儿会重新获得生命，成为新生的鬼婴，但这种生命的本质，大概是常人所理解不了的。母体则迅速失去活力，只能等死，就像这个女人一样。”

岑旷低下头，看着只剩一丝气息的无名女人。其实她的整个躯体基本上已经死了，但精神还顽强地并没有消亡，那得益于她比常人更加强大的精神力。而且为了查清鬼婴的问题，衙门也不惜血本，给她灌入了不少可以吊命的大补药。这些药服食过量，会对人体的脏器造成不可治愈的损害，但用于在一两天内续命，倒是效果不错。尽管如此，如果不抓紧时间，她还是随时可能彻底地死去，到那时候，记忆也保不住了。

“那么，一个女人牺牲自己的生命，牺牲正常的胎儿，孕育出这样的鬼婴，究竟有什么用呢？”岑旷再问。

“这就是我刚才所说的，鬼婴只能由母体自己培育才有用，因为那个痛苦无比的过程，会把母体内心的所有怨毒与仇恨都转移到鬼婴身上，使它拥有可怕的诅咒力量。鬼婴一旦出世，这种诅咒就会展现出强大的威力，任何人都不能阻止。所以，如果你想要抓一个女人来替你培养鬼婴，那是绝不可能的，因为你没办法操控母体内心最深处的仇恨，那样生出来的鬼婴，多半会先诅咒你自己。”

岑旷叹息一声：“你们人族的心里，竟然能埋藏下这么深的仇恨。那么，鬼婴真的曾经被用来诅咒过什么人吗？”

“历史上关于鬼婴，虽然传闻很多，却从来没有可信的记载，”叶空山阴沉地回答，“不过，大约四百年前，的确发生过一起怪诞的案件。当时位于中州西北的一个与世无争的小村遭遇离奇浩劫，全村一百多口人全部丧命。官府迅速派人封闭了道路，不许外人靠近，但据说现场令人目不忍睹，所有的尸体都死不瞑目，而且都带有极度惊恐的表情，甚至有不少下巴张到脱臼。最奇怪的是，死者们虽然死状各异，但根据判断，要么是自杀，要么是被活活吓死，居然没有外人下手的痕迹。事后官府宣布说，这些人是中毒相互斗殴而死的。但见到过现场的人都在传言，他们的死法绝对没有那么简单。”

“可这和鬼婴有什么关系？”岑旷问。

“官府在收殓了所有的尸体后，意外地在一间废弃的草房里又发现了一具女尸，那具尸体和我们眼前这位女人差不多：肚腹被剖开了。在她的身边，放着一个刚刚出生的婴儿，脐带还连在女尸的肚子里。不可思议的是，母亲的尸体早已冰凉，这婴儿竟然还没有死，见到人们进来后，嘴角微微一动，似乎是在笑。当时领头的一名捕快脸色大变，上前就是一刀，把婴儿的头砍了下来。

“‘鬼婴！鬼婴！’捕快的脸色惨白，身子不停地发抖，‘都是这个鬼婴干的！’这之后，对尸体身份的鉴别似乎证实了这位捕快的话。全村唯一的幸存者——一位和丈夫吵架，在命案发生前一怒回到娘家的妇女——承担起了辨别尸体的重任。她认出了那个被开膛破肚的女尸的身份：那是一个由于被怀疑通奸，而在四年前被逐出村的女人，而且放逐前，她受尽了全村人的百般羞辱以及私刑。当时她正好怀有身孕。

“这个案子最后草草结案，官方的结论是那个被逐的女人投放了能使人发疯的毒药，杀害了全村人。但是当时看到过现场惨状的捕快们，很多都迅速请辞了，至于那个一刀砍下婴儿头颅的捕快……不久后自杀了。”

岑旷沉默了很久，忽然在女人身边重新坐下，左手的食指、中指扶在自己的额头上，右手相同的两根手指搭在女人的额头上。

“我们得抓紧，”岑旷说，“如果那真的是个鬼婴，可就太危险了。”

叶空山饶有兴致地看着这个动作：“为什么都要用两根手指头？三根四根行不行？要是你不小心被人砍掉一根中指，难道就不灵了？”

“这是人族创造的秘术，我只是习惯了这样的动作而已。”从不说谎的岑旷回答，“人族的很多动作都喜欢只使用食指和中指，大概是觉得那样很有型。就这个秘术而言，只要我和她的头颅相连就行，直接用额头碰额头都可以。”

五

这座城市比青石大得多，但从气候、植被以及建筑风格来看，似乎和青石一样都位于宛州。女人提着包袱，踏入了这座城市，立刻被它繁华的气息包围在其中。几个路边拉客的人力车夫见到这个单身的孕妇，立即凑了上来。

“您要去哪儿？只管上我的车，照顾孕妇，只收半价！”一个车夫说，“南淮城我可熟了，没有什么地方我不知道的！”

原来这是宛州最大的城市——南淮。

“谢谢，我不用车。”女人礼貌而坚决地回答，踩着青石板铺就的路面走向了前方的街道。她的脚步对于一个孕妇而言并不算慢，而且沿路过街、拐弯、钻小巷、上桥都没有丝毫犹豫。

看来，她对南淮城很熟悉。

大概走了二十分钟，女人来到一条有些狭窄的小街上，沿街都是一些生意不错的廉价客栈、酒楼之类。酒香和肉香充满了整条街道，有一种让人舒心的生活气息。

女人径直走到小街的中部，在一间客栈前停了下来，有些困惑地抬头看着招牌。招牌上写着五个大字：好又来客栈。女人的嘴角轻轻抽动了一下，跨进了客栈。

“请问一下，这间客栈从前……是叫作泰升客栈吗？”她直接走向掌柜，开口问道。

掌柜有点奇怪地看了她一眼，回答说：“是的，这儿以前是泰升客栈，但原来的老板把店面转卖了，新老板为图吉利改了名字。”

“那您知道，原来的老板去哪里了吗？”她又问。

掌柜搔搔头皮：“这个我可不清楚了。应该是离开南淮城了吧，到底去哪儿就不知道啦。”

女人没有说话，眼睛里隐隐有泪花在闪动，看得掌柜不忍心：“你是来找他的？他是你的亲戚吧？要不，你到周围的街坊邻居那里再打听打听？兴许他们有人知道呢。”

女人道了谢，步履蹒跚地转身离去。她沿着街继续行走，来到一家小小的酱油铺，正打算进去，一阵油盐酱醋的气息冲入鼻端。她从怀里掏出一条丝巾蒙在脸上，这才走了进去。

这天下午，女人就在这条街上徜徉着、徘徊着，向每一个有可能知情的人打听泰升客栈老板的下落。她一次次地失望，又一次次锲而不舍地追问，终于在黄昏时分问出了答案。她要找的那位老板，已经在若干年前卖掉铺子，搬往外地。他并没有告诉邻居们自己的去向，但一位做牲畜买卖的商人有一次在青石城无意中见到了他。他在青石城经营着一家新客栈，但客栈还是沿用过去的名字：泰升客栈。

女人满怀感激地道完谢，借着夕阳的光芒拐向另一条巷子。她找到一间又小又破，然而十分便宜的小旅店，要了个大通铺的床位，住了进去。她在两个乡下村妇中间费力地躺下，眼睛始终没有闭上，不知在想些什么。

六

岑旷从女人的记忆里退出来后才发现，叶空山不知何时变出了一壶酒和一个油纸包的酱排骨，正在边吃边喝，不亦乐乎。

“来点？”叶空山扬起手里的一块大骨头。

“我还不饿。”岑旷回答，并把自己刚才的所见所闻讲述了一遍。叶空山听得心不在焉，始终在琢磨着怎样从一块骨头里弄出骨髓来，最后他生生把骨头掰断，满意地将骨髓吸入嘴里，这才一脸油光地对岑旷说：“我知道那条街。那条街本身没什么好玩的，但就在隔着两排民房的另一条街上，曾经抓住过一个用秘术杀人赚钱的邪恶秘术师团体，那群秘术师可不是好对付的，寻常捕快根本不是对手。当时我还年轻，甚至还没入行，但机缘巧合给他们提了个好建议……”

他絮絮叨叨还要啰唆下去，看到岑旷的表情，自觉有些不好意思：“跑题了，跑题了……两个结论，两个疑点。”

“我只看出一个结论，”岑旷说，“那就是这个无名女人和杜万里确实是旧识，而且正是在南淮城里认识的。这个女人之前的一路艰辛，和最终来到青石，目标很明确，就是为了找杜万里。”

“还有一个结论，这个女人很穷，”叶空山说，“一个孕妇，挺着个大肚子，舍不得坐车也舍不得住稍微好一点的客栈。人一旦很贫困，往往就不会再患得患失，因为除了自己的一条命，不必再害怕失去什么东西了。贫困的人，就容易铤而走险，干出极端的事情。”

岑旷默默地跟着念了一遍，似乎是要记住叶老师的教诲，但很快又问：“那你所说的两个疑点呢？有什么疑点？”

叶空山从袖子里掏出一块手绢，擦着自己油光可鉴的手和嘴，但那块手绢好像也并不比酱排骨干净多少。他一边擦一边说："如果我也能看到那女人脑子里的东西，一定能比你注意到更多的细节。但现在，我完全只能依据你的描述来进行推断。首先，那个掌柜说了一句很奇怪的话。"

"什么话？"岑旷问。

叶空山往酒杯里倒着酒："掌柜说，原来的老板把店面转卖了，新老板为图吉利改了名字。你觉得，'好又来'这个名字，真的比'泰升'两个字更吉利？"

"我无法体会人族的吉利究竟是什么概念。"岑旷说。

"对牛弹琴……"叶空山一饮而尽，"告诉你吧，'泰升'两个字，是东陆语中最常见的代表吉利的字眼，全九州我估计至少能找出几百家泰升客栈，所以从字面意义上讲，所谓'图吉利'是说不通的。既然这样，只能有另一个解释，那就是以前那家泰升客栈曾经实实在在地发生过坏事，改名是为了避免沾染秽气。这种无知愚民的心思，虽然蠢得可笑，却也真实。"

"你的意思是说，杜万里经营的时候，那间客栈曾经发生过什么事？"岑旷费了半天劲才理解了叶空山的意思。

叶空山点点头："也许那就是杜万里离开的原因。我得去查一下这个杜老板的生平，也许就能找到他和这个女人之间的联系。一会儿你休息好了，继续探查她的记忆。"

"你解释了一个疑点，那么另外一个呢？"岑旷又问。

"就是这个女人进入酱油铺之前，蒙住了自己的脸。"叶空山拉开了房门，"一个穷到这份儿上的女人，不至于为了一点酱醋的味道要专门捂住鼻子，否则她也不会去挤味道只怕比酱油铺还要刺鼻的大通铺。我觉得，她更可能是不希望被街坊邻居认出自己。"

"对了，还有一个疑点，"他又补充说，"这女人的包袱最后到哪儿去了？现场搜查没有找到。不会有小偷笨到偷一个这么穷的女人的东西吧？"

叶空山离开后，岑旷一个人坐着发呆。这个渴望人族知识的魅发现，想要理解人族的思维方式，光是刻苦地学习和记忆是没有用的，更重要的在于融入。必须要真正像人族那样生活，深入到这个庞大而有序的社会机器中，强迫自己像人族那样思考，像人族那样处理问题，才有可能了解他们。

“做人真难啊。”岑旷得出了这样的结论，“我是不是得从现在开始，就像一个人族那样去生活呢？”

岑旷看看叶空山搁在一边的酒壶，拿起来晃晃，发现里面还有酒，犹豫了一下，拿起酒壶，尝试着往嘴里倒了一点。酒浆很呛人，烧得喉咙火辣辣的，但也并不如想象中难受。

看来还可以多喝点，岑旷想着，又喝了一大口。

七

黑暗。没有任何光亮的黑暗。周围的一切寂静而混沌，把我包围在其中。

我努力地想要伸展肢体，却没有感受到我身体的任何存在感。我感觉不到自己的手脚，我的耳朵听不到任何声音，想要说话，发现喉咙和舌头也不由我支配。

我猛然间意识到，也许周围的一切未必是黑暗的，只是我的眼睛看不到而已。

我究竟在哪儿？这是个不大容易回答的问题。幸亏我的脑子还能思考，我慢慢地放松，慢慢地让思维的火花一点点地明亮。

我是谁？这个问题好像比“我在哪儿”更要命。我不能看、不能听、不能嗅、不能尝，也无法言语。那我到底是什么？

过了很久——具体有多久我也说不清，因为我现在不能具体量化时间的流逝——我迟钝的脑子才渐渐想起来，我现在没有五感是有原因的。因为我还没有完全成形，我是一个处在凝聚过程中的魅。

原来我是一个魅，这个答案让我松了口气。没有猜错的话，我现在应该是藏身于某个安静而无人打扰的地区，等待着凝聚的结束。到了那个时候，我就将拥有一个确定的身体，拥有明晰的五感和智慧。我将以我之前选定的那种形态存活下去，直到生命终结。

可我究竟选择了怎样的形态呢？我一时间想不起来了。魅的凝聚是一个痛苦而漫长的过程，在此期间记忆会随着身体与精神的变化而不断被冲刷、重写，某些记忆永远地消失了，某些变成了断续的碎片，藏入脑海深处，不知道何年何月会在某些极偶然的场合突然跳出。当我最终凝聚成形后，这一段凝聚时的记忆，也将不复存在。许多年后回想起来，只会觉得，自己也许是做了一个很长很长的梦。

我只希望，那时候我还能记住我现在的执着。我的凝聚带有强烈的意愿，我想要成为某种事先勾勒好的形态，它代表了我的渴求。魅的意识是一种无比奇妙的存在，因为当魅仍然只是精神游丝的集合体时，本应当没有具体的思维能力，但它却偏偏带有“喜好”或是“渴望”去选择自己未来的形态。

真的很奇妙。我的精神在黑暗中快意地律动着。但愿这样的感觉，在我凝聚成形后，还能找回来，让我在未来的时光中，仍然记得那些黑暗中的执念。

八

叶空山果然猜对了。杜万里确实是遇到了一些不幸，所以才放弃南淮城的家业搬迁到青石来的。

“根据泰升客栈伙计们的口供，杜万里是五年前孤身一人来到青石的，所有伙计、厨师、账房都是从本地新招的，”黄炯对叶空山说，“这个人当时已经四十多岁了，现在该过五十了吧？却始终没有婚娶，也没有子嗣。他在青石住得久了，熟识的朋友想要给他做媒，都被他婉言谢绝了。后来有一次，一个朋友把他逼急了，他才语焉不详地说，自己的妻儿都意外身亡，所以下决心终身不娶。”

“每个号称终身不娶的男人都说自己是因为思念亡妻，”叶空山晃着脑袋，“简直没有一个例外的。他们的亡妻只怕都要感动得从坟里坐起来。”

黄炯不去理会叶空山的胡言乱语：“他既然都这么说了，旁人也不好勉强，但他的妻儿究竟是怎么死的，却从来没人听他透露过。”

“心里有鬼呗，”叶空山毫不犹豫地说，“如果真是和他没什么关系的死因，只怕他会月月念叨天天念叨：‘都是我的错！我不该带她们去坐船，谁能想得到在南淮的小河上翻船也会死人……’”

黄炯想了想：“你这话倒也不全是胡说八道，还有一点道理。”

“这个杜万里，平时为人如何？”叶空山问。

“沉默寡言，但总体而言还算和善，”黄炯回答，“至少他没有打骂过伙计，也没有克扣过他们的工钱。所以那些伙计原本很乐意在他的客栈里接着干下去。”

叶空山若有所思：“从不克扣工钱……那他比你还强点。”

“因为他的伙计们从不无故旷工，从不在工作场合喝得烂醉，从不对工作挑三拣四，也从不对老板不敬。我简直觉得我应该开除某些人，雇那些伙计来为我工作。”

叶空山思索了一会儿：“马上派人快马加鞭赶往南淮，带一只信鸽。我需要杜万里在南淮的详细资料。别瞪着我，一个人、一匹快马的费用，肯定比你花在那女人身上的补药少。她要是死了，你就是竹篮打水一场空。”

他忽然想起了：“那个鬼婴呢？怎么样了？”

黄炯的面色很沉重：“一天一夜了，没有母乳的哺育，什么都没吃，居然还能活着。这绝不是个普通的婴儿。秘术师们也发现，婴儿身上有股异乎寻常的精神力。”

“送点羊奶、米汤之类的进去吧，”叶空山说，“真饿死了，就是个普通的没有精神力的死婴。如果真是个鬼婴，你把他逼到饿死的边缘，只怕要狗急跳墙。”

刚刚回到放着那女人的刑事房，叶空山就被吓了一跳。岑旷一身酒气地躺在地上，沉醉不醒，身边扔着空空如也的酒壶。

“好家伙，都喝进去了……”叶空山晃了晃酒壶。他转身出去，不久后端了一碗清水回来，含了满满一口，“噗”地全喷到岑旷脸上。醉酒的魅慢慢醒来，兀自弄不明白状况，叶空山毫不客气地在其后脑与颈背的交接处用力一按，岑旷痛得大喊一声，头脑倒是清醒了不少。

“对不起，我睡着了，”岑旷揉着脖子，“酒这种东西真可怕，我初喝两口并没有太多感觉，但没过多久就晕晕乎乎，完全不知道自己干了什么。”

“还好你没有非礼这个女人，”叶空山摇摇头，“只是糟蹋了我的黑菰酒。想必你喝得烂醉如泥，也不会想起你要干的工作了。”

“其实我没有忘，但想来是喝得太多，手松开了，精神的联系也就脱离了，”岑旷有些惭愧，“但我做了一个梦，一个很有意思的梦，也许会给我带来一点启发。”

“哦？说来听听？”

“我梦见自己回到了获得人形之前，身体还在凝聚的时候，”岑旷的眼神有点迷离，“那是一种绝对的黑暗，绝对的静寂，因为在那一过程中，魅是没有五感的。我置身于一片茫然的混沌中，什么都不能掌握，什么都不能知觉……”

叶空山不客气地打断说：“我可没工夫听你的回忆录。想来我当年在娘肚子里的时候，也是这样吧。”

“那你能有那时候的记忆吗？”岑旷问。

叶空山微微一怔：“这个嘛……倒是没有。”

“魅也没有。”岑旷说，“按理说，当魅凝聚成实体后，是很难记得住凝聚时的情景的，因为那些记忆或者消散了，或者被埋藏在了记忆的最深处。但是刚才，在喝醉了之后，我的头脑忽然变得很澄明，真切地体会到了那时候的感觉。”

叶空山眼皮一翻，好像在看着房梁：“我有点儿明白你的意思了。喝多了酒之后，你虽然失去了对身体的控制，反而进入了自身意识的深处，对吗？”

岑旷点点头：“是的。我觉得我的精神力虽然很难外化为各种秘术，但在内在的层面上……反而加强了很多,也许是因为头脑失去了很多束缚。我想，如果能把那种状态维持到读心术的实施中，也许能突破一些记忆的障碍。那种感觉很不错，虽然现在我的头疼得很厉害。”

叶空山脸上浮现出一丝坏笑：“一会儿还会疼得更厉害。我保证，就像要裂开一样的疼，你会恨不能把脑袋给揪下来。”

他一转身，向门外跑去。岑旷忙喊：“你干什么？”

“买酒去！”叶空山头也不回，“回头把你和这女人的手绑一块，你就是打醉拳也甩不掉她。”

九

之前几次看到的，就像是被水弄湿又重新晾干的风景画。虽然轮廓、线条和颜色都在，却总是显得模糊不清，就像是发皱的纸张。但借助着烈酒的刺激，精神力的释放更加充足，可以看到更为清晰的影像了。

仍然是南淮城。仍然是那条狭窄而热闹的小街。从街道的敞亮程度、树木的高度和店牌的新旧，可以判断出，这次进入的记忆，比当前的年代更加久远。那时候那些路旁的大树都还没有长成，那时候街沿上还没有那么多缺损，那时候卖杂货的那个瘸腿老头儿双脚都还健全，还能大呼小叫地满街追打他那淘气顽劣的小儿子。

那时候泰升客栈还在，那几个遒劲的大字在招牌上分外醒目。一个快嘴伙计站在门口，用响亮的嗓音招揽着客人。

这时候我们看到了女人那张熟悉的面孔。她仍旧肚腹隆起、身怀有孕，但看相貌，脸上的肌肤还很平滑，一头青丝也没有夹杂几根白发，要比现在年轻一些，呈现出一股成熟女人特有的风韵。女人从远处走来，向着客栈而来，伙计看到了她，赶紧打招呼："老板娘，您挺着个大肚子还不在家好好歇息，还到外面乱跑干什么？"

女人微微一笑："我去城北求那个瞎子星相师去了。我想让他帮忙看看孩子的命星。"

伙计哑然失笑："您未免太心急了。孩子还没生下来呢，生辰、星阙都还没能确定，怎么看命星啊？您还是赶紧去休息吧，免得老板等急了。"

女人嫣然一笑，进入了客栈。随着女人的脚步慢慢走上二楼，回到自己的房中，在房门口，出现了年轻时的杜万里。

是的，的确是年轻时的杜万里。如果说女人看起来大概比这起命案发生时要年轻五六岁的话，杜万里就足足年轻了十多岁。相比那个满面皱纹、腰背微微佝偻、头发白了一半的五十岁老头，此时的杜万里堪称年富力强。女人进房时，他正在一个人双手推动着一个半高的木柜从房内出来。从木柜和地板摩擦发出的刺耳声响，可以得知它非常沉重。

"你要把它搬到哪儿去？"女人问。

杜万里温柔地笑笑："这个柜子的位置不大好，昨天不是撞到你的肚子了嘛！我要把它推到外面去，找个角落塞进去。"

就像是一阵春风拂过，一种无法言说的温暖情绪充满了整个房间。情绪，之前几次对记忆的探查都没能捕捉到的情绪，在这个时刻终于升腾而起。那是一种浸透了整个心胸的关爱，一种仿佛能把两个人融为一体的甜蜜。我们能从这种情绪里感知到，在那一时刻，女人的全部感情，都倾注在杜万里的身上。而杜万里望向女人的眼光，就好像她是这个世界的全部。

杜万里很快移好了柜子，回到房内，房间里安静了下来。我们看不到房中的一切，却始终能感到两人之间的真切情感。

十

岑旷真的差一点就手舞足蹈地打起醉拳来，幸好被叶空山硬生生勒住了。短时间内连醉两次，就算是常喝酒的人也熬不住。所以叶空山并没有叫醒岑旷，而是任其躺在地板上酣睡，发出响亮的呼噜声。不久之后，叶空山也开始犯困，靠在椅子上沉入了梦乡，鼾声压过了岑旷。

醒来时，才发现原来岑旷已经先醒，正在一旁静候自己的吩咐。早点放在桌上，发出诱人的香气，那是他一直以来对岑旷的教诲："工欲善其事，必先利其器。老子要办案，就得吃饱饭。"

叶空山一边吃饭，岑旷一边把自己昨天所看到的记忆讲了一遍，嘴里还带着浓烈的酒气，讲完之后发现叶空山并没有什么反应。

"他们以前是夫妻，是一家人！"岑旷又强调了一遍，"杜万里在南淮城开店时，那个女人就是老板娘。而且那时他们很恩爱。杜万里对青石的朋友说他妻儿都死了，其实是在说谎。"

叶空山还是不搭理，把最后一口鲜肉大包填进嘴里，遗憾地打了个嗝，这才开口："这有什么大惊小怪的，用脚丫子都能想得到。人族有句话，叫作因爱生恨。这个女人居然能用鬼婴这样的手段来对付杜万里，可想而知仇恨有多深，再一推想，就能明白他们当年感情有多好。"

岑旷打了个寒战："真的是鬼婴吗？你确定？"

"我不能确定是不是鬼婴，但我能确定另外一点，"叶空山一本正经地说，"我们俩再多说几遍'鬼婴'，藏在门外竖起耳朵偷听的那个老头就要吓破苦胆了。"

门"吱呀"一声被推开，黄炯气哼哼地走进来，叶空山还要火上浇油："怎么样，我们的鬼婴又诅咒谁了吗？"

"没有诅咒谁，但只怕也快了，"黄炯说，"七位秘术师都感觉到，

那个婴儿的精神力在慢慢增长。现在虽然还没有什么侵略性，但一旦他真的开始施展诅咒，谁也不知道后果会怎样。你必须尽快确定他的身份。如果真的是鬼婴这样邪恶的东西，就不能留。”

“我要的资料呢？查到了吗？”叶空山问。

“只有羽人才能飞那么快，”黄炯说，“再等等吧。我们已经请了一位毒术大师，必要时可以给这个女人吞下‘一日菌’。如果她断气了，用那种毒菌可以刺激躯体，让她复活一天，然后彻底死去。”

“又多出一天……”叶空山点点头，“时间延长点总是好事，不然没等这女人死，我的搭档先醉死了。”

黄炯离开后，叶空山往椅子上一靠，一直挂在脸上的讥诮笑容也消失无踪。岑旷不敢打扰他，静静地在一旁等待着。

“首先，你确定你没有领会错那种情绪？”叶空山终于开口说，“你是个形单影只的魅，好像身边也没有情人，你能断定在这段记忆里，他们之间只有浓厚的爱情，而没有掺杂别的东西？”

岑旷的回答很简练：“你们人族有句话，‘没吃过猪肉，还没见过猪跑吗？’”

叶空山满意地点点头：“我们可以进入下一个问题了，也是这一段记忆中最大的疑点。你刚才说了，杜万里看上去比现在年轻多了，至少年轻了十岁。”

“没错。杜万里今年五十一岁，这段记忆里看起来，大概……大概……也就比你大个一两岁的样子。”岑旷比较了半天才说出来。

“我老人家虽然只有三十二，但相貌显老，所以他看上去可能有三十六七岁，”叶空山思考着，“但是那个女人……你说只比现在年轻个五六岁？”

岑旷有些犹豫：“这一点我不能完全肯定。我对于根据相貌判定年龄并不是太精通，何况女人喜欢打扮，看起来比实际年龄年轻，也不是不可能。”

叶空山低下头，仔细看着女人的面容。她看上去应该在三十四五岁，眼角有明显的皱纹，但整张脸保养得还算不错，也许是天生的好肤质。

“年轻时一定是个美人啊。”叶空山叹了口气。他转头看着岑旷：“但是在那段记忆里，杜万里年轻了十多岁，她看起来仍然有三十岁上下？”

岑旷再犹豫了一下，还是确定地点点头。叶空山眉头紧锁：“要么是你太笨，真的不懂得看脸判断年龄；要么黄炯真得被你吓死。据我所知，在那些关于鬼婴的传说中，有这么一条：母体服用的那些古怪毒药中，有一种可以帮助人驻颜，虽然那是以生命为代价换取的。如果一个女人用自身培育鬼婴，那她的脸就会看起来比实际年龄年轻。”

岑旷只觉得一股寒意从脚底升起，迅速笼罩到全身，这股寒意最后化为了一个问句：“还有酒吗？”

“我建议你多歇歇，下午再说，”叶空山回答，“喝酒也是能喝死人的。你的那点酒量，最好还是量力而行，不然我到哪儿再找个魅来赔给黄老头儿。”

“喝死也比被鬼婴杀死强。”岑旷说。

叶空山耸耸肩：“对于头脑简单的家伙，激将法总是屡试不爽的。我买酒去。”

十一 

一片哀哭声。每一个人都表情沉痛，低首肃穆。所有人皆身着缟素，映衬着大厅里的一片白色。

毫无疑问，这是一间灵堂。祭奠死人用的灵堂。

女人的面目遮盖得严严实实，我们只能从她的身形判断出她的身份。她正站在吊唁的人群中，目光呆滞地望向灵堂中央，也就是摆放供桌和死者牌位的地方。由于缭绕的烟雾，我们没法看清牌位上的文字。

杜万里正跪在那里，哀伤地对着牌位哭泣。他哭得是那么伤心，几次差点儿昏厥过去。熟识的朋友们围在他身边，不住地劝慰。

灵堂里的气氛沉重、压抑，仿佛空气都被染成了木然的灰色。除了杜万里的哭声外，整个灵堂里再也没有其他声音，人们忍不住连自己的呼吸都放缓了。

一个导亡师正在默诵着咒语，手中不断点燃旁人看不懂的符纸做成的法器。那些法器在火焰中迅速燃烧、塌陷、化为灰烬。这是一直流行于宛州华族中的某种迷信仪式。人们普遍认为，人死之后，精神仍旧不灭，会寻找一个新的胎儿附着其上，即所谓的“转生”。导亡师所做的，就是引导着新死的亡魂尽快转生，重新获得生命。

事实上，这种说法毫无根据，千百年来，人们甚至没能弄明白，究竟有没有灵魂这种东西存在。但人们的思维就是这样，总要给自己寻求一点心灵的慰藉，哪怕明知这是骗人的。因此，为死者导亡慢慢变成了一种死者入土后不可或缺的仪式。

不过，看上去杜万里并不相信这种仪式，而且导亡师嘴里若有若无的嗡嗡声好像令他挺心烦的。突然之间，他从地上直起身来，猛扑向导亡师，狠狠一拳击打在他的头部。导亡师猝不及防，当场被打得两眼翻白，昏死在地。

“滚开！滚远点！”被人们迅速按住的杜万里愤怒地咆哮着，“她没有死！她没有死！谁让你在那儿捣乱的，她根本没有死！”

“她已经死了！你亲眼看着棺材入土的！”他身边的朋友叫道，“杜大哥，你必须得接受这一切！”

原本肃静的灵堂由于这起突发事件而变得喧嚷、嘈杂。吊唁的人们不知所措，纷纷交头接耳叽叽喳喳，亲朋们则死命拉住杜万里，不让他继续殴打那个无辜的导亡师。

在这一片混乱中，只有女人纹丝不动，完全不受周围哗闹的影响。她只是凝视着哭喊不休的杜万里，两行清泪慢慢从眼眶滑落。许久之后，她才转过身，护着自己的肚子，悄悄离开灵堂。

十二

“还行吧？再喝两天，估计你就得有酒瘾了。”

“我觉得我现在已经有酒瘾了。”岑旷苦笑着，端起事先放了解酒药的茶一饮而尽，直到休息片刻后，解酒药起了作用，脑子没那么晕了，这才顾得上讲述之前所阅读到的记忆。

“真有意思，”叶空山评价说，“死的肯定是杜万里极亲近的人，所以他一直在灵位旁边哭哭啼啼，但死者偏偏和女人无关，因为她只是看客。”

“但是这个女人也很伤心，”岑旷说，“我能感觉得到。”

叶空山点点头：“那就更有趣了。比如说死掉的是杜万里的娘，杜万里主持丧仪，老婆只能在旁观看，倒是可以解释两个人所处的位置。但是当自己的老公发起疯来乱打人时，老婆也不上去阻止吗？”

岑旷想了想：“的确，不合情理。”

叶空山拍拍对方的肩膀：“你必须要学会从一切不合情理的表象中，推导出合情理的解释。老婆不去阻止老公发疯，只有两种解释：其一，这是个毒妇，巴不得老公死在眼前最好；其二，这两个人的关系，可能已经不是夫妻了。”

岑旷一呆：“你是说，在丧礼的时候，杜万里已经把这个女人休掉了？”

“那也许就是眼前这桩命案的根源，”叶空山说，“一个被抛弃的女人所能迸发出的力量，不会比一匹饥饿的狼少多少。现在我们已经大致有了一条主线了：他们俩曾经很亲密，后来分开了，男的搬到了青石，女的四处寻找，也追到了青石。然后两个人一起死掉。”

岑旷的脸上现出索然无味的表情：“这么说来，这只是一桩无聊的情杀案而已？”

“即便只是情杀案，也算不得无聊吧？”叶空山的笑容很暧昧，“还有鬼婴的问题没有解决呢。别忘了，杜万里可是莫名其妙自杀的，而那个婴儿，现在还被秘术师们监控着呢。”

岑旷摇摇头：“我想，这些不过是技术问题而已。比如自杀完全可以由幻觉引起。我听说，有不止一种毒药可以让人在临死前产生各种恐怖的幻觉，导致精神崩溃，如果调配得当、药量适中，尸检时也很难被查出来。”

叶空山笑得更加开心：“办案是不能光凭动机去推断的。虽然动机是查案的基础思路，但如果技术问题不能得到解释，动机也不能随随便便就成立。”

“那照你说，这不是情杀，会是什么？”岑旷有点不服气。

叶空山摸摸下巴：“我并没有排除情杀的可能，但我认为，并不是我刚才归纳出的那个简单的步骤，他们俩曾经很亲密，后来分开了，男的搬到了青石，女的四处寻找，也追到了青石，这当中还有很复杂的细节。”

“我不明白。”

“比如说，黄炯在路上遇到了我，我给了黄炯一拳，我回到衙门被黄炯杀死了，这三件事都是真的，但是否就足够说明黄炯有杀我的动机呢？显然不是。我给了黄炯一拳，也许根本不能对他造成伤害，他也不至于为了这一拳而要我的命。我完全可能是回到衙门后，调戏黄炯年轻漂亮的老婆，结果被黄炯杀掉的。所以在这起我的死亡事件中，我给了黄炯一拳，虽然真实存在，却并不是造成结果的关键。”

岑旷细细咀嚼着这番话：“你的意思是说，不要轻易给几个孤立事件之间加上因果关系，对吗？而且，你还想说明一点，单纯的情杀，在这起案件里动机不足够，因为鬼婴这种血腥残酷的手段，没有足够强烈的仇恨，是不能让一个女人下定决心的。”

叶空山打了个响指：“你真是越来越聪明了，可见这世上只存在白痴，而不存在无可救药的白痴。现在，我已经听到了那个被我调戏老婆的家伙的脚步声，我们先听听他带回来点什么好东西吧。”

黄炯满眼血丝，眼眶浮肿，看上去这两天也没怎么睡好，被那个未知底细的鬼婴折腾得够呛。信鸽送来的密信不能太重，所以那张特制的绢帛上密密麻麻写满了蝇头小字。叶空山一挥手，岑旷很自觉地把信拿到光亮处读起来，并且脸色很快变了。

“一定是出了什么问题，”岑旷说，“根据这份资料，杜万里是真的丧妻、丧子，死因是妻子杜秦氏难产，儿子刚刚生下来就断气了，杜秦氏也悲痛而死，为此还专门举行过一次导亡的丧仪。丧仪之后，他就离开了南淮。而这份资料上面还有对杜万里夫妇的相貌的描述。躺在这里的这个女人……相貌和描述中的一模一样，尤其下巴上的那颗痣是很明显的标志。我想，这就是她总要蒙脸的原因，不然那张脸会引起恐慌的。”

“越来越有趣了。”叶空山竟然不觉得吃惊，“这么说来，你看到的那个灵堂，就是杜万里为这个杜秦氏准备的，他那么伤心也是因为自己死了老婆——但老婆偏偏站在人堆里看着这一切。一个已经死了的女人，又活过来了，先欣赏了自己的灵位，再追踪到青石来寻夫，并且生下一个鬼婴，把丈夫吓得自杀了。够得上恐怖小说的素材了。”

“已经不只是恐怖小说了，”黄炯的声音听起来老了二十岁，“就在这只信鸽飞回来的时候，金焕铁尝试着对那个婴儿使用读心术……然后他就发疯了。”

金焕铁此时正被几根绳子牢牢束缚在床上，否则他一定会挣扎起身。他的目光中充满了疯狂的意味，嘴里呼哧呼哧喘着粗气，拼命扭动着身体，对谁的问话都没有半点反应。这位在宛州颇有声望的秘术大师，此刻活脱脱就像一个精神失常的疯子。

“你不是说，只是让秘术师们控制住那个婴儿吗？”叶空山问，“怎么又会去施展读心术？”

黄炯很郁闷：“金焕铁太自信了。虽然他也知道鬼婴的厉害，但像这样被一个小小的婴儿牵制住，让他觉得很没面子。所以就趁着我去检查信鸽带回来的信件时，他冒险进入囚房，想要探查一下这个婴儿的思维。”

“老子手下的魅都还不能把握好读心术，这个老梆子倒很有自信啊，”叶空山哼了一声，“尤其是对着一个精神力那么强的怪物，他根本就是找死。”

其他几名秘术师都有些无奈："我们都劝老金不要冲动，但他就是不听，反而讥笑我们胆小。我们也拦不住他。"

"拦不住他？"叶空山好像想到了什么，"既然如此，弄点能拦住他的人来。"他转头对黄炯说，"调几个人过来，把这些不安分的秘术大师都给我看紧了，谁也不许进囚房一步，只准在外面干看着。"

金焕铁还在徒劳地挣扎，那把他一向引以为傲的胡子被弄得乱糟糟的，好似一丛杂草。

十三

已经是深夜时分。模糊的视线里，一切事物的轮廓都显得扭曲变形，呈现出狰狞而张牙舞爪的姿态。但仍然可以勉强辨别出，眼前的场景并不是在城市中，而是僻静的荒郊野外。而那一点点飘浮在半空中的碧油油的磷火，说明这里应该是一片坟地。食尸的鸦群从坟地上空掠过，不断发出不祥的叫声。

月亮在天空射出阴惨的光芒，凄凉的月光慢慢在坟场中穿行而过，不断照亮各种各样或简陋或华贵的墓碑。最后，月光停留在一块样式普通的汉白玉墓碑上。借着惨白的光线，可以看清墓碑上写着的字：亡妻杜秦氏之墓。

墓碑上的字开始像水纹一样波动起来。白昼的光亮……哀伤的人群……刺耳的哭声……飘飞的纸花……沉重的棺材……讨要工钱的力夫……最后一铲盖在棺材上的土……杜万里的号啕……

这是一段无比混乱的记忆，跳跃而破碎，就像是一册画本被人莫名其妙撕掉了许多页，而且还伴随着一种很强烈的情绪——痛苦。

痛苦。很深沉的痛苦，就像是有钝刀插入心脏，一点点碎割，一点点翻搅，让痛的感觉充斥到每一滴血液，每一个毛孔。

这一段混乱过后，记忆重新趋于稳定，我们这才能看清，墓碑前方一直站着一个人，正是这记忆的主人。她正如鬼魅般站在那里，死死盯着墓碑上的文字：亡妻杜秦氏之墓。

她浑身上下沾满了泥土，手里抱着一个婴儿。月光悄然照亮了婴儿的面孔，那张脸和命案现场的鬼婴一模一样。

她抱着婴儿，就这样静静地看着上面有一个大洞的墓穴，看着墓碑上那浅浅淡淡的几个字：亡妻杜秦氏之墓。

十四

“多么绝妙的怪谈故事！”叶空山拍起手来，“难产而死的母子二人从墓穴里爬出来，足够把青石城的小孩们吓得半夜睡不着觉！”

“可这的确是我刚刚感知到的，”岑旷说，“我保证，虽然我有可能漏掉了许多细节，但绝不会添加一丁点虚假的成分。”

叶空山手里撕扯着一只肥肥的烧鸭：“我没有怀疑你的职业水平，所以我才在为你的观察结果寻找一个合理的解释。僵尸还魂，鬼婴复仇，多么简单明了的结论。”

“会不会是她的记忆出了什么错？”岑旷眉头紧皱，“她已经濒临死亡了，也许精神也正在一步步走向混乱和崩溃。”

“为什么一定是出错的呢？”叶空山嘴里塞满了食物，含糊不清地说，“那些记忆为什么不能都是真的呢？”

岑旷提高了声音：“因为讲不通！就像被强盗杀死的书生不可能灵魂出窍盯着自己的尸体一样！杜秦氏早就难产死了，有仵作的验尸证明，这个女人怎么可能还保有杜秦氏的记忆？一个死人复活了，从墓穴里爬出来，事后还乔装去参加了自己的丧事，尸变吗？”

叶空山微笑着摇摇头，示意对方不要激动：“不要进入思维的误区。很多骗局是一戳就破的。比如我跑到妓院里，往脸上涂脂抹粉，我就是妓女了吗？”

岑旷愣了愣，忽然反应过来：“你的意思是说，那个女人……杜秦氏……她其实没有死！”

“孺子可教，”叶空山满意地点点头，“这样，我们可以把因果关系联系到一起了。杜秦氏当年的确痴恋着自己的丈夫，但杜万里显然对她并不像表面上那样深情款款。他也许是另有所爱，也许就是厌倦了，总之想要摆脱杜秦氏。

“难产，是一个绝妙的用来掩饰杀妻行为的借口，在那个时候行凶杀人，实在太容易逃避罪责了。所以杜万里选择了杜秦氏分娩的时候下手，并且伪装得悲痛欲绝，呼天抢地。但他万万没想到，杜秦氏并没有死，并且从坟墓里钻了出来，展开了自己的报复。”

“报复的手段……是鬼婴吗？”岑旷问。

叶空山叹了口气：“我很不愿意相信这世上有鬼婴这种东西存在，但是到了这个地步，只怕不由得不信了。我想了很久，也始终没有想出，用什么办法能让一个婴儿有能力弄疯一个成名的秘术师。我得去和黄炯打招呼，早点想办法把鬼婴消灭了吧。”

岑旷没有再说什么，但头脑里始终还存有疑团。喝多了酒，脑袋还在发晕，但那并不意味着自己就失去了思考的能力。叶空山的推理的确把自己所看到的那些记忆碎片都联系起来了，并解释了最终的凶杀案，但有些地方还是隐隐让人觉得不对劲，具体哪里不对劲，一下子又说不出来。耳听得叶空山的脚步已经渐渐远去，岑旷晃晃脑袋，心想：就这样吧，这个复仇成功的女人也可以安心地断气了……不对！不是这样的！我明白哪里不对劲了！

“等等！有问题！”

叶空山停住脚步，回头看去，气喘吁吁的岑旷正跑到他跟前：“我想起来了！我想起来哪里不对劲了！”

叶空山很诧异，但还是示意对方说下去。岑旷深吸了一口气：“黄炯是不是告诉我们，杜万里的儿子生下来就死了，杜秦氏也因此悲痛而死，是吗？”

“你的记性不错，”叶空山说，“以后在这一行混不下去了，还可以去教书。”

“孩子生下来，孕妇的肚子就该瘪下去了，对吗？”岑旷大声说，“但是在导亡的丧仪上，在杜秦氏的坟墓前，她还是大肚子！”

叶空山的脸上一瞬间笑意全无。他随便往身边的墙上一靠，嘴里喃喃自语：“一个从来不说谎的魅……从来不说谎……”

最后他长出一口气：“你是对的。从坟墓里爬出来的死里逃生者，不能解释孕妇的肚子。我们的结论是错误的，整个故事都不成立。”

叶空山看来很沮丧，岑旷看得老大不忍心，反过来安慰他：“也许是她的记忆产生了混乱也说不定。还记得昨天我们做的那个试验吗？那个死去的强盗，由于愧疚而产生了记忆错乱，把死者的事情当成了自己的，甚至幻想自己变成一个鬼魂，看着自己的尸体。也许她太痛惜那个刚出生就死去的孩子了，所以才总是幻想那孩子就在她的体内，被她保护着。”

“赞美真神！”叶空山夸张地喊了一声，“你怎么会赐予一个魅如此高的智慧！可惜这种想法不对。这个女人，如果对自己的孩子疼惜到这种地步，就绝不会舍得培育鬼婴。”

两人都很丧气。岑旷咬咬牙：“没办法了，让我再掏一下她的记忆吧。就像你刚才说的，一连串貌似可以连成因果的事件，并不见得就一定有因果关系。也许我们还漏了一些关键事件。”

“别着急，先去睡一会儿，傍晚我会叫醒你，”叶空山说，“累死了你，我可赔不起。”

十五

两个稳婆在不断地窜进窜出，热水、毛巾、剪刀、用来盛血的空盆……房间内，产妇痛苦的呻吟声不绝于耳，但始终没有演变成不可遏止的大声哭号。

杜万里焦躁万分地守候在门外，背着手不断踱步。但杜秦氏的呻吟始终不休，婴儿的啼哭声也一直没有响起。倒是稳婆站了出来，不安地告诉他："夫人难产。"

这之后杜万里身上的汗水一直没有干过。他的后背很快湿透了，眼睛里简直能喷出火来，偏偏又对于正在发生的事情无能为力。有伙计想来向他请示点什么，见到了他的表情，差点吓得从楼梯上跌下去。

呻吟声终于变成了撕心裂肺的呼痛声，杜万里看上去已经快要支撑不住了。幸好在这个时候，清亮的婴儿啼哭声从房内传了出来。一个稳婆满脸喜色地冲出来，差点和他撞个满怀。

"恭喜杜老板！生了，是个男孩！恭喜杜老板！"稳婆一连串地恭喜。

在这之后，稳婆们喜笑颜开地离去，看来杜万里的打赏颇为丰厚。房间里一片喜悦的嘈杂声，夹杂着婴儿的哭声，又慢慢安静下来，想必是大人和孩子都累了。时间一点点流逝，周围光线的逐渐暗淡，表明了夜的来临。

夜色渐深，饭菜的香气飘起又散去，喧嚷的泰升客栈也慢慢安静下来。已经入住的客人们都回房安睡，暂时没有新的住客，客栈似乎也陷入了沉睡。

杂音就在这一时刻响起。从夫妻俩的房内，传来一声短促而压抑的哭叫声，接着是一系列让人听不清楚、却让人无法忽视的声音，很像是两个人的激烈争吵。到后来，女方的声音渐渐隐去，只剩下男方的声音还在不断地来回震荡。大约过了半个时辰，男人的声音也消失了，夜晚重新归于静寂。

这一个无比漫长的夜晚，令人怀疑时间已经停滞。这段记忆中只剩下似乎永恒不变的黑暗，以及无法分辨的细碎的声响。那种单调的重复与浸润足以让人窒息。好在对于南淮城而言，最长的黑夜也不过如此，总有天亮的时刻。

四十多岁的杜万里满身疲惫地从房里走出，看得出来一夜未睡。他来到大堂，径直走向他所看到的第一个人，不管那是谁。他还没开始说话，眼泪就已经夺眶而出。

“我老婆，我儿子！我老婆，我儿子！！”他哭喊道，“快叫大夫，快！”

接着记忆就断了，就像是在白天忽然遇到了日食，所有的景象全部隐没，也不再能听到声音。当记忆重新接续时，一个大夫模样的男人如幽灵般出现，正在从房内向外走。满面泪痕的杜万里正跟在他身后。

“心脏都刺穿了，不可能有救的。你怀疑我胡笑萌的论断吗？”大夫的语气听起来很不高兴。

“可是，胡大夫，会不会有这种情况呢？”杜万里好像在玩命地捞救命稻草，“比如，我在小说里看到过，一百万个人里面，也许会有一个心脏长偏了……”

“你自己去写小说吧！”名叫胡笑萌的大夫很恼火，推开杜万里拂袖而去。

十六

两个人面面相觑，很久都说不出话来。不同的是，岑旷满脸茫然，叶空山却隐隐有点兴奋。

“只能用记忆混乱来解释了，对吗？”岑旷说，“很显然，心脏被刺穿的人不可能活命，更加不可能在从分娩到死亡的过程中，都始终分身站在门外，看着全过程。”

叶空山没有理睬这句话，倒是在嘴里念叨着其他的话题：“这么说来……并不是难产而死？是在生产之后的半夜才死的？”

岑旷不客气地打断他：“这时候你还在想那些无关的事情干什么？现在是整个我所读到的记忆都出现了偏差，也许我们之前看到的那些都是假的，都是一个精神错乱的人冒出来的幻象。”

“这种可能性不是不存在，”叶空山慢吞吞地说，“如果那样的话，我们就只有两个字：放弃。所以在此之前，为什么不先假定，你所看到的都是真实存在的呢？”

“但那怎么可能真实存在？”岑旷喊了起来，“你相信一个心脏被刺穿的女人能复活？还是相信你有那么好的运气，正好撞上了一个心脏长在右边的女人？”

“两者我都不信，”叶空山回答，“尤其那个女人经过胡笑萌的诊断之后。他那时候在南淮，但现在已经在青石待了好几年了，听说是他在南淮的情人太多，被家中恶妻硬逼着迁到这儿来的……这家伙的人品之猥琐令人叹为观止，但医术在整个宛州也能排得上号。听说如果一个被胡笑萌认定死亡的人活过来，那胡笑萌就可以跟着去撞墓碑了。”

“那你是什么意思？”岑旷很惊讶，“看你的表情……你每次只有找到嘲笑我的把柄的时候，才会这么笑。你弄明白整个案件了？”

“我可没这么说，只是注意到几个很好玩的细节，”叶空山说，“先来总结一下吧。到现在为止，你一共看到过几段记忆？”

岑旷立即开口回答：“按照我所看到的顺序——杜秦氏走在不断寻找杜万里的路上；杜秦氏回到南淮城，打听杜万里的下落；夫妻两人在南淮的生活往事；为杜秦氏转生导亡的丧仪；杜秦氏从坟墓里爬出来，站在自己的墓碑前；杜万里失去妻儿的全过程。一共六段记忆。”

叶空山做出很遗憾的表情：“一共就看到这么些记忆，你就归纳错了其中的小一半，还漏掉了一段，也真不容易。”

岑旷的眼睛不停地眨巴，显得非常迷惑：“我没有听明白你的意思。哪里错了？又哪里漏掉了？”

叶空山往椅背上一靠，顺手拎起了酒壶，又很忧郁地放下：“他娘的，你这白痴脑子不聪明，倒还真能喝……”

他双手交握，托着下巴，不怀好意的目光盯得岑旷直发毛。直到摆足了架势，他才慢慢开口：“从你看到那个导亡的丧仪后，你就对自己所见所听到的失去了信心，总觉得自己看到的是混淆的、错误的记忆。但别忘了，你自己并没有亲身进去取代其中的任何一个角色，你并不像搭台唱戏一样，去亲身扮演杜万里、杜秦氏或是杂货铺的瘸腿老板。你所做的只有两件事——‘看’和‘听’。光有看和听，是不足以弄明白事物的本质的。

“记忆本身也许是没有错的，错的在于我们所理解的观察角度。在你刚才归纳的那六段记忆里，我注意到，凡是提及你在记忆中所看到的女人，你就把她称为杜秦氏。但事实上，那些女人真的都是杜秦氏吗？我只不过是一个完全听你转述的旁听者，都发现了那几段记忆中存在的细微差别，但你自己却恍然不觉。

“你一直没有觉察到吗？在杜秦氏走在路上和杜秦氏在南淮打听杜万里下落的记忆里，你的视角一直跟随着杜秦氏本人在走，她走到哪里，你就跟到哪里，能看到她的一举一动，甚至于她最后窘迫地和人去挤大通铺，你都能清晰地看到；丧仪那一段也是如此。至于墓地那一段记忆，由于自始至终她都站在墓穴前没有移动，也就不提了。

“但剩余的那两段，也就是发生在南淮城的泰升客栈中的两段记忆，却和其他的大不一样。在杜万里夫妇的生活回忆里，你首先看到的是整条小街，看到了泰升客栈，然后才看到杜秦氏从远处走来。你注意到了这其中的细微区别吗？更要命的，就是在这之后杜秦氏和丈夫一起回到房间后的情形。那时候杜秦氏完全从你的视线中脱离了。你只能听到他们对话的声音，却完全不能和其他几段记忆一样，通过杜秦氏的目光去观察一切。

“至于分娩的那一段记忆，更能够说明这个问题。从头到尾，你根本没有见到杜秦氏的影子。这段记忆中的画面始终停留在门外。除了声音，没有任何杜秦氏的信息。好好琢磨一下这两段记忆吧，它们究竟有什么不同？想明白了这其中的不同，你不但能完美地解释死人复活的问题，连同之前发现的肚子大小的矛盾都能解释清楚。”

岑旷捧着脑袋蹲在地上，思索着叶空山的话。叶空山也不去打扰，到门外招呼了一个衙役，半骗半威胁地让他给自己弄点酒菜来。衙役刚走出没多久，岑旷就从地上跳了起来。

“明白了！我明白了！”岑旷指着气若游丝的女人，激动得直喘粗气，“这根本不是杜秦氏！我所看到的记忆，虽然都是以她的眼光进行的，看到的却不是同一个人！有两个长得一模一样的人！

“旅途的记忆，南淮寻人的记忆，坟墓的记忆，丧仪的记忆，这四段记忆的主角，都是这个躺在我们面前等死的女人。而剩下的那两段记忆，这个女人却只是观察者，她的观察对象是真正的杜秦氏。所以压根就没有什么死人复活，也没有什么大夫误诊，杜秦氏的的确确死了。在她的丧仪上看着杜万里发狂的，是这个和杜秦氏长得很像的无名女人；在坟墓前沾了一身泥土的，也是她！”

“那她为什么会沾了一身泥土呢？”叶空山故意问。

“因为她在挖坟！她想要把那个死婴挖出来！”岑旷的声音在不知不觉中提得很高，叶空山禁不住要捂耳朵。

“小声点，不过弄明白了一点小问题，干吗这么得意？”叶空山抱怨说，“整个案情还差得远呢。”

岑旷更大声了：“差得不远，剩下的不难想象。这个和杜秦氏长得很像的女人，也许是杜秦氏的双胞胎妹妹之类的。当年杜万里声称自己的妻儿是难产死的，但通过我看到的记忆，那是谎话。谁也不知道杜秦氏究竟是怎么死的，只听到了半夜的尖叫声。说不定就是杜万里在那一夜丧心病狂，杀死了自己的妻儿。”

“然而杜秦氏的这位你所谓的双胞胎妹妹识破了真相，于是决心为自己的姐姐报仇？”叶空山作恍然大悟状，“于是她孕育了鬼婴，苦心孤诣地等待了数年，最后来到青石取走了杜万里的性命？这么伟大的亲情，真是闻所未闻哪。”

岑旷听出了对方的讥嘲之意，有点不服气：“仇恨本来就是一种偏执的力量，你们人族历史上，为了复仇而干出的惊天动地的大事还少吗？”

“不少不少，多得要命！”叶空山连连摆手，“但是那些复仇案都有共同的特点，那就是解释得通，不留破绽。”

“破绽？”岑旷愣住了，“什么破绽？”

叶空山缓缓地说：“你始终无法解释清楚，为什么在所有的记忆里，无论出现的是杜秦氏，还是你所谓的这位双胞胎妹妹，一直都是大着肚子即将临盆的样子。如果说杜秦氏在不同的时间怀孕还可以解释清楚，难道两姐妹商量好了一起怀孕吗？是为了显示她们关系好吗？”

“这不过是巧合，碰巧她们都在同一时间……”岑旷嘟嘟囔囔地还要争辩。但叶空山的下一句话让可怜的魅无话可说：“那这位双胞胎妹妹为什么要从坟里挖出死婴？好玩？而且她一路挺着肚子走了那么远，好像十月怀胎的说法对她不管用呢。”

“你说得对，”岑旷终于承认，“这是最大的疑点，无论怎么也想不通。”

“想得通，放心吧，绝对想得通，只要你往正确的方向去想，”叶空山笑容可掬，“我刚才不是跟你说过吗？你不但对这几段记忆的总结有误，而且还生生漏掉了一段。”

“哪一段？”岑旷不解，“每一段我都记得很清楚啊。”

“就是黑暗中的那一段啊，”叶空山说，“你失去了五感，你失去了空间和时间，你在一片混沌中等待着身体的凝聚……”

“可那是我的梦啊，”岑旷说，“我在梦里回到了虚魅的时候，找回了我凝聚时的记忆。一般的魅都会忘掉这段记忆，但我喝了酒之后……”

突然之间，岑旷住口，脸色煞白，死死盯着床上的女人。叶空山轻叹一声：“明白了？其实你真是个有职业素养的好捕快，在喝得烂醉失去神志的情况下，仍然完成了自己的工作。你并没有在睡梦中找回自己的记忆，你侵入了另一个魅的精神，无意间读到了她凝聚时的记忆，却把这记忆当成了自己的。

“这个女人，并不是杜秦氏的双胞胎妹妹，而是完全以她怀孕时的形态为模板凝聚而成的一个魅。所以她什么时候都是孕妇的样子，因为她根本就没有真正怀孕，她只是看起来像个孕妇而已；所以你才会发现，后来的杜万里比‘杜秦氏’老得快，因为魅凝聚成形时，十年的光阴已经过去了。”

“这……这究竟是怎么回事？”岑旷完全不明所以，沉浸在震惊中，“是她……是这个魅，杀死了杜万里吗？她为什么要凝聚成杜秦氏怀孕时的样子？如果她没有真正怀孕，鬼婴……鬼婴也不可能被培育啊。那个婴儿又是从何而来呢？”

叶空山没有说话，岑旷无比惊骇地发现，叶空山的眼里竟然流露出某种悲伤。这简直像是太阳从西边升起了。岑旷想，这个没心没肺的浑蛋也会有伤心的时候？

不过那悲伤的神情一闪而逝，叶空山还是叶空山，典型的浑蛋：“醒醒酒，孩子，不管你现在多头疼，马上把魅凝聚的过程和细节给我讲讲，越详细越好。边走边讲，我们得赶紧，晚了就来不及了。”

“走？去哪儿？”

“先去找胡笑萌，向他求证一个问题，然后去告诉黄炯，免得他因为惊吓过度而折寿。那个婴儿不是什么他妈的鬼婴。”

十七

没错，我就是胡笑萌，你可以滚了。求诊要提前十天预约，否则概不接待，门口牌子上写得清清楚楚，不是瞎子都看得见。

什么，不是来看病的？捕快？吓唬谁啊，我胡笑萌是吓大的吗？老子合法开诊所，一不杀人二不放火，三没有漏缴过一分钱的税款，你难道还能……

什么？你怎么知道芳芳的事情？求求你，千万别告诉霁月啊，她要是知道了我就完了……您问，官爷，大爷，大官爷，您尽管问，想知道什么我都告诉您，半个字也不会隐瞒！

哦，南淮城的杜万里？容我想想……没错，是有这么一个人，找我去瞧过病。

嗐，说是瞧病，其实去的时候人已经死了。对，没错，死的就是他老婆，一把匕首直接捅穿心脏，刀刃进去得很深，几乎连血都没有流。我去的时候，早就断气好久了，尸体都凉了，就是神仙也救不活啊。

死因？唉，说来话长了，不过说起来也真是怪可怜的。这对夫妇成婚十多年了，感情一直都很好，但女人就是身体不怎么好，怀了好几次孕，最后都没能保住孩子，两口子心里都堵得慌。我去瞧病前一天的下午，正好是杜夫人临盆，听说难产，折腾了一天才生下来。这一次总算运气不错，母子平安，小孩破天荒地活下来了。

杜万里当然高兴坏了。当然两口子也累坏了，在床上抱着孩子看啊看啊的，不知不觉都睡着了。他们也是太没经验了，不知道先把孩子放到婴儿的小床上去。结果到了半夜……当妈的忽然惊醒，发现孩子被压在自己身子下面，已经活活压死了。是的，那具婴儿遗体我也看了，脸蛋涨得青紫，肯定没法活。

这下子两口子都蒙了。杜万里大概是太盼望着抱儿子了，这一下刚刚高兴了小半天就遭遇横祸，控制不住自己的情绪，对着他老婆说了很多训斥的话。杜夫人刚刚压死了自己的亲生儿子，正在极度的伤心自责中，被老公这么一骂，自然更加内疚了，在天快亮的时候，神情恍惚之下，居然抓起匕首自尽了。

啊？会不会是杜万里捅的？绝对不会。我当了这么多年大夫，对人的情绪还是略有了解的。杜万里那时的伤心和震惊绝对是真的，作不了假的。

没错，不是难产死的。只不过这种死因杜万里实在不好说出来，才一直托词说是难产死的。不过反正是自杀的，说成难产也不是什么大问题吧？

官爷，大爷，大官爷，您要问的我可都一五一十全回答了，没半句假话。您可千万别把芳芳的事情告诉霁月啊，千万别啊……

十八

秘术师们也已经累到极限了。这两天不眠不休的监控让人从体力到精神都消耗极大。鬼婴倒是精神健旺，在那间小小的囚室里喝下了不少羊奶。

他每一次翻身，每一次踹腿，每一次抬胳膊都能让秘术师们心惊肉跳，让黄炯止不住地想要下命令。

杀了这个鬼婴，以绝后患吧，黄炯不止一次出现这样的念头。但他同时又不希望自己杀错了，一个精神力强大的婴儿虽然诡异，但似乎罪不至死。

当叶空山带着岑旷快步走来时，黄炯按捺不住自己期待的心情，连忙迎了上去："怎么样？弄清楚了吗？"

"基本弄清楚了，"叶空山不客气地抢过黄炯手里的茶杯，递给岑旷，"醒醒酒。"

"弄清楚了？到底怎么回事？这个婴儿是鬼婴吗？"黄炯急急地问。

"我就算说他不是鬼婴，你也很难相信，所以我不打算先白费唇舌，"叶空山说，"让我带着金焕铁进去。我能说服这个婴儿，让金焕铁恢复正常。"

黄炯很吃惊，迟疑了片刻，狠狠一跺脚："好，就这么办！"

两个衙役把软床上的金焕铁抬进去，随即一溜烟逃了出去，好像生怕也被鬼婴吸走魂魄。金焕铁无意识地大张着嘴，口涎顺着嘴角滴下，双目呆滞无光，一副无可救药的样子。

叶空山小心翼翼地靠近了婴儿，婴儿的眼珠子也正好奇地望着他。他深吸一口气，一字一顿地说："我不是你的敌人，我是来帮助你的。请你让这个傻瓜恢复正常，然后我会劝说他们撤掉封禁，找一户人家收养你。"

说完，他又上前几步，来到婴儿身前，俯下身来。黄炯大惊，却也来不及劝阻，叶空山已经和婴儿头碰头了。

"你可以探查我的脑子。如果我在说谎骗你，你可以像对付他一样，也把我弄疯。"叶空山镇定地说。

黄炯等人的心都提到了嗓子眼上。岑旷想着：不必等他把你弄疯，你本来就是个疯子。

一秒，两秒……一分钟过去了，叶空山并无异状。他脸上露出了微笑，伸手抱起婴儿，将婴儿的额头贴到了金焕铁的额头上。片刻之后，金焕铁一阵剧烈的咳嗽，眼珠子滴溜溜一转，忽然间破口大骂："这是怎么回事？快放开我！谁敢把老子捆起来？混账！"

所有人都松了口气。黄炯亲自奔进去，解开了金焕铁身上的绳索，将他扶出去。叶空山哈哈一笑，轻柔地捏了捏婴儿的鼻子，把他放回床上。然后他走出门，看着不依不饶的金焕铁被架走，看着其他秘术师们如释重负地打着哈欠离开，看着黄炯冲自己走过来，表情奇异："马上给我交代清楚，不然我饶不了你！"

三个人席地而坐。岑旷把叶空山之前得出的结论先向黄炯复述了一遍。在此过程中，叶空山一直心不在焉地看着关押婴儿的囚牢。

"如果说那个女人是一个以杜秦氏为模板凝聚而成的魅，那她显然并没有真的怀孕，那么，婴儿是从何而来的？"黄炯问。

"女人从何而来，婴儿也从何而来。"叶空山淡淡地说。

黄炯一怔："那个婴儿……也是一个魅？"

"是的，也是一个魅，是女人从自己身上抽离出精神游丝，生生制造出的一个魅，"叶空山回答，"在岑旷所看到的那段坟场中的记忆里，这个女人浑身墓土，站在杜秦氏的坟墓前，为的就是挖出死婴，按照死婴的样子再塑造一个魅。那是一种成功概率极低的笨办法，不知该说她幸运还是不幸，最终她成功了。"

"自己凝聚成杜秦氏的相貌身形，再制造一个和死婴一样的婴儿的魅，她做这一切是为了什么？她又究竟为了什么要杀害杜万里？"黄炯追问。

"她并没有杀害杜万里，"叶空山说，"验尸的时候不是调查得很清楚了吗？杜万里是自己给了自己一刀。"

"废话，但他为什么要给自己一刀？难道不是这个女人逼的？"

"没有谁逼谁，"叶空山发出一声沉重的叹息，"这不过是一个早就写好了结局的悲剧故事罢了。故事里没有赢家，每一个人都是悲剧。由于无法查证确切的时间，根据岑旷对年龄的大致判断以及一个魅的正常凝聚时间，我们姑且假定这一切都是从十五年前开始的吧，也就是杜万里失去妻儿的十年之前。那个时候，杜万里三十六岁，杜秦氏大概是三十岁。”

说完，他捡起一块小石头，在地面上歪歪斜斜地写了几行字。黄炯和岑旷凑过来，辨认着他的字迹。

	杜秦氏	魅	杜万里
十五年前	三十岁	未凝聚	三十六岁
五年前	四十岁	三十岁	四十六岁
现在	已死亡	三十五岁	五十一岁

“这些，就是在三个不同的时间点上，这几个悲剧人物的身体年龄，能够比较方便地解释魅的每一段记忆中人物的不同年龄特征。其中魅实际上是刚刚凝聚好，但她的身体一成形就已经是一个三十岁的女人，并且在按照人族的速度正常衰老。

“从胡笑萌的供述中，我们可以注意到这个关键的细节：杜秦氏曾多次怀孕，最后却都没能保住婴儿。这一方面说明了在最后的那个夜晚，当杜秦氏不小心压死婴儿后，夫妻俩会是怎样的悲痛；另一方面却也提醒了我们，为什么这个魅会按照怀孕的杜秦氏来进行凝聚。

“我之前曾和岑旷说起过，十多年前，在我还没入行的时候，就曾经在南淮城泰升客栈相邻的那条街抓获过一批邪道中的秘术师。当时我只把它当作一个寻常的谈资，现在才意识过来，秘术师们频繁的秘术修炼，会散放出大量的相对纯净的精神力，而这些精神力，就是这个魅的来源了。

“顺便，我刚才向岑旷老师恶补了一下魅的知识。虚魅的凝聚是一个很有意思的过程。一方面，它们并没有形成明确的自我意识，不会在理智的控制下选择身体，甚至事后都完全不记得这一过程；另一方面，它们又会受到很多因素的驱动，在完全无意识的情况下，表现出一种令人难以置信的……喜好。它们甚至不知道自己喜好些什么，却偏偏能因循着一定的标准去选择模板。比如，雷州的古战场遗迹上屡屡有河络幽灵袭击人族的传闻，事实证明那只是凝成河络形状的魅，它们在凝聚过程中，天然承载了古河络对人族的深深仇恨；比如我们的岑旷老师，一个年轻的魅，对人族生活的向往和钻研精神超过了真正的人族，说不定是在龙渊阁这样的地方开始凝聚的呢。啊，了不起的知识分子！

“这个无名女人，就是这样的一个魅。很幸运的是，她没有受到秘术师们杀气的影响，却反而对杜氏夫妇的普通生活产生了浓厚的兴趣。杜万里一直是个爱护妻子的男人，杜秦氏显然也相当温柔贤淑，而一旦她怀孕，这样的感情会变得更加深厚——真是让我这样的老光棍嫉妒呢。这个魅就是在这种情况下，以虚魅的状态感受到了那种炽烈的情感，以至于它的潜意识里得出了结论：如果我以杜秦氏的样貌为模板凝聚成人形，我也能得到同样的幸福。但是我们都知道，外形的相似和幸福无关。所以当这个魅凝聚完成后，她一定会发现自己并不能感受到当时的那种幸福，并在潜意识指引下，回到南淮，观察两夫妇的生活，以便给自己的困惑找到答案。

“这就是这起悲剧的起源。一个魅，被对幸福的渴求驱使着，以怀孕的杜秦氏为模板，开始了凝聚。这一过程长达十年，当它凝聚完毕，以三十岁杜秦氏的形态出现于人世间时，杜氏夫妇已经老了十岁。而这十年也给他们的生活带来了巨大的改变——两人始终没有子嗣。

“某种程度上，人族的感情比魅的凝聚还要奇怪。诗人们总喜欢歌颂爱情，但爱情这玩意儿，却总会掺杂进各种各样的杂质。对杜氏夫妇来说，这个杂质就是孩子了。依照人族的传统观念，膝下无子，好像生活就残缺了一块。因此，魅重新回到南淮城时，正碰上杜秦氏的又一次怀孕。

“这一次似乎很顺利，孩子生下了，母子平安，夫妻俩欣喜若狂，魅也能感受到他们之间的那种温度。但突然之间，惨剧发生，杜万里在骤失爱子的悲痛中，疯狂地辱骂了杜秦氏，那是魅过去从来没有见过的。更糟糕的是，这之后不久，更大的惨剧发生——杜秦氏在精神恍惚中自尽了。

“爱情没有了，幸福变成了噩梦，这样的变化不只打击到杜万里，也让魅不知所措。她一直藏在暗处观察着杜万里的种种行为，最后得出了这个结论：一切的不幸都源于那个孩子的意外死亡。如果孩子能活过来，这种幸福就能继续。至于杜秦氏的地位，她相信自己可以取代，因为自己和

杜秦氏长得一模一样啊。

“你问我这算不算爱情？我也无法回答，我到现在还打着光棍呢……我只能说，魅的意识里存在着很多常人难以理解的东西，甚至岑旷自己也承认，那种源自精神的信仰有很大可能转化为畸形的、不可理喻的执念。总而言之，这个魅自己都无法理解所谓爱情、所谓幸福究竟是什么，却给自己定下了目标：再创造一个同样的婴儿，带着婴儿回到杜万里身边。

“所以她挖掘了杜秦氏的坟墓，从中找到了那个婴儿的遗体，这期间也许还偷盗了防腐的药物。然后她带着婴儿的尸体躲到荒僻之处，从自己身上慢慢抽取出精神游丝，围绕着尸体，开始创造一个崭新的魅。

“我之前问过岑旷，这种方法在理论上是可行的。只要事先形成一个精神屏障，把那些精神游丝隔绝在内，就不会感知到除了婴儿之外的其他物体。如果运气足够好，强行分泌的精神游丝有可能凝结成虚魅，而这个新的虚魅也有可能以唯一能接触到的婴儿为模板进行凝聚。二者的概率都不足百分之一，也就是说，最后形成一个婴儿形态的新魅的概率不足万分之一。但事实证明，她侥幸成功了，也许是因为意念的纯粹和强烈吧。婴儿的身体需要的物质比成人少得多，所以五年时间就足够了。

“在这起案件中，我还注意到一个小问题：女人沿路都带着包袱，包括把包袱带入客栈，但案发后，却没有找到这个包袱。一个空包袱只是一块布，被忽略了很正常，但之前包着的东西哪儿去了呢？我没有猜错的话，那里面包着的就是这个婴儿。不，当然不是已经成形的婴儿，否则早就闷死或者冻死了。她一直带在身边的，是魅实，也就是凝聚中的魅给自己形成的保护壳。还不明白吗？这个可怜的魅并不明白婴儿的降生对杜万里意味着什么，她以为那个过程就是杜万里快乐的源泉，所以想要让杜万里亲眼见到婴儿诞生，以便给他惊喜！

“接下来的事情，你们可以想象了吧？”

岑旷和黄炯久久没有言语。最后岑旷的头慢慢低下去，用梦呓般的声音接着说：“她带着魅实，先到南淮城，打听出了杜万里的下落，接着立刻赶来青石，算计着魅实破裂的时间，住进了泰升客栈。她在深夜的时候，带着即将成形的婴儿，找到了杜万里的房内，想要给他一个大大的惊喜。

“可这是怎么样的惊喜啊？杜万里离开南淮，就是因为无法压制心中强烈的愧疚。虽然杜秦氏是自尽而死，但在杜万里的心目中，妻子就是被自己一时昏了头脑的斥骂逼死的。这种内疚就像有毒的种子，在他心里压了整整五年。这时候在半梦半醒间见到了妻子，还眼看着妻子不知怎么弄出来的一个婴儿，他会想到什么？是妻子儿子的亡魂来向自己索命吗？

“我们之前猜测，杜万里是被吓疯了才自尽的，但那是错误的。杜万里并不害怕，甚至可以说，他备受煎熬的内心一直在期待着这个日子的到来。在妻儿的鬼魂面前亲手结束自己的生命，于他而言，或许是最好的解脱。他也许是迫不及待地拿起刀，用和妻子完全相同的方式自杀了。

“而对于魅来说，这样的变故是她绝对想不到的。她满心欢喜地以为杜万里会开心，会从此和她生活在一起，但换来的结局竟然是杜万里的自尽身亡。她彷徨了，不知所措了，发现自己过去的种种憧憬全都是泡影，是可笑的幻觉。她也终于绝望了，从杜万里的尸体上抽出刀，剖开了自己的肚子——她以前自以为的爱情的象征。由于那个肚子只是外形，剖开后只是伤及皮肉，而没有触到脏器，所以尽管失血严重，她一时半会儿还死不了。然后她挣扎着躺在了杜万里的身边，也许是希望……他们死后还能挨得近一点。”

岑旷没有再说下去，几滴眼泪从脸上滑落，溅在地上。叶空山一声叹息，伸手轻抚着她的肩膀：“到了这个时候，我才觉得，你终归还是个女人啊。”

“我不是女人，我是魅，我根本就不是人。”岑旷哽咽着说，“也许我和她一样，永远弄不明白人族究竟是什么。”

叶空山摇摇头，声音出奇地温和：“从你学会掉泪开始，你已经在一点点明白人族了。你会完成心愿的。”

岑旷缓缓抬起头，微微一笑，那张还带着泪珠的美丽面庞让叶空山一时间有点头晕目眩。黄炯不合时宜地咳嗽一声："抱歉，打扰了你们的良好氛围，可我还有一点没弄明白。那个婴儿究竟怎么回事？为了他，我至少掉了十斤肉。"

叶空山哼了一声："再掉三十斤，在你身上也看不出来。你对魅还是缺乏了解。魅在凝聚时，可以随便选择年龄，然后从这个年龄开始正常生长，直到死去，但他们的精神从一开始就是成熟的。这个婴儿是用最纯净的精神游丝凝聚成的，所以他的精神力从一出生就比常人强得多。但精神成熟，并不意味着就已经通晓了人世间的事物，就连我们的岑旷小姐不也得从头开始学嘛。他从魅实里一出来，身边就只有两个死人，没有人教会他什么，反而被你抓了起来。所以他始终很谨慎，一边减少自己的动静以免引起怀疑，一边也在通过你们在窗外的对话，飞快地学习。

"金焕铁一直对他抱有敌意，被他看出来了，所以他想要把金焕铁收拾掉。但以他的能力，还不足以直接用秘术杀人，所以他大概是使用了一点精神蛊惑术，稍微撩拨一下对方。金老头果然中招靠近了他，想施展读心术，在完全没有防备的情况下，被婴儿反击，搅乱了脑子。如果不是金老头一直就有这个念头，换成其他人，也不会被他引诱过去。"

"可是，在命案现场，他为什么会笑？为什么会钻到那个女人……女魅的肚子里去？"

"因为他一直都在那个女魅的快乐情绪的感染下凝聚。女魅一直以为，只要有了这个孩子，就能获得幸福，这种情绪跟随着精神游丝，塑造了婴儿的性格。至于钻进肚子里……那只是一种本能。"

"本能？"黄炯和岑旷异口同声地问。

"对于一个刚出生的婴儿来说，什么地方是最安全的？"叶空山意味深长地苦笑了一下，"看来即便是一个魅，冥冥之中，仍然具有这种本能啊。"

黄炯匆匆离去，怎么处理这个婴儿会是一件挺让人头疼的事，不过老头很乐观，觉得可以先收养下来，培养他成为下一个岑旷。

“等那个婴儿长大了，老头也该告老还乡了，那么高兴干吗？”岑旷不解。

“就像人族总喜欢做父母一样，”叶空山说，“生一个或者一堆小孩，无穷无尽地折腾你，不知道有什么好。但人们就是喜欢生小孩，内心深处总有着繁衍后代的渴望，你有脾气吗？人族就是那么古怪，很难解释得清。也许等你嫁人之后，就能慢慢弄明白了。”

岑旷脸上微微一红，呸了一声，正想反击，却注意到叶空山做了一个动作，想要阻止时已经晚了：“你往她嘴里塞了什么进去？”

“她没有必要再受苦了，”叶空山答非所问，“她活着没能得到真正的幸福，也许死后才能安心。你还有最后几分钟，如果愿意的话，可以再看看她的记忆。”

十九

女人在临近死亡。

就像是极北部的冰海中轰然崩塌的冰山一样，女人的记忆也在大块大块地消失，仿佛被海水吞没的冰块。现在已经很难找到连续不断的记忆了，因为精神开始随着肉体的陨灭而迅速消亡。

或者换用另一种比喻，女人的记忆就像是某个深夜里抬头可见的璀璨夜空。但突然之间，星光开始大片大片地熄灭，连星阙都无法连成一体，终于无可避免地走向绝对黑暗。

女人挣脱了黑暗，赤身裸体地沐浴在一片让人睁不开眼睛的光明中。她终于完成了漫长的凝聚过程，成了一个真正的实魅，拥有了形体和稳定的精神状态。她低下头，下意识地抚摸着自己隆起的肚腹，做出了自己凝聚成形后的第一个表情。她露出了一丝甜美的微笑。

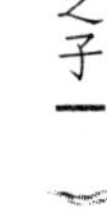

女人坐在夕阳下，脱下鞋，轻轻抚摸着自己的双足。两只脚火辣辣地疼痛，已经磨起了好几个血泡，毕竟这个新凝聚的身体还没有适应长时间的走路。女人虽然痛得龇牙咧嘴，脸上却犹带笑容。她在向着自己的目标迈进。

女人第一次来到南淮，第一次见到那么多的人。她胆怯地等待着天黑，顺着墙根进入了南淮城，凭着模糊的记忆在蛛网般密布的巷陌中穿行。在月上中天的时候，她终于看到了泰升客栈的招牌，愉快地笑了起来。

女人站得远远地，看着杜万里夫妇在一起的神情。杜氏夫妇很幸福，于是女人也感到了幸福。她抿着嘴，笑得很温馨。

……

女人站在一个荒僻的峡谷中，衣衫褴褛地守着一个山洞口，荒野的风呼啸着从耳边吹过，预示着天气的变化。女人对这些半点也不在意，只是不时地往山洞里看上两眼，笑得很满足。

……

记忆在不断地断裂、散失、毁灭。女人的笑靥在一张张地变形、扭曲、化为碎片。精神的大堤已经无可挽回地走向溃决，黑暗的潮水汹涌澎湃。

我所看到的最后一幅画面，是女人站在杜万里的房门前。在那个风声不息的深夜，她怀里抱着即将裂开的魅实，轻轻推开了门。幸福在召唤着她。

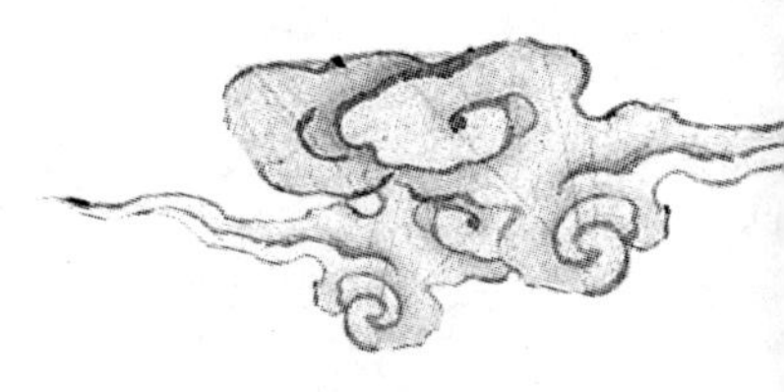

童谣

人族和羽族关系高度紧张的时刻，青石城接二连三地发生凶杀案。在不同的凶案现场，却出现了同样的羽族文字——一首饱含黑暗气息的童谣。

多兰斯城邦的阿克西
是谁杀了你
——是我的父亲
他把我头朝下高高吊起

多兰斯城邦的阿克西
是谁杀了你
——是我的母亲
她把我的头按在水里

多兰斯城邦的阿克西
是谁杀了你
——是我的父亲和母亲
他们把我头朝下高高吊起
把我的头按在水里

他们看着我停止呼吸
然后命令我
夜深之后去找你
快开门快开门
我是多兰斯城邦的阿克西

——羽族童谣《多兰斯城邦的阿克西》

一

天色渐渐明亮起来，阳光照进了这座天启城里的宏伟宫殿。天启的旧皇城本来就很具规模了，但我仍然下令修建了这座新殿，不为别的，只为了它前所未有的高度，可以俯瞰一切的高度。

我披衣起身，离开床上肌肤雪白的赤裸女子，慢慢拾级而上，站到了天启城的最高处。在我的眼前，在壮丽的朝霞之下，九州历史上最伟大的帝国犹如一幅缓缓展开的画卷，让我的心胸中激荡着难以言说的豪迈。

三十年，我用了整整三十年的时间，才完成了征服九州的大业，完成了这个几千年来都没有人能够完成的奇迹。华族、蛮族、羽族、夸父、河络……所有的种族，所有的国家，所有的城邦部落，我的敌人们一个个臣服于我的脚下。即便是海洋的主人——鲛族，也不得不在我的海船下俯首称臣。

回想起十六岁提起一把生锈的马刀起事时的场景，仿佛还在昨天。三十年间，多少往事化为寂寞的烟尘。我在心里默默历数着那些曾和我一同奋战过的同伴，他们中的很多都不在了，还有很多从我的朋友转变为我的敌人，在战场上与我兵戎相见，而彼时的我，早已麻木于无穷无尽的杀戮，甚至无暇去想一想是否应该对昔日的战友网开一面。从越州到中州，再到宛州、殇州、宁州……上百万人的鲜血和尸骨才成就了我今天的帝业。但我不会为此感到丝毫的内疚，一将功成万骨枯，那些微不足道的生命，正是因为我的胜利才有了价值。

“陛下，当心着凉。”女子不知什么时候也跟着起身，来到我的背后。她体贴地把一件白狐皮裘披在我的身上，猎杀上千只白狐才能制成这样的狐裘。我没有动，享受着她的侍奉。每天晚上，我都会换一个不同的女人来陪我，不过这一个，显得特别美丽，似乎有些与众不同。也许我可以多留她几天。

我微微一笑，握住了她的手："你叫什么名字？"

"岑旷。"女人带着醉人的媚态回答，简直能让人骨头发酥。

"这很像是男人的名字啊，"我若有所思，"你果然是个不一般的女人。"

二

退出这段梦境后，岑旷站起身来，下意识地向后退出一步。

"怎么了？被吓着了？"叶空山眼睛都没睁开，懒洋洋地发问。

"没什么，就是在别人的精神里看到自己，而且还光着身子，实在有点不习惯。"岑旷老老实实地回答。

叶空山的脸上没有丝毫羞惭："所以我才让你阅读一下我的梦境。要了解人族，就要从他们最基本的思维方式开始着手。"

"原来你们人族男性的梦境就是这样的，"岑旷吁了一口气，"成就霸业，占领天下，杀死一切看不顺眼的人，再把所有的财富和女人都收拢到自己的手里。"

"大同小异，不过你总结的这几点还算到位。"叶空山说，"我早就建议过，要了解我们人族的文化，还得多读一些坊间流行的小说。你要是积累了一定的阅读量，就不会对刚才的梦境感到奇怪了——这年头一百本小说，九十九本都是帝王争霸，打斗厮杀，英雄美女爱来爱去，还都是些动不动就脱衣服的美女。"

"欲望。"岑旷想了一会儿，说出这两个字。

叶空山满意地点点头："没错。所谓欲望，就是对自己得不到的东西的渴求。你看看那些每天辛勤工作六七个时辰、被监工抽得满身鞭痕还不敢还嘴、连媳妇都娶不起的穷汉，下工之后找点这些小说来读，在臆想中自我代入——赚钱、娶十七八个漂亮老婆、把监工切成碎块油炸了下酒，也是一种蛮不错的娱乐方式嘛。”

“可是……你梦里的那个女人，为什么会是我的脸？”岑旷又问。

“因为你长得漂亮嘛。”叶空山耸耸肩，“我总不能想着隔壁卖花生的大妈的脸吧？”

岑旷好像懂了，犹豫了一下，又补充说：“不过有一点，在你的梦里，最后我脸上的表情，真是很……很好看，可我从来不记得我曾做出过那样的表情。你们男人的想象力真是丰富。”

岑旷是一个魅，以人族女性为模板凝聚而成的魅。从凝聚成功之后开始，她就对人族产生了强烈的兴趣，并渴望能了解这个种族。由于她具备阅读他人思维的强大精神力，青石城的老捕头黄炯收留了她，本来想让她协助办案。但岑旷在凝聚过程中产生了一些要命的缺陷：她的内心过于单纯，甚至不会说谎，而人族的思维活动是狡黠的、复杂的，充满了歧义、错觉和欺骗，使她很难完全施展自己。于是黄炯把她交给了捕快叶空山，试图让这个衙门里最奸猾、一肚子坏水的家伙来教会岑旷识别人心的诡诈。

不久之前，两人刚刚一起侦破了差点把黄炯吓死的青石城鬼婴案，但这并没有让岑旷长太多信心。在鬼婴案中，岑旷成功切入了嫌疑人的精神，读取到大量的记忆片段，却并没能够成功解读，最后还是多亏了叶空山从岑旷的叙述中听出关键，解决了这个案子。好在岑旷心机足够单纯，也并没有觉得有多么气馁，仍然踏踏实实跟着叶空山学习。

“别着急，你虽然傻头傻脑，但也是有利有弊，”叶空山对岑旷说，“它保证了你精神力的足够纯粹，才能完成对头脑健全的人使用读心术这样几乎不可能的工作。一般的魅在很短时间内就能融入其他种族的社会，但他们也不可能具备你这样的能力。”

“我宁可没有这种能力，”从来不说谎的岑旷回答，“我现在运用这种能力给你当助手，也不过是无法揣摩人心的无奈之举。”

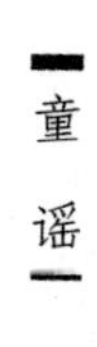

“你已经学会了人族的一个大优点，”叶空山一本正经地说，“卸磨杀驴。这正是现在在门口偷听的那个老头子最爱干的事，他今天一定又找到什么借口来扣我薪水了。”

话音刚落，捕房的门被推开了，满脸不悦的黄炯钻了进来，在椅子上一屁股坐下：“别忘了，老子也经常煞费苦心地保住你的饭碗。”

“那今天你打算往我的饭碗里添点什么佐料呢？”叶空山问。

“有一桩很麻烦的案子，我担心别人处理不好，还得你出马。”黄炯说，“刚刚发现的一起杀人案，现场留下了一些羽族文字，看起来好像是什么羽人的符咒。我派你去，不仅因为你看得懂羽族文字，更重要的在于现在正是人羽关系高度紧张的时候，上头不希望这件事演变成为战争的导火索，所以你得灵活处理。”

“我最不喜欢‘灵活处理’这四个字，”叶空山懒洋洋地站起来，“通常上级所要求的‘灵活处理’，其实就是‘谨慎谨慎再谨慎’的加倍。”

“你说对了。”黄炯板着面孔。

杀人现场保护得很不错，这大概是因为死者的情形过于诡异，以至于根本没人敢靠近。叶空山对此感到很满意，他环顾了一下这间装饰得富丽堂皇、摆满古玩字画的卧室，对岑旷说：“看见了吗？这就是最典型的暴发户，有点钱都要摆在台面上，恨不能抱着金子睡觉。但你一定要明白，这样的生活一般人会在口头上鄙视，而心里无比地羡慕……”

但岑旷并没有留意到他在说什么，注意力完全被那具尸体吸引过去了。死者是个男性，穿着昂贵的丝绸睡衣，双腿被一根绳子牢牢捆住，把身体高高地倒吊起来，悬在房梁上，就像是一块挂在房檐下的摇来晃去的腊肉。而他朝向地面的头则浸在了一口装满水的大水缸里，不知道这会不会是他的直接死因。

岑旷看着死者被反绑在背后的双手，已经由于和绳子的剧烈摩擦而擦破了皮，绳子上沾着不少已经干掉的血迹。她想象着死者的头颅在水中无法抬起，全身不停挣扎，却终究无法逃脱溺毙而死的场景，心里就像有虫子爬过，非常不舒服。

由于身体倒吊，死者身上的衣服倒卷了下去，露出背脊上一片红色的印迹。岑旷靠近一看，那是一些曲里拐弯的文字，并不是东陆文，而是羽人所使用的华丽轻灵的象形文字。

“认识吗，好学的岑小姐？”叶空山一边打量着这些字，一边问岑旷。所有的字都是用针尖之类的尖锐物体直接刺在皮肤上的，暗红的色泽令人触目惊心。

“我刚开始学，但还不太熟，”岑旷努力辨识着，“多兰斯城邦……多兰斯城邦的……阿克西……是谁……杀了你？

叶空山微微一笑，很流畅地念了下去：“多兰斯城邦的阿克西，是谁杀了你？是我的父亲，他把我头朝下高高吊起；多兰斯城邦的阿克西，是谁杀了你？是我的母亲，她把我的头按在水里；多兰斯城邦的阿克西，是谁杀了你？是我的父亲和母亲，他们把我头朝下高高吊起，把我的头按在水里；他们看着我停止呼吸，然后命令我，夜深之后去找你。快开门，快开门，我是多兰斯城邦的阿克西。”

“你真厉害！”岑旷不得不佩服，“那么快就能译出来。”

“不是我厉害，而是这玩意儿我很久以前在宁州游荡的时候就听过。”叶空山回答，“这不是什么符咒，只是一首童谣，流传于多兰斯城邦一带的童谣，一般被人们称为《多兰斯城邦的阿克西》。”

“童谣？”岑旷回味着这些文字中流露出的恐怖氛围，“为什么会有这么可怕的童谣？”

“关于这首童谣，倒是有过一些传说。”叶空山仔细验看了尸体，招呼仵作把尸体解下去检查死因，回过头继续对岑旷说，“据说在多兰斯城邦有一个羽族小孩，饱受父亲、继母和继母儿子的欺凌。有一天，他忍无可忍，拿起一把刀砍伤了继母的儿子，第二天就传出了他的死讯，他的父亲声称他掉进河里淹死了。当然了，事实真相如何，谁也无法探究了，但从此之后，这首童谣开始到处流行，而这个孩子的家人，在某一个暴风雨之夜神秘地全家暴毙，死因……和你眼前看到的这一幕完全一样。每一具

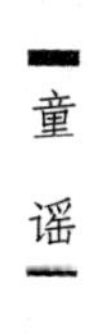

倒吊着的尸体的身上，都刻着这首童谣。”

岑旷打了个寒战。

死者名叫严于德，四十二岁，正如叶空山之前所说，是个做玉石生意的暴发户，家里娶了三房妻妾，不过并无子嗣。而仵作也很快查明，严于德正是被溺死的，死亡时间就是前天夜里。据说当时他的脾气出乎意料地暴躁，赶跑了身边所有的人，一个人待在那间宽大的、隔音效果挺好的卧室里，一夜都没出来。一直到了早上，里正跑来根据近期法例登记家里的人口，人们敲门没有应答，强行撞开门，于是发现了现场惨状。也就是说，暂时找不到案发时的目击证人。

一个很具有讽刺意义的现象是，丈夫死了，妻子通常会成为最重要的嫌疑对象，尤其对于严于德这样很有钱的丈夫和他那三个只对他的钱有很深厚感情的妻妾。严于德尸骨未寒，三个女人已经开始为了瓜分财产的事情打得不可开交，叶空山见到她们的时候，三人都是怒气冲冲、披头散发，显然是分赃不均。但在严于德的死因方面，她们的口径惊人地一致：不知道。

“那晚老爷不知道为了什么，发了老大的脾气，”严于德的大房用拉家常一般随意的口气说，“我们三个要陪他，一个都不让，还把我们都撵出去了。”

“那你们做了什么？”叶空山问。

“还能做什么？凑在一起打打牌呗，”二房接口说，“女仆们都可以作证。”

岑旷问了一圈，女仆们果然都说，三位太太聚在一起打牌打了一夜，直到早上发现严于德的尸体为止。她虽然并没有用读心术，但按照叶空山教给她的一些简单的判断方法，觉得女仆们所说都是真话。而问遍了严府上下的其他人，也都一无所获。

“怎么样，能想到点什么吗？”叶空山问岑旷，“不要紧，证据这种东西，就像树上的叶子，迟早有被风刮到地上的一天。不过这起案子很有趣，你可以锻炼一下你推理的能力。随便想，随便说，就当是在讲故事好了。”

岑旷皱着眉头：“抱歉，我没法随便说，你知道我从来不擅长空想。我始终不太明白，严于德是一个人族，怎么会和羽族的童谣牵扯到一起？而且把这首童谣刺在他身上能说明什么？”

“童谣是一种很有意思的象征，”叶空山说，“就像这一首《多兰斯城邦的阿克西》一样，童谣并不都是纯真无邪的，正相反，许多童谣都包含着杀戮的气息和阴郁的恐惧。正因为如此，很多带有黑暗气息的童谣，非常受疯子们的青睐。”

“疯子？”

“疯子，疯子杀人犯，疯子杀手，”叶空山阴森森地露出一口白牙，“某种程度上，那些具有奇特的杀戮欲望的人，大部分都是心智还没有成熟的孩子，那些童谣中简单而残酷的美感，也许恰好能击中他们的脆弱之处。”

“你又提到了欲望，”岑旷说，“杀人也能演变成为欲望吗？”

“万事万物都能演变成欲望，”叶空山说，“就好比你，了解人族也能够成为一种欲望。同样的，什么童谣啦、诗文啦、箴言啦，很多时候都能成为一种欲望的宣泄口。一个内心极度压抑的狂徒，或许会从那些文字与歌谣里找到指引自己前进的方向。比如说，有些凶犯会这么想：童谣是神给我的启示，我按照这首童谣的指令，完美地再现这一场景，就能得到神的救赎。”

岑旷点点头又摇摇头，看着叶空山站起身来：“你要干什么？”

“谈天闲扯结束，做点正经事去，”叶空山说，“我得去查一查这个严于德的背景。”

“那我呢？我做点什么？”岑旷问。

叶空山想了想：“你到城东的羽人聚居区，和他们聊聊天，看看关于这首童谣，他们能不能告诉你更多的相关信息。”

“我一个人去？”岑旷一愣。

“就是你一个人，”叶空山神气活现地说，“总不能一辈子都让爸爸扶着你走路。”

三 

叶空山说得轻巧，岑旷走进这条聚居着青石城大多数羽人的街道时，还是感到相当紧张。羽人们看她的目光是冷漠的、戒备的，这更让她浑身上下针扎了一样不舒服。

我到什么地方都是个异族，她莫名其妙地想，无论对人族还是对羽人。她想起前几天，街上的里正带着个衙门里的文吏，挨家挨户登记各家的人口状况，凡有外族人都要重点记录。岑旷虽然跟着叶空山，却并没有衙门的正式编制（身上的腰牌也是叶空山动手给她做的假的，黄炯睁一只眼闭一只眼假装没看见），被他们盘问了好久。

衙门如此大费周折是有原因的。这段时间的人羽关系相当紧张，两族在贸易方面产生了激烈的摩擦，各自宣布了无数禁运禁贩的货品，下头的普通生意人也憋着气，甚至有某些商会商号直接动了刀子，死了一些人。岑旷听叶空山讲过，九州大地上的事情大致如此，打打停停，停停打打，即便曾有过连续几百年没发生大型战争的好日子，各种小规模战斗也未曾停止过。二十多年前，东陆的皇帝北征蛮族、南伐鲛人，打得民不聊生。现在好容易清静了二十年，难道新皇帝又要对羽族动武？

“喂，你已经在这条街上转了三个来回了，到底想干什么？”这一声粗暴的喝问打断了岑旷的思绪。她回头一看，一个中年羽人已经带着三四个年轻羽人围了上来。在这种情况下，按理说她应该编造几句谎言搪塞一下，但不幸的是，我们的岑旷小姐由于凝聚时的先天缺陷，完全不会说谎。她犹豫了一下，决定不予回答，因为叶空山总是强调办案时隐藏身份的重要性，但她一旦开口，身份就非得暴露不可。

羽人们见她一言不发，以为她心存蔑视，更加恼火，一个年轻人毛毛躁躁地伸手就去抓她的胳膊。但刚刚碰到岑旷的衣袖，他就忽地脑子里一片空白，一瞬间失去了意识，昏倒在地上。

“杀人啦！有人族跑到我们这儿来杀人啦！”羽人们叫喊起来，很快街面上呼啦啦涌出一大帮子人，把她围在了当中。岑旷正在手足无措，羽人们却忽然安静下来。一个领袖模样的羽族老者拄着拐杖，慢慢走到她跟前。

“你对他做了什么？”他先指着倒在地上的年轻人严峻地问。

“他想要攻击我，所以我暂时封闭了他的意识，”岑旷说，“大约半个时辰后，他就能醒过来。”

“那你是来做什么的？”

岑旷又是一阵犹豫，但看形势不说也不行了：“我是一个捕快，来这里想了解一些和《多兰斯城邦的阿克西》有关的情况。”

这句话仿佛具有奇怪的魔力，羽人们都静了下来。老人打量了一会儿岑旷，哑然失笑：“你不是人族，你是一个魅！”

“我是魅。”岑旷点点头。

“怪不得，”老人的面孔温和多了，“我想也不会有人族跑到这儿来闹事。看来你倒是挺诚实的，诚实到不怕在这里丢了小命。”

“你错了，其实我很怕丢掉小命，”岑旷说，“但我还是不得不诚实。”

“那就对了，”老人点点头，“你要是说了半个字的谎话，恐怕就只能躺着出去啦。”

羽人的茶有一股树叶的清香，让岑旷略微安心了一点。这位老人无疑在羽族聚居区很有威望，岑旷跟着他进到这间被装潢成茶室的树屋后，其他茶客都一言不发地迅速离开，没有人敢上前打扰甚至在远处窥视，这也让谈话氛围慢慢轻松起来。

“关于这首童谣……”老人沉思了一阵子，“已经流传了很多年吧，在我小的时候就曾听我祖母讲过。这里头还藏着一个故事呢。”

“是讲一个孩子被父母杀死的故事吗？”岑旷把叶空山告诉她的那个

传说复述了一遍。

“他毕竟是个外族人，其实并没能听到全部，”老人摆摆手，“关于这个故事，其实还有一些隐情。你知道它流传得最广的时候，是在什么年代吗？”

岑旷摇摇头，老人的眼神里骤然间多了几分沧桑和隐隐的愤怒：“是在上一次人羽战争的时代。而这个故事，与其说是一个纯粹用来吓人的童谣，倒不如说是用来警示族人的警钟。”

“警示族人？”岑旷不大明白。

“在那个故事里，杀害了阿克西的继母，是一个人族，”老人已经迅速收起了刚才无意间流露出的一丝愤怒，表情显得淡泊而从容，“阿克西的父亲续娶了一个人族，结果给家庭带来了巨大的不幸。这首童谣其实是在提醒羽人，永远不要相信人族。”

“这么说，把这首童谣刻在人族的身上……”岑旷心里一紧，有些明白了。

“我并没有那么说。”老人微微一笑，“童谣只是童谣，传说只是传说，而杀人案最需要的是证据。不过我建议你，不要过于相信人族。在他们眼中，我们永远都是异族，永远只会是危险的敌人或者可以利用的对象，而不是真正的朋友。”

岑旷沉默了一会儿，慢慢说：“也许你说的是对的，但我还是觉得，我可以和人族做真正的朋友。”

“你果然诚实得很啊，”老人叹息着，“那就走你自己的路吧。”

回到熙熙攘攘的人族街道，岑旷仍旧觉得心里沉甸甸的，好似压了一块石头，一些很不妙的联想不断地蹿上来。但在回到衙门的时候，她不得不暂时把那些乱七八糟的思绪放下，因为叶空山的情况吓了她一大跳。

叶空山三十出头，没有家室，所以在捕房里摆了一张床，经常不回家睡。此时他就躺在那张床上，满身血污，嘴里不住地哼哼唧唧，左眼肿得老高。上司黄炯站在床边，正在严词厉色地呵责他。

"我这张老脸算是被你丢尽了！"黄炯的表情看上去简直活像他自己挨了打，"一个受了十多年培训的捕快，被几个喝醉了酒的地痞打到遍体鳞伤。现在我在衙门里已经成了笑话了，别人都在夸奖我带队有方，培养出你这样的杰出人才！"

"怎么了？你被谁打了？"岑旷连忙从抽屉里找出伤药，坐到床边替叶空山涂抹。

"哦，没什么，遇到几个小地痞而已。"叶空山用虚弱的声音说，"这个故事教育了我们，办重案的捕快应当注意身份，就不该去管酒醉滋事之类的小闲事，不然反而容易惹祸上身……"

岑旷扑哧一笑，这句话已经能充分说明之前发生的一切了。黄炯还是很愤慨，嘴里嘟嘟囔囔抱怨个不停，甚至表达了希望地痞们下手再狠点的恨铁不成钢之情。奇怪的是，一向以招惹黄炯为乐的叶空山这一次却不声不响，任由黄炯数落个够。等到老头儿带着一脸不依不饶的表情摔门出去，叶空山忽然从床上坐了起来："差不多了。晚上陪我抓人去。"

岑旷一愣："你没事儿？"

"我是故意被他们打的，"叶空山活动着肩膀，"今天下午，你去找羽人们的时候，我也没闲着，去调查了一下严于德最近的商业往来。我找到了他的合伙人，也见到了账本，却发现账本上有作假的痕迹。"

"作假？"岑旷的反应倒也不慢，"就是说他近期的生意有点问题了。这么说来……会不会和凶杀案有点联系呢？"

"很难说，但我刚刚离开没多久，就被那群地痞打了，这样的巧合很像是某种暗示，或者说威胁，"叶空山龇牙咧嘴地说，"所以我干脆就装作不敌的样子，让他们揍了一顿，以便麻痹他们。"

"原来你是故意挨打的，你怎么不和黄捕头解释一下呢？"岑旷恍然大悟。

"因为我接着要干的事情有违律法，他一定不会批准。"叶空山说，"再说了，他对我的实力判断倒也差不多。虽然我从小到大练就了一身挨打的好本事，这一点皮外伤对我而言完全不算什么，但要打别人，我的确是很不在行。真动手和那几个地痞打的话，充其量也就半斤八两。”

“人族的捕快，大多都是你这般武艺的吗？”岑旷问。

“倒不是，我只是其中特别不能打的而已，”叶空山没有半点惭愧，“我一向认为，办案最要紧的是要靠脑子，光凭着四肢发达是什么都干不成的。”

“逻辑有问题，”岑旷说，“练武也并不就意味着‘光靠四肢发达’。”

“这会儿你又聪明起来了！”叶空山一瞪眼，“抓紧休息休息，今晚陪我去抓人。不对，既然你对我的武艺那么鄙视，我应该说‘今晚替我去抓人’。”

玉石商文瑞这一天看上去颇有些心绪不宁。合伙人严于德刚刚死掉，当天下午就有捕快上门摸底，这更让人们把目光都聚焦在了他的身上。而他也并没有闲着。捕快前脚出门，他后脚赶紧授意手下豢养的流氓跟上去，装作是酒醉闹事，找碴把那个捕快臭揍了一顿，看架势应该打得那厮十天之内起不了床。

除此之外，他还做了一些其他的事情。文瑞在天黑之前打发走了商号里的其他人，早早关门，将自己关在房里，生起火盆，然后从书柜后的暗格里找出一沓文书，准备扔进火里焚毁。这时候他隐隐听到屋外有人走动，似乎有一个人影在窗外一晃。

文瑞连忙把文书塞进柜子里，小心翼翼地开门一看，除了一阵凉风吹过，并没有什么人。他摇摇头，关门回去，取出文书后重新坐下，看着眼前烧得红亮的炭火，叹了一口气，把手里的纸张一张一张扔进火盆，看着白色的纸页迅速变黑，化为死无对证的灰烬。他松了口气，斜靠在椅子上，一边吸着烟，一边思考着之后的对策。

慢慢地，火盆里的炭火逐渐熄灭，不再散发出热力。文瑞拍拍手，站起身来准备收拾火盆，但就在他低下头的一瞬间，他的身子僵住了。

火盆里面没有纸灰，只有烧光了的炭。可是他刚才明明亲手把文书都扔进去了。

文瑞呆呆地站在那里，百思不得其解，正在纳闷，身边有人拍了拍他的肩膀。文瑞大吃一惊，猛一回头，正看见白天找他麻烦的那个自称姓叶的捕快。现在这家伙脸上还带着几块瘀青，但看起来精神健旺，一点不像下午被打得半死时的德行。

更糟糕的是，该捕快的手里赫然就捏着他的文书，那些分明已经被烧毁的文书。文瑞张大了嘴，不知所措，跟在叶捕快身后的另一个蛮漂亮的女捕快开了口。

“只是一点精神幻术而已，”她说，“你开门的那一会儿，我已经从窗外跳进来了，拿走了你的文书。你后来以为自己烧掉了它们，但其实你手里什么都没有。”

“所以现在证据都在我手上了。”叶捕快一边用他那种死人都能被气活的恶心腔调慢吞吞地说着，一边翻看着那些文书，“怪不得你不敢说真话呢。你和严于德居然违反国家律法，私自进行被明令禁止的民间商人和羽族之间的玉石生意。乖乖，真不知道杀严于德的人知不知道这一点，否则不用他动手，你们俩按律都该斩首。”

四

白纸黑字，铁证如山，文瑞就算再狡诈也没办法过多狡辩。加上叶空山公然违反衙门的规定，并没有按照法定程序进行审讯，也让他失去了拖延时间的机会。

“你们这些有钱人，犯了点事就总会通关系、找讼师，一点一点抵赖，赖到最后无罪释放为止，”叶空山手里端着酒杯，看都不看被牢牢绑在柱子上的文瑞，“所以我不会给你这个机会的，要么今晚说出来，要么你就一直在这根柱子上享受吧，看你能挺到什么时候。”

文瑞还没来得及开口说话，叶空山已经抢着又说出了下一句：“打算威胁我吗？不妨告诉你，老子当捕快当了十多年，前前后后被解雇过六次

了，再来一次也不在乎。你最好还是乖乖合作，我只是想弄清楚那起杀人案而已，其他违法的事情我都可以装作没看见。”

他的最后一句话无疑起到了很好的效果，文瑞耷拉着脑袋，无可奈何地开了口：“没错，我们违反了国家的禁令，把玉石走私出去卖给了羽人，从中赚取高额的差价。昨天你来找我问话的时候，我担心会惹麻烦，所以没有把真的账本给你看。”

“不止如此吧，”叶空山说，“根据这些真实的交易记录，你们在最近一个月内突然降价抛售，迅速卖光了在宁州的库存。而如果按照原价稳稳当当地出售，你们至少能多赚七成。这到底是为了什么？”

文瑞支支吾吾地回答：“这个嘛……近期风险太大了，官府查得很紧，我们也赚足钱了，不敢再做，所以抛掉存货收手了，反正就在宛州踏踏实实做生意也一样有赚头。”

这个回答显然并没有实话实说，但叶空山再要追问，他就死活不说出更多的内容了。而叶空山毕竟也不能真的严刑逼供，或者把他无限期地关押下去，看看天已经亮起来，还是只能选择放人。

“要不然我去探查一下他的精神？”岑旷跃跃欲试。

叶空山考虑了一会儿，还是摇摇头：“这个人太狡猾了。在他神志完全清醒的状态下，你光是侵入就很困难，也极可能被他设置的虚假记忆欺骗。再等等吧，反正他有把柄抓在我们手里，也绝不敢去告官的。”

岑旷很不甘心，却也不敢擅自行动，只能按照叶空山的要求去监视文瑞的动向。文瑞倒是并没有其他特别的举动，只是又雇了几名护院，不知道是为了防杀手还是防捕快。岑旷经过一番谨慎的对比，认为二者可能性均等。

但叶空山却不见了。他在桌上扔下一张纸条，同时给黄炯和岑旷留了言。对黄炯，他很简单地说，他要暂时离开青石几天，调查一些线索，过几天就会回来；对岑旷则加了一句不知是提醒还是勉励的话。

“这几天就靠你了，多动自己的脑子，少碰别人的脑子。”岑旷念出了这句话，然后发现黄炯压根儿就没有听。老头儿气得全身的每一块肥肉都在颤抖："这个王八羔子，关键时候开小差！他是在把这件案子当成儿戏吗？这案子不解决妥当，说不定会惹出大麻烦的！"

黄炯没有小题大做。虽然官方努力封口，但所谓纸包不住火，"一个人族被按照羽族童谣的方式谋杀"的消息仍然不胫而走。尽管凶手并未被查明，各种谣言已经扑打着漂亮的翅膀飞遍了青石城，有人觉得这是羽族对人族的报复，有人觉得这是人族冒充羽人干的，言下之意是国家在为开战故意造势。在各种流言的中心，是焦头烂额的黄炯，战争的走势如何就取决于他的结案报告了，可叶空山偏偏在这时候悠悠闲闲地消失了，难怪他如此火大。

"我觉得你应该相信他，"岑旷劝慰他说，"叶空山虽然最喜欢胡闹，但据我所知，他还从来没有耽误过任何一桩案子。你每次替他挡灾，不外乎都是些在家睡懒觉不上工、喝醉了酒往衙门大门上乱涂乱画辱骂城守之类的事，但从来没有办案不力。"

"好吧，我姑且信任他一回，"黄炯唉声叹气，"但这案子上头催得很急，我最多再给他三天时间，三天后他不回来，我就另外换人。而他……必然会被撤职，十个我也保不住他。"

这番话让岑旷感到了沉重的压力，她反复读着叶空山给她的那一句话，忽然间有点明白了其中的含义：叶空山想让她试一次独立面对迷局，让她不要总想着自己的读心术，而是尝试从读心术之外的角度去努力。

你不是一个用来探查他人精神的工具。你需要自我的思考。这就是叶空山想要表达的真意。

岑旷感到了一阵温暖，也增添了一些自信，她打起精神来，一边继续监视着文瑞，一边也收集了与两名玉石商有关的各种资料。

她发现，即便排除掉秘而不宣的同羽人的地下交易，单从明面上的资料来看，这也的确是两个奸猾狠毒的奸商，不然也不会发家那么快。可想而知，他们在玉石交易中得罪羽人的可能性其实是相当大的。

虽然还不明白在这起杀人案中童谣的具体意义，但文瑞和严于德极有可能是一条线上的蚂蚱，岑旷努力模仿着叶空山的思维方式进行推断。她想来想去，觉得文瑞也会处在危险中，所以打算盯紧他。

这一夜她又在文宅外面的一棵大树上蹲了一夜，这是她自己找到的好地方，可以借助枝叶的掩护窥看院里的动静。萧瑟的秋风吹了整整一夜，吹得她打了好多个喷嚏，好在风声足够大，不至于被树下的人听到。她也不知道应该庆幸还是遗憾，这一晚上安然无恙，并没有发生任何意外。文瑞在护院们的严密保护下，安安稳稳睡了一觉，直到天亮后才从睡房里出来，大大地伸了个懒腰。

岑旷也跟着伸了个懒腰，从树上溜下来，准备回家睡一觉。所谓家，其实也就是黄炯在衙门外给她找到的一个空房间，曾经到那里观光过的叶空山给出了“惨不忍睹”的评价。

“完全没有女人味，”他毫不客气地说，“就算有男人想要勾搭你，看到这间比停尸房还空荡的屋子也该吓跑了。还有，弄把锁把大门锁上，不学会有点戒备心就不可能像人！”

岑旷倒不在乎吓跑男人什么的，但她还是抱着“努力向人族靠拢”的心态,在繁忙的各种学习中又加入了学习针织的垫子作为挂在墙上的装饰。此时她刚刚回到家门口，就看见黄炯站在那里，手里把玩着她刚刚织好的一个垫子，满脸焦虑。

“我真不该做出那个三天的许诺！”他嚷嚷着，“叶空山那个孙子刚一走就出事了！”

“出什么事了？”岑旷一下子睡意全无。

“又有人死了，”黄炯跺着脚，“就在昨天晚上。死状和那个玉石商一模一样。”

于是岑旷的觉睡不成了。她跟着黄炯来到了案发现场。如黄炯所说，一模一样的死状。死者被双手反绑，两腿捆在一起，从脚踝处被倒吊起来，然后头浸在水里。和严于德的死稍有不同的是，作案者要么是没找到大水缸，要么是怕惊动人不敢去搬，只是用了一张椅子放上一个水盆。不过效果是一样的，都是溺毙。

“死者是什么人？是不是也是做玉石生意的？”这是岑旷的第一反应。

“玉石生意？半根毛的关系都没有！”黄炯瞪了她一眼，“死者是个普普通通的牲畜场老伙计！”

青石城地方虽不大，却是九州重要的牲畜贸易市场，许多当地人从事的都是和牲畜有关的行当。这位名叫马大富的老人就在他人的马场马行里干了一辈子，赚一些糊口的钱，也并没有婚娶。这天清晨是他的工友发现他没有去上工，到他家里一瞧，才发现了尸体。

“叶空山那小子也不在……你看看，他身上刻着的是那首破童谣吗？”黄炯掀起马大富背脊上的衣物。

岑旷仔细看了一会儿：“没错的，这首童谣用词很简单，基本都是我学过的词。这就是用羽族文字刻的《多兰斯城邦的阿克西》。”

“这么说来，又是一起，”黄炯掐着自己的额头，“看来光杀一个人根本不能让他满意啊。”

岑旷学着叶空山的样子检查着死者，并未发现其他的特殊之处。死者的情状几乎和之前被杀的严于德一模一样，死前也经历了极大的痛苦挣扎，以至于手腕处的皮肉完全被绳子磨破了。

而寻找目击证人的工作同样艰难。死者孤身一人，脾气也不大好，平时极少有朋友走动。问起他的邻居，基本是众口一词：“老马？不知道，什么都不知道。他就是每天天亮了开门上工，傍晚回家关上门……哦对了，他爱喝点酒，身上总有酒气。别的真的不知道。”

“这就是所谓的连环杀人案吗？”岑旷问。

“很大可能性，但毕竟还只是第二个，”黄炯说，“但愿只是普通的仇杀，这样还有可能锁定凶手的范围。”

“如果不是呢？”

“那就是一个疯子在按照某些我们完全不知道的标准来挑选牺牲品，甚至压根儿没有标准，”黄炯脸上的肥肉由于苦闷挤到了一起，“那样就麻烦大了。而不幸的是，这首该死的童谣很有可能意味着后者。”

诚如黄炯所言，岑旷奔忙了一天，发现严于德和马大富的生活完全没有任何交集。这是两个生存在不同世界中的人，一个一直在外地开杂货铺，近几年来到青石和文瑞合伙做玉石生意，很快发家；另一个却一辈子都没离开过青石城，靠着一手伺候牲口的本事活命。

也许严于德的社会关系还复杂一些，性情孤僻的马大富却是再简单不过，基本上连他这辈子究竟认识几个人都能掰着指头数出来。几十年来，他的生活就是不断重复的上工——回家——喝酒——睡觉——再上工，枯燥到令人发指。邻居们说不出什么来，岑旷只好再到马行里去打听。马行的老板很冷淡，能提供的信息比邻居们还少，岑旷正要失望地离开，发现门外有人悄悄向她招手。她一眼就认出，那是发现尸体的马大富的工友。

“这人就是个闷葫芦，”他对岑旷说，“工作一天也不会说超过十句话，总体而言，干活也算任劳任怨，有点什么磕磕碰碰，甚至于被无故克扣工钱，他都不会计较。但你一定要小心，不能在某些方面招惹到他，一旦惹急了，就像捅了马蜂窝。”

“某些方面？具体是什么？”岑旷问。

“说不清楚，你得知道，不同的人有不同的怪癖。”这位工友很为难地说，“说起来也巧，这个马行已经是我和马大富第二次共事了，七八年前，我们曾在另一个马行里干过。有一次号里的牲畜突然开始大片大片地感染疫病，所有人都不能回家，就在马行里搭棚子住下，轮班倒着伺候牲口。马大富干了两天，就在一天半夜里突然跟发疯了似的，把他同铺的工人暴打了一顿，打断了人家两根肋骨。结果他被扫地出门不说，这一年的工钱都赔给人家了。”

“为什么要打人呢？”

“一个旁人看来简直很可笑的理由，”工友无奈地说，“那个兄弟睡觉老打呼噜，吵得马大富整夜没法入睡。但实际上他的呼噜半点也不响，或者说，工棚里至少还有三四个人的呼噜声比他更响，以至于别人拿片布塞住耳朵才能入睡，偏偏马大富就是不能忍他，我们都不明白为什么。所以我想，这家伙之所以喜欢喝酒，说不定也是因为喝多了才容易入睡。”

这倒是很好理解，岑旷想着。她自从凝聚成形后，为了全面了解人族的特征，也曾阅读过不少医书。某些人的精神总是高度紧张，睡觉时就是容易受到惊扰，一丁点声响就能让他睡不着，而他在愤怒和紧张下，很可能随手揪过一个人就打，那个挨打的人不过是代人受过而已。

可这个发现对于案情又有什么帮助呢？如果是老被人吵得睡不着觉的马大富杀死了别人，那还好说，可眼下是马大富自己被杀。

我毕竟还是欠缺叶空山那样的分析能力啊，岑旷不无忧郁地想，可叶空山什么时候才能回来呢？

五

岑旷在傍晚时分打了个盹，然后强忍着困意继续监视了文瑞一夜。不知为何，尽管马大富的死亡被证明和玉石生意毫无关联，她还是固执地认为文瑞很可能成为下一个目标。叶空山之前曾和她说过，直觉这种玩意儿并不可靠，但当你没有什么证据可以使用的时候，不得已之下，还是只能靠直觉。“总不能什么都不干吧”，所以眼下，岑旷决定相信一把自己的直觉。

连续几天的奔忙，一天两夜几乎没有睡觉，岑旷觉得自己已经困倦到快要死掉了。她是多么希望那个凶手迅速现身然后被自己一举擒获啊。

但是凶手偏偏要折腾她。岑旷苦熬了一整夜，仍旧没有发现任何可疑的人闯入文宅，而那些膀大腰圆的护院更是尽职尽责，四处巡逻，好几次岑旷都觉得自己差点就会被发现，那样的话，自己兴许会被当成凶手抓起来的……

她正在胡思乱想着，却发现竟然真的有人注意到了她的存在。在太阳即将升起的这个时刻，有一个黑影在文宅外出现了。她开始以为是疑凶，却没料到这个黑影三步并作两步，左顾右盼间已经来到了她藏身的树下。

“这棵树是文宅外面最好藏身、视野也很开阔的，所以我猜上面一定藏了一个人，不，是一个魅。”叶空山的声音从树下响起。

岑旷大大地松了口气，从树上溜了下来：“你可算回来了，这几天……”

叶空山摆摆手打断她：“先回去吧，回去再说。”

“可是天还没亮呢，”岑旷有点犹豫，“你不是说过吗，黎明即将到来的时候也是最危险的时候。”

“行啦，这会儿就别背我老人家的语录了，”叶空山说，“凶手的目标不是文瑞，你先回去睡一觉——瞧瞧你这眼圈，活像被人揍了两拳——睡醒了我和你慢慢说。”

岑旷快快地回到住所，头一挨枕头就睡着了，醒来时已经是黄昏。抬眼一看，叶空山搬了张凳子坐在门口，活像个上门逼债的。

“还没记住给你的门加把锁呢？”他说，“看来你仍然没有意识到这个世界步步危机的本质。”

“不厉害的人，就算进来我也能对付；足够厉害的人，我加把锁也没有用。”岑旷回答，“别管我的门锁了，你这一趟去哪儿了？是去宁州了吗？”

“我？当然没去宁州，那么远，三四天时间单程都不够，别提来回了。宁州那边的事情我前几天就已经发了加急文书，很快就会有回音的，不需要我亲自过去调查的。”

“那你到底去哪儿了？”岑旷问。她闻到桌上的几个纸包发出一阵香气，肚子立刻咕咕叫起来，知道是叶空山给她带了吃的，于是毫不客气地打开纸包，撕下一块烧饼。

“我其实一直就在青石城，以及附近的一些地方，反正没有离开过宛州。”叶空山狡黠地一笑，“这案子刚一出来，我就有一种模模糊糊的判断，很可能案情的方向会向着某种老掉牙的套路去进行。所以查案的重点根本不在宁州——我敢打赌这两个黑心商人必然在宁州干过得罪羽人的事情。我只需要在青石弄清楚一些关键性的问题就好了。”

模模糊糊的判断、老掉牙的套路、一些关键性的问题，叶空山显然是在卖关子，这让岑旷有些不满。但她也知道，叶空山不愿意说，就是把他的嘴巴撬开都没用。所以她只是轻轻叹了口气：“那你弄清楚了那些‘关键性的问题’没有呢？”

叶空山的脸上骤然罩上了一层阴云：“老实说，弄清楚了，但因此矛盾也来了。严于德的尸体被摆布成那样，有一点明显不合理的地方，甚至可以说是一个要命的大破绽，我现在还没想明白。”

岑旷更加糊涂。叶空山拍拍她肩膀：“别急，不是我不告诉你，而是关键的证据还没到呢，现在大半都出自空想。我估摸再过两三天，宁州那边就会回信了，那我的判断是对是错也就有谱了。”

“但是你至少应该告诉我，为什么我不必去盯文瑞了？”岑旷终于忍不住说，“我还是觉得，严于德死了之后，文瑞也处在极度的危险之中。他们俩一起合伙做生意，就算是得罪人也应该是一起得罪……”

“孩子，你太天真了，对人间的罪恶知之甚少。”叶空山长叹一声，“你为什么没有想到，严于德得罪的就是文瑞呢？”

岑旷很是吃惊：“你的意思是说……严于德其实是……”

“很有可能，就等着证据了。”叶空山简短地回答。

“可我还是不大放心，”岑旷想了一会儿，“而且，马大富的死不也还没查明吗？”

“马大富嘛……很可能只是一个冤死的幌子，”叶空山说，“如果要制造羽人连续杀害人族的假象，光有一个死者恐怕未必够。文瑞也是个很狡猾的人。”

“可我还是觉得马大富的身上有文章，”岑旷皱着眉头说，“他的那种暴躁易怒并不常见，说不定就是导致他被杀的原因呢。”

“你才见过几个人，就敢说‘常见’？”叶空山瞪她一眼，“每个人身上都藏着外人所不知道的怪癖。你要是通过这些怪癖去细究，也许每个人都会变得奇奇怪怪充满嫌疑。别在他身上浪费时间了。”

“那我就问一句：我还想继续盯着文瑞，可以吗？”岑旷拿出死缠烂打的架势。

叶空山哑然失笑："你不想去也得去，不过不是防他被杀，而是防他逃跑，去吧，盯住他吧，死心眼的孩子。"

于是岑旷又连续盯了文瑞两个晚上，并且开始觉得自己已经要变成住在树上的羽人了。秋日的夜风就像软刀子，一点一点把寒意切入到身体内，让她觉得分外难熬。而文瑞连续的安稳无事也让她越来越怀疑自己是在多此一举。

人族和羽族这段时间的闹腾渐渐趋于平静，虽然双方依然剑拔弩张，但已经不再是大家咋咋呼呼要你打我我打你的时候了。毕竟羽族实力偏弱，而人族在二十年前那场与蛮族和鲛人的双线作战中也元气大伤，并不愿意在这休养生息还未结束的时候就贸然动兵。

"然而战争这种东西，如果大家都那么精明而克制的话，也就永远都打不起来啦。"叶空山躺在他那张舒服的睡床上，眼睛都懒得睁开，"这当中最根本的在于，战争一开，死的都是士兵，而决策者都躲在后方安安全全，还能吹嘘两句什么运筹帷幄、决胜千里。用别人的性命去铺垫自己的身家，那么划算的事情，谁不乐意干呢？"

岑旷眼窝深陷，喃喃地说："是啊，我又想起你那个梦了。这就是所谓的一将功成万骨枯吗？"

"那叫作闲得发慌瞎想想，"叶空山高高跷着脚，"反正做梦杀掉多少人都不要紧。可是现实生活中就没有那么轻松写意了，死一两个人就能让捕快忙得团团转。"

"是啊，还要蹲在树上装羽人。"岑旷疲倦地掐着自己的额头，这个动作是她跟黄炯学来的。

"一举两得嘛。虽然你我的出发点不相同，但决定采取的行动是一致的。"

"我就是怀疑文瑞可能被杀，没办法。我不会说谎，不能骗你说你的分析让我完全信服。"

“那就随便你了，”叶空山一摊手，“反正都得你去看着他，谁叫你是下属呢？这就叫等级观念，官大一级压死人。”

其实让你去盯我还不放心呢，岑旷在树上瑟瑟发抖时止不住地想。叶空山虽然很聪明，也很不守规矩，让他去监视别人，没准半道就不耐烦跑掉了。这个叶空山啊……真是谜一样的人物，自己跟随他也有一段日子了，却始终没听他讲起过他的身世和他的经历。岑旷始终觉得，一个人要能修炼到叶空山那般胆大心黑而又玩世不恭，一定经受过许许多多常人难以想象的磨砺，而不是像自己这样，几乎就是一张白纸，正在慢慢往上添加内容。

想到白纸，她又立即想到了叶空山的梦境，想起了梦境里那个赤裸的“自己”，不知怎么的脸上有点发烧。这么微微一走神的工夫，极度的困倦让她终于忍不住了，眼皮子像坠了铅一样合上，恍惚间感觉自己正躺在一张舒适柔软的大床上，而该死的叶空山正立在床头，为她殷勤地摇着扇子，就好像戏文里伺候皇帝的太监。

不过这个古怪的梦境并没有持续太久，叶空山忽然间变成了一个被倒吊着的死人，满面鲜血地凝视着她，她的身子一斜，险些从树上栽下去，幸好及时惊醒并伸手抓住了树枝。出了一身冷汗的同时，她也清醒过来，连忙把视线转到院子里。

她觉得并没有什么异常，但刚才是货真价实地睡着了，她抬头看了一眼云层和月光的变化，确信自己最多就眯了两分钟的眼睛，这才稍稍松了口气。看看院子里走过的护院们，一个个都是懒懒散散无精打采，显然这样的护卫也让他们觉得劳累难忍。

这真的是小题大做吗？岑旷心里嘀咕着，目光散漫地扫向文宅的各处角落。忽然之间，她看到一个黑影飞快地从文宅后院翻墙而出。

那是什么人？岑旷一下子警醒起来。她想要去追赶，但离得太远，黑影已经很快跑得不见了，除非她真成了住在树上的羽人，否则铁定追不上。她放弃了追过去的念头，但心却悬了起来，总觉得这个黑影背后是不是有点文章。

想来想去，岑旷还是从树上跳下去，然后翻墙进入了院子里。她并没有故意放轻脚步，尽管如此，仍然在走出好几步后才被发现，在一片“什么人？”的呼喝声后，她已经被围住了。

岑旷掏出叶空山给她做的假腰牌，在护院们面前晃了晃：“捕快。赶紧带我去见见你们家的主人，快点！”

护院们虽然对于如此年轻貌美的一个小妞竟然会是捕快有些惊疑，但叶空山的腰牌做得可以以假乱真，而岑旷看上去倒也一脸正气不似女飞贼，所以他们没有犹豫，把岑旷带到了文瑞的卧室外，敲响了门。

门里没有任何反应。护院又加重力道敲了几下，声音在静夜里传出去很远，文瑞却仍然不出一声。岑旷陡然意识到不妙：“快把门撞开！”

文瑞的房门相当结实，所以负责撞门的护院也鼓足了一口气，但没想到力量还没使足，门就轻松被撞开了，原来这扇门根本没有锁上，只是虚掩住的。他猝不及防地滚了进去，头重重碰在一个硬物上，险些晕了过去。

但紧跟着抢进房的岑旷才真是恨不能一头晕过去。借助着清朗的月光，她看得很清楚，那个倒霉的护院一头撞上的东西不是别的，而是一个装满水的水缸。而水缸的上方，正倒吊着岑旷一直苦苦监视着的文瑞。没错，和前两起案件一模一样的死状，五花大绑倒吊着的身体，浸在水里的头颅，用羽族文字刻在身上的诡异童谣。文瑞和他的伙伴严于德一样，按照童谣里的说法，“他们把我头朝下高高吊起，把我的头按在水里”，就这样失去了生命。

岑旷捧着头，慢慢坐在地上，心里直想把自己一刀捅死。两分钟，她仅仅是睡着了两分钟，惨剧就在两分钟里发生了。这两分钟的疏忽，让她若干天来的辛苦监视全都白费了。虽然文瑞的死证明了她的猜想是正确的，而叶空山的判断有误——文瑞自己也是凶手的目标，但现在人已经死了，错误或是正确又有什么意义呢？她忽然觉得，自己作为一个捕快真是太不称职了，而这个行当一旦出现什么错误疏漏，损失的就是他人的生命，哪怕只是一个人品低下、令人鄙夷的奸商的生命。

护院们和闻讯而来的管家仆人们围在一旁，个个不知所措，有一些担心东家的死会让自己遭到牵连，已经悄悄拔腿开溜了。剩下的在那里拿不定主意是该先报官还是该先把尸体解下来，可是“官”现在不就在地上坐着吗？

忽然一个仆人喊了起来：“动了！老爷动了一下！”

岑旷慌忙抬头，果然看见文瑞的身体剧烈地震颤了一下，她猛地从地上跳起来，用秘术割断了绳子，然后招呼其他人把文瑞拽了出来。然而伸手探一下鼻息，文瑞的呼吸早已停止，脉搏也完全没有了。

那只是尸体的正常痉挛而已。

最后一根救命稻草也没了，岑旷终于忍受不住，晕了过去。

醒来后，岑旷发现天已经亮了，自己仍然躺在文瑞卧室的地上，只是身下多垫了一层褥子。她抬头一看，文瑞的尸体已经不见了，估计是被送到了仵作那里，而叶空山正在卧室里左右查看着。两人视线相对，都能从对方的目光里看出一点愧疚的影子。

叶空山先开了口：“是我的错。我做出了错误的推理，否则的话，我会亲自来这里守着，也许就不会让他得逞了。”

岑旷摇摇头：“都得怪我。我不该睡着的。”

“你睡着了多久？”叶空山问。

“最多两三分钟，”岑旷回答，“所以我想不通对方怎么能就在我的监视下完成这个复杂的杀人步骤，而完全不被我听到点动静。光是吊起来还好办，可还有那么大的一口水缸啊。”

“这的确是个问题，”叶空山若有所思，“如果你确定只迷糊了那么一小会儿的话，动作再快的人也没法完成这些工序的。”

岑旷叹口气：“也许是我之前就有麻痹大意的时候，以至于有些响动没有听到。”

“我倒不这么认为，”叶空山说着，忽然转移了话题，“就在天亮之前，我所要的调查结果也到了，一看我就知道我的判断出了错，所以我赶紧跑到这里来，没想到已经出事了。”

“你之前的判断到底是怎么样的？”岑旷问，“文瑞都已经死了，你总可以告诉我了吧？”

“当然可以了，”叶空山从文瑞那张红木床下爬出来，蹭得一脸灰，“等你回家睡够了觉，晚上我就告诉你。”

六

人已经死了，虽然很不痛快，但岑旷总算可以抛开一切先大睡一觉了。梦里交缠着种种诡异的场景，这些日子里的所见所闻就像是各种各样的原料，混在一起炖出了一锅大杂烩。她梦见自己成了九州的女霸主，站在殇州最高的雪山上向下俯瞰，却看到灰蒙蒙一片无穷无尽的海水；她梦见羽族发动了战争，密密麻麻的箭雨从天而降，人们只好顶着锅盖出门过日子；她梦见两个死去的玉石商人在她面前诉苦，说他们蹲在树上太难受了，实在不想继续监视院子里的杀手了。最后她见到了叶空山，叶空山被捆得结结实实，倒吊在房梁下，脸浸在一池鲜血中，身上写着几个字……

睁开眼睛时，叶空山正坐在桌旁，一边喝酒一边往嘴里扔花生米，她这才安下心来，擦了擦额头上的冷汗。

“你睡得很不踏实，”叶空山说，“又喊又叫的，梦见什么坏事了？”

“很多很多，”岑旷说，“我还梦见你也被吊起来了，但身上刻的不是那首童谣，而是另外几个字：这就是不称职的捕快的下场。”

叶空山把一颗花生米囫囵吞了下去，被呛得咳嗽连连，好半天才喘过气来：“这大概是说明你心里觉得我不够称职吧。不过话说回来，这一次我的判断的确失误了，但所谓智者千虑必有一失，何况思路还是可以让你借鉴一下的。”

“当第一起杀人案刚刚发生，我就有了一个怀疑，”叶空山说，“这很有可能是某种故意诱人入彀的布局，目的就是转移视线，隐藏凶手的真实身份和真实目的。遇到类似连环杀手的案件，产生类似想法也是合情合理的。当我了解到严于德有一个关系紧密的合作伙伴时，立刻就把他列为头号嫌疑犯。

“所以接下来的日子里，我只是传书要宁州的同行帮我调查这两人的生意背景，而把主要精力放在奔走于青石城一带，查访那些和这两人有生意接触的人，旁敲侧击地打听他们的关系。得到的结果非常耐人寻味，这两个孙子虽然是生意伙伴，但彼此关系并不是很融洽，特别是这两年开始和羽族进行走私生意后，更是爆发了激烈的争吵。严于德贪财，希望把这条线长时间地做下去；而文瑞却力求谨慎，屡次劝对方见好就收，赚够了就撒手，安心做点不违法的正经买卖。”

“如果走私赚得很大的话，严于德肯定不愿意放弃。”岑旷说。

“那是一定的。”叶空山回答，“我简单给你解释一下玉石生意的事儿吧。宁州的玉产量不高，但羽人爱虚荣、讲排场，王公贵族对玉的需求量很大，把宛州的玉石弄到宁州去卖，价钱至少翻一倍。国家看了当然眼红，所以把对羽人的玉石生意收到自己手里，声称这是国家重要资源，禁止民间商人私自买卖。但是利字当头，很多人也顾不得什么律法了。”

“也就是说，严于德要钱，文瑞要保命，这是他们的根本分歧，”岑旷想了想，“所以你觉得，最近风头越来越紧，文瑞肯定拼命想收手，而严于德不同意，所以他就下了毒手？”

“这就是我一开始所推测的，”叶空山摇摇头，“而且第二个死者的出现更加印证了我的猜想,我觉得文瑞会制造出利用童谣连续杀人的假象，洗脱自己的嫌疑。最让我坚信这一点推断的证据是，在这几天的调查中，有人告诉我，半个月前，文瑞曾经和一名道上有点名气的杀手接触过。”

“杀手？”岑旷一惊。

“没错，虽然没有人知道他找杀手是为了什么，但推想一下文瑞身边最想要杀死的人，除了严于德，也没有别人了。但现在他自己也死了，所以我的想法肯定是有问题的。何况，从宁州得到的信函告诉了我一点新的消息，让羽族报复杀人显得更加可信了：他们俩在宁州捅下了大娄子，这也许才是连文瑞都不得不同意赶紧清货停止生意的原因。”

“大娄子？他们干吗了？”

“这两位爷遇上了一个笨蛋羽族低级贵族，是一个刚刚花钱买来一个官位的财主。羽族人很重视出身，此人即便做了官，也还是被人看不起，于是想走风雅路线，买一块极品好玉去巴结当地城主。但他们并不知道这个贵族买玉的目的，以为他只是想要买块好玉自己收藏，看他一副外行的模样很好骗，拿了一块染过色的次等玉糊弄了他一大笔钱。后来的事情可想而知，这位贵族马屁拍到了马蹄子上，被城主狠狠一通训斥，羞愤之下，服毒自尽了。”

岑旷“啊”了一声：“那可是大官司。”

叶空山耸耸肩：“可不是嘛。这个贵族虽然并不受欢迎，但只要‘人族奸商害死了一个羽族贵族’这样的消息传播出去，哪怕死者原本十恶不赦，也足够引起一场轩然大波。我那边的眼线告诉我，有很多羽人都想要严于德和文瑞的命。这样的情节，恰恰和《多兰斯城邦的阿克西》所叙述的内容相吻合：羽人受了人族的欺凌，于是要复仇。”

“难道真的是羽人下的手？”岑旷皱起眉头，“那样的话，恐怕战争就难以避免了。”

叶空山笑了起来：“你反正不是人族，怕什么战争呢？”

“我们魅获得生命并不容易，”岑旷回答，“看到任何生命化为乌有，对我而言都并不舒服。对了，你上次跟我说，即便依照你的推理，凶手的布局也有一个大破绽，是什么呢？”

“我当时觉得，文瑞即便要设局杀害严于德并转移他人注意力，也不应该正好使用羽族的传说，”叶空山说，“那样的话，人家顺藤摸瓜，说不定就揪出了他们俩的走私案，那岂不是引火自焚？现在看来，我实在应该沿着这一思路往下，就能避免一些错误了。”

叶空山把自己和岑旷得出的粗略结论告诉了黄炯，黄炯不动声色，让两人什么都别干了，先好好休息几天。但他们实在闲不住，延续着之前的思路继续往下推演，却慢慢发现了一些新的问题，令思路不得不重新开始。

岑旷正在摩拳擦掌的时候，一盆冰水却兜头浇了下来。

两天之后的一大早，老头胖乎乎的身子钻进了门："这起案子就此叫停。"

"叫停？什么意思？"岑旷眨着眼睛，表示不解。

"意思就是说，该干吗干吗去，但是别调查这个案子了，"黄炯说，"结案了。"

"怎么能结案呢？"岑旷一下子急了，"凶手的影子都还没抓到，难道就这么算了？"

"你说对了，就这么算了。"黄炯脸上的每一块肥肉都写满了不甘心，"昨天刚刚抓到了一个在逃犯，按律应当处斩，所以这几起案子统统都会算到他的头上去，反正他只能死一次。"

岑旷还想再说，叶空山已经很镇定地发话了："说白了，上头不想打仗，对吧？"

黄炯哀叹一声，整个身子陷到了椅子里："有什么办法呢？这种时候，尽量不要多惹麻烦了。如果这两个奸商的确是因为欺骗羽人而遭到的报复，就算他们活该好了。很多时候办案子都得顾全大局，不能由着性子来。"

叶空山摇摇头："你不必说道理，道理我懂。不过我得提醒你一句，这起案子未必那么简单，我这两天又想了想，觉得里头还有别的文章。"

"还能有什么文章？两个奸商害死了羽人的贵族，然后被别人仇杀了，多简单明了的解释，不也符合那首童谣的含义嘛。"

"可是第二个死者马大富呢？"叶空山说，"马大富可是个和羽人半点瓜葛都没有的角色。"

"那兴许是羽人们为了把水搅浑而拉进来的无辜受害者吧，只能当他白死了。"

"不对，不会的！"岑旷大声说，"我和羽人们交谈过，他们是一个自尊心极强的种族，如果真的是他们设计的存心报复，就不会拉无辜的人下水。这两天我和叶头儿讨论过了，马大富的死肯定解释不通。"

"不通也非得这么硬解释！"黄炯火了，"这是命令，我们都只能无条件服从！你们以为老子不想把凶手揪出来收拾一顿吗？”

岑旷不说话了，但看得出来还是不服气，叶空山却展露出一个含义不明的微笑：“别发火，老头儿，相信我，再过上几天，你一定会回来找我，并且让我重新开始查案的。”

“你那么肯定？”

“我和你赌一个月的薪水。”叶空山说。

黄炯气哼哼地走掉了，叶空山若无其事地招呼岑旷：“别理他了，老头儿也有自个儿的难处。我们做自己的事。先把动机刨去不管，三起案件你都到了现场，你能不能分析一下，凶犯会有什么样的特征？”

“我试试看，”岑旷沉吟了一会儿，“首先这个人行事冷静从容，很有条理，除了现场几乎没有留下痕迹之外，那几个水缸很能说明问题。”

“哦？说来听听。”叶空山点头表示鼓励。

“水缸是很沉重的东西，这个人能够将水缸移进屋子，灌满水淹死人，还可以不被发现，除了现场作案时的小心谨慎外，一定还包含了之前大量的窥探，已经弄清了院落的结构以及护院们的行动规律，否则不可能做得那么滴水不漏。而且他应该还很懂得变通。”

“这又怎么解释？”

“他杀害马大富时，用的是椅子上放的水盆，因为马大富家里没有足够大的水缸。他显然并不拘泥于一定要把道具都处理得尽善尽美，要的只是那个结果。”

“说得很不错，”叶空山拍拍她的肩膀，“而且还有一点很重要的结论，这个人肯定跟着马帮、商队、镖队之类的队伍干过。”

“为什么？这我就没看明白了。”

“注意他捆扎绳子的方式以及绳结，”叶空山说，“那是一种专门用来捆绑货物的方式。运货的车队往往会经过一些崎岖艰险的地段，货物如果捆得不够紧，就会被颠散，所以他们都有一些很独特的绳技。”

“会不会是和这两个玉石商都有仇的帮他们运货的人？”岑旷眼前一

亮，“如果这个人是干活出身的，难保不会曾经也和马大富共事过，没准就曾因为什么小事被马大富打过！他其实是在利用这首羽族童谣做掩护，干掉他曾经的三个仇人！”

叶空山一拍桌子：“完全有这个可能性！不过嘛，这当中还是有一点小问题，这个人如果一直混迹底层卖苦力，又怎么能构思出这么精巧严密的杀人方式，甚至懂得羽族文字呢？”

“也许是深藏不露的高人？也许是什么大户人家的后人落难了？我在戏文里听到过这种段子。”岑旷坚持说。

叶空山乐了：“小说和戏文，讲述的大多是不可能在现实中发生的事情，我们最好还是稍微考虑一些可能性更大的推断。这几天你看家，我要去好好调查一下那个之前被忽视掉的马大富，如果这一回我没有判断错的话，过不了多久，黄老头儿还得回来找我。”

七

“你早猜到了，对不对？”黄炯吼道，“既然猜到了为什么不说出来？”

“猜什么？我什么都没猜。”叶空山翻翻白眼，“再说了，就算我猜了，你肯听吗？你就知道冲我嚷嚷‘我们都只能无条件服从！’……”

黄炯无可奈何地挠挠头：“好吧，大哥，你胜利了！现在快去现场看看吧！”

如叶空山所料，第四起童谣杀人案发生了。两名玉石商的死亡显然并不是凶手的最终目的，关于此案是羽人复仇的猜想被推翻，叶空山在挤对了黄炯几句后，见好就收，带着岑旷来到了现场。

这一次的死状仍然和前面三次差不多，以至于岑旷看到那具倒吊着的尸体就有想吐的感觉。叶空山却仍然 丝不苟，尤其着重观察了绳结的样式。

“还是同样的打法。”他对岑旷说，然后把头扭向了黄炯，“就算你把你的整张脸换成苦瓜，也无助于破案，还是先告诉我这回死的是什么人吧。”

“这个人名叫罗尔立……是一个正义的闲人。”黄炯撇撇嘴，显得很不屑。

“正义的闲人？那是什么意思？”岑旷好奇地问。

“意思就是说，这种人明明什么本事都没有，却总爱指手画脚多管闲事，总爱在不归自己管的事务上多嘴多舌。”黄炯说，“二十年前的人鲛战争之后，这个姓罗的就开始在宛州甚至宛州以外四处游荡，宣扬人族应该和鲛人和平共处，并且多次试图帮助以秘术幻化外形生活在人族群体中的鲛人逃跑。你们别误会，我并不是说我就是个支持屠杀鲛人的战争狂，而是这家伙空有一腔热血，却是个成事不足败事有余的废物，被他帮到的鲛人少，被他拖累的反而多。”

这应该是个悲剧，但岑旷却实在忍不住想笑，好在竭力止住了。而这一段历史她也听叶空山讲过：在人族社会中生存的异族，数量最少的就是鲛人，只有寥寥无几的鲛人能够通过秘术化生双腿、改变外形，混在人群之中。但在二十来年前的那场战争后，愤怒的皇帝下令全面清查躲藏在人群里的鲛人——有点类似于现在排查羽人——也杀害了不少无辜的鲛人。只是鲛人数目本来就少，所以并没有引起太大波澜。

“那这位闲人靠什么吃饭呢？靠鲛人给他的酬金吗？”叶空山问。

“那倒不是，”黄炯摇摇头，“这事说来也挺滑稽的。这厮不缺钱花，他本来是将门之后，父亲就是在二十年前的战争中被鲛人抓走杀害的罗坤将军，光抚恤金就够花一辈子了。”

“罗坤的儿子？”连叶空山都有些吃惊，“那他可真是太不孝了。祖父和父亲都在人鲛战争中葬身大海、尸骨无存，他捣鼓起保护鲛人的营生倒挺热乎。”

看岑旷不大明白，叶空山解释说：“五十多年前的第一次人鲛战争中，一位名叫罗毅人的海军统领被鲛人凿沉座船，沉入了海沟；三十年后，他的儿子罗坤也在一次鲛人劳工的叛乱中，被鲛人偷袭抓到了海里，从此不知所终。这个罗尔立如果是罗坤的儿子，那也算够混蛋的了。”

“也就是说，凶手杀死了两个得罪过羽人的玉石商，然后又干掉了这个帮助过鲛人的‘闲人’……他的动机究竟是什么？”岑旷大惑不解，“难道他喜欢羽人，讨厌鲛人？”

“太牵强了，再说犯罪动机这种玩意儿，不是简单的喜欢什么讨厌什么，”叶空山很深沉地说，“在不少的凶杀案中，杀人的目的甚至根本就是出于‘爱’，比如说，我觉得你岑大小姐在人世间活得太辛苦太危险，为了让你获得永恒的安逸，索性杀掉你，这样你就可以摆脱一切烦恼了。”

岑旷打了个寒战，看着眼前这具倒吊的尸体，只觉得有千头万绪无法理清。叶空山却满脸轻松，甚至有某种兴奋。

“你是看到死人就很开心吗？”岑旷觉得不可理喻。

“多死一个人，就意味着多一些线索可以去挖掘，”叶空山说，“如果能找到这个家伙和马大富之间的一些共同点，那我这两天的一些模模糊糊的想法就都有可能成立了。”

“和马大富的共同点？”岑旷微微一怔，“为什么不是和两个玉石商的共同点？”

“玉石商是玉石商，罗尔立是罗尔立，”叶空山做出了一个很奇怪的回答，“并不是摆在一起的东西就一定都有联系。而一些并没有被摆在桌上的东西，却有可能是关键。”

“我已经习惯了你打哑谜了，”岑旷很无奈，“但我从来没有一次能猜准。”

“你要是乐意就慢慢猜吧，不过在此期间还得帮我做点其他事。”叶空山附在岑旷耳边，小声说了句什么。

“什么？这是什么意思？”岑旷有些莫名其妙，“你调查那个人干什么？他和这案子有关吗？”

“无关，我是为了其他的事情去调查他的，你也顺便可以换换脑筋，当然别让那家伙知道。”叶空山一脸让人恨得牙痒痒的高深莫测。

两天后的夜里，秋风刮得更加凌厉，地上的枯叶被吹得沙沙作响，预示着冬之神的脚步在临近。叶空山四肢摊开躺在捕房里的那张床上，发出均匀的鼾声。岑旷推门进来时，看着他憨态可掬的睡相，止不住地摇头。

“老是摇头容易头晕的。”叶空山依然双目紧闭，嘴里蹦出这句好似梦呓的话。

“你闭着眼睛也能看到我的动作？”岑旷大吃一惊。

“我只是听到了你的脚步声，然后猜到你一定会摇头——这是一种最高级的读心术。”叶空山说着坐了起来。岑旷哭笑不得，过了好半天才反应过来，把自己这两天所打探的事情告诉了叶空山。

叶空山面无表情地听完岑旷的汇报，然后挥了挥手，不予置评。他穿上鞋，坐在了桌子前，也不管桌上放着的馒头早已冷硬，毫不客气地张口大嚼。岑旷又是忍不住摇摇头，替他打来了一杯热水。叶空山一口气吞下四个大馒头，打了个饱嗝，舒舒服服地往椅背上一靠：“就是这么回事！”

“怎么回事？”岑旷茫然不解。

“我是说，这个案子我基本上分析出来了，”叶空山面带笑容，“从凶手到作案手法，再到杀人动机，我心里大概都有数了。只需要等到明天见一个人之后，一切就都确定了。”

岑旷张大了嘴，却说不出话来。她几乎以为叶空山是在骗她，但看这厮一副小人得志的嘴脸，以及眼神里不容动摇的自信，又并不像是在说谎。

“可是我什么也没有想到，半点头绪都没有。”她喃喃地说。

“这很正常，”叶空山宽容地说，“这起案子本来就足够复杂，可能存在着三重欺骗。”

“三重欺骗？”岑旷瞪大了眼睛。

“是的，总共不过死了四个人——当然不抓住凶手的话，以后或许还会有更多——就包含了三层不同的欺骗手法。就好比一条看起来很短的路却藏了三条岔道一样。只要我明天见的那个人能给我一个肯定的答复，这三条岔路就算是清清楚楚摆在我面前了。”

岑旷几乎一夜未眠，反反复复推敲着叶空山所说的三层欺骗，却不得要领。她发现自己的脑子的确还是简单了一些，对于人世间的诡诈所知仍浅。虽然拥有九州绝大多数秘术师都不能拥有的读心能力，却总感到一身的本事无处施展，就好比眼下，她倒是挺愿意恶狠狠地探查一下凶手的精神，可是连个嫌疑人都指不出来呢。

“这就叫作屠龙之技了。”叶空山曾经在开玩笑时毫不客气地说。

“什么是屠龙之技？”

“从前有个叫岑旷的漂亮姑娘，从外面学艺归来。人家问她学了什么，她说‘我会屠龙’。可是放眼九州大地，你能找出哪怕一个人曾经见到过龙的存在吗？”

叶空山其实说得对，岑旷悲哀地想着，我的本事大概就很像屠龙之技，虽然叶空山在后面还补充了一句听起来很像是安慰她的话。

“不过嘛，只要有人能找到龙，屠龙之技就能派上用场，”叶空山毫不谦虚地拍着自己的胸脯，“我就是那个替你寻龙的人。”

岑旷胡思乱想着，天快亮时才打了个盹。还没闭多久眼睛，替她寻龙的叶空山就过来敲门了。

“跟着我，听听我怎么和人说话的，长长见识。”叶空山下令说。

岑旷莫名其妙，但也早就习惯了叶空山这些不做解释的安排。她乖乖跟随着叶空山来到了一间从很早就开始营业的茶馆，和他隔了一张桌子坐下，耐心等候着。茶馆这种地方的喧嚷热闹并不是岑旷所喜欢的，但为了接触到更多的人族，了解人族的喜好和生存状态，她在空闲的时候也会尽量往茶馆里钻。某些时候，单是观察说书先生评书段子的受欢迎程度，也能大致了解一些人们的心态。比方说，讲述那些历史上的风云人物的野史故事就总能吸引大批听众。

茶馆里的人渐渐多了起来，叶空山独霸一桌，悠然自得地喝着茶。一个相貌朴实木讷的中年汉子混在人流中走进茶馆，径直坐在了叶空山对面。

“你来了。”叶空山淡淡地打招呼说。

“别扯废话了，”对方看来和叶空山早就认识，但神色间却充满戒备，“为什么找我来？我不是早就和你说过，没事的时候……”

“有事，而且和你有关，”叶空山也毫不客气地打断了他，“放心，我不是来干涉你的生意的，我只是想要了解一些事情。上个月你是不是接受了宁州血羽会的一桩委托，去谋杀两个来自宛州的人族玉石商人？”

“没错，是有那么一回事。”中年汉子答得很干脆。岑旷心里一跳，这才明白过来这个汉子的身份，原来两名玉石商真的是羽人们花钱雇凶杀害的，自己一直以来的看法是正确的。而血羽会的名头她也听说过，是活跃于宁州的一个帮会组织，势力相当庞大。由这样的组织对羽族的敌人发出诛杀令，倒也合情合理。之前查出的文瑞曾和江湖杀手有所接触的事，多半就是正在和此人讨价还价。只是叶空山接下来的那一句话让她一下子就蒙了。

“但血羽会并不想要你真的杀死那两个人，”叶空山用不容置辩的语气说，“他们只是要你假装杀死了人而已，因为这两人的走私生意每年都会给血羽会上缴数额可观的保护费，血羽会并不希望他们死。而你并没有把这一点告诉那两个人，而是佯装要货真价实地杀他们，逼得他们向你开出高价保命。你倒是真有商业头脑。”

中年汉子的脸色变了，顿了一会儿，勉强笑了笑：“叶空山，你果然有点本事啊。不错，我抓住了他们俩，告诉他们我是被羽人雇去杀他们的，但如果他们愿意付我一笔钱，我就饶了他们——说到头，我不过是多赚了一笔小钱而已，在我的雇主那边，我并没有失约。”

“也就是说，他们的死，的确不是你干的？”叶空山盯着对方的眼睛。

中年汉子毫不避让：“不是。听说他们死掉之后，我也感到惊奇。要知道，那种倒吊的死法是我教他们布置假现场的方法，没想到最后他们真的死在了童谣上。血羽会为此还来找过我的麻烦，但这两个人死的时候，我根本不在宛州，这才洗清了嫌疑。”

岑旷竖起耳朵仔细倾听着，她认为这个汉子并没有说谎，看来叶空山也是这么认为的，因为他很轻松地放对方走掉了。于是问题来了：杀人的究竟是谁呢？

“是啊，动脑筋想想，”叶空山对岑旷说，“杀人的会是谁？现在我们已经确定了，这不是羽人们干的，虽然他们曾有这个计划。”

“这就是你所说的第一层欺骗了。”岑旷说，“羽人们的确想要干掉这两个玉石商，但血羽会却试图安排假局。那剩下的两层呢？”

“我不是叫你动脑筋嘛，”叶空山说，“既然我都告诉你这当中存在的是‘欺骗’了，那你仔细琢磨一下，会是谁欺骗谁呢？”

岑旷皱起眉头，陷入了沉思。欺骗……欺骗……有施加欺骗的人，就必然会有被欺骗的对象，这是一个相互的关系，那么就必须要找到可能引发出这种关系的两个人，或者两个阵营。

她忽然一下子想到了叶空山最早曾做出过的那个后来被推翻的推断：是文瑞杀害了严于德。由于文瑞也步严于德的后尘丢掉了小命，所以该推断看似不成立了。但如果这当中也包含着欺骗的话……

“我明白了！”岑旷叫出了声，“你最初的那个猜测其实是正确的，严于德就是文瑞杀害的！不同的是，在这起杀人案中，严于德根本没有丝毫反抗，因为他的本意就是要炮制一个假死的现场，但没想到文瑞背叛了他，弄假成真了！”

“说得很好，”叶空山拍拍巴掌，“这也正是我现在得出来的结论。前些天我对严于德和文瑞的调查并不是没有成果的，除了发现这两人之间紧张的关系之外，我还发现文瑞找殇州的商人购买了几株昂贵的腐心草。”

“腐心草？能让人暂时停止呼吸、陷入假死的那种药物？”

“就是它了。这两个遭到追杀的玉石商肯定是想借助腐心草来装死，把他们的死讯散布出去，然后再隐姓埋名藏起来，大不了以后换个名字接着做生意就好了。我估计，按照他们商量的顺序，应该是严于德先‘死’，然后再轮到文瑞。”

岑旷明白过来：“所以那天晚上严于德做出一副十分暴躁的样子，赶走了其他人，其实就是和文瑞一起布置这件事。但没有想到，文瑞偷偷把

腐心草调包了，所以严于德枉自送掉了性命。文瑞这么做其实是一举两得，一方面除掉了一直与他不合的伙伴，另一方面严于德是真死，也会让他的假死更少受到怀疑。可是接下来马大富又是怎么死的呢？”

“我建议你跳过马大富，直接去思考文瑞的死因。”叶空山说。

“为什么？”

“因为马大富的确是一个与严于德、文瑞毫无关联的人，”叶空山说，“这就是我所谓的第三层欺骗。”

“你是指……有人模仿严于德的死状杀害了马大富，以便混淆视线，把一桩毫无关联的凶案栽赃到羽族身上，而使自己摆脱嫌疑！”岑旷兴奋地说，“这么一说我就全明白了！这个人真正的目标是马大富和罗尔立！”

“这四名死者，其实是划分成了毫不相干的两拨，”叶空山说，“两个玉石商是一拨，马大富和罗尔立是另外一拨。只不过第二位凶手足够狡猾，把所有人的注意力都吸引到了羽族童谣上面去。他尤其聪明之处在于，先杀死了马大富，再回过头去杀害文瑞，这种故意安排的次序很难让人不把马大富也当成两名玉石商的同伙。”

“文瑞也是第二个凶手杀的？”岑旷有些意外。

“是的，文瑞杀死了严于德，而剩下的三个人都是第二个凶手杀的，”叶空山脸上的表情居然隐隐有点佩服，“这个人不但胆子大，还很细心，居然模仿了文瑞打的绳结。”

“你是说，那种经常跑货运的人才会使用的绳结？”

“没错，文瑞发家之前经常亲自押运货物，打那种绳结，他可是驾轻就熟。而第二位凶手就更不简单了，只是在现场看了几眼，他就牢牢记住了绳结的打法，并且在之后的案子里如法炮制，堪称滴水不漏啊。”

岑旷领会着叶空山话里的含义：“你是说，这第二个杀手……在严于德死去的那一天到达过案发现场，并且检查过尸体？那会是谁呢？除了衙门的捕快之外，还有仵作，还有……”

她的脸色突然变得苍白：“是那个人！是你前两天让我帮你调查的那

个人！我还以为此事和本案完全没有关联呢！”

“万事万物都是存在着关联的，”叶空山说出了这句总被哲人挂在嘴边的大废话，“我之所以得出现在的结论，就是靠了你替我调查出的结果。当然了，我并不是故意要卖关子对你隐瞒，而是担心你控制不住自己的情绪，被对方发现破绽，你毕竟是个不会说谎的魅啊。”

“你是对的。”岑旷说，“那现在我们应该做什么？可以去抓人了吗？”

“我想应该是时候了。”叶空山点了点头。

八

尹良是青石城一个普普通通的小磨坊主，但这两天的日子却过得提心吊胆毫不安生。原因无他，四处都在传言要打仗了，青石城里华族之外的其他异族被看得很紧。尹良自己是地地道道的华族人，但他图便宜，在磨坊里雇了两名逃荒过来的蛮族力工。蛮子力气大，对生活的要求也低——每天管饱三顿饭就行，所以他甚至每个月不必支付工钱，让两个蛮子敞开了吃馒头就行，平均算下来还不到一个普通帮工的一半价钱。

这样的小便宜他占了有一年，眼下却似乎可能给他惹来麻烦。他想要打发两个蛮子回去，却又怕磨坊里一下子少两个人显得欲盖弥彰，何况也舍不得损失那么多人力，毕竟这样便宜好使唤的蛮子以后再想要找着可就不容易啦。结果怀着侥幸心理拖了半个月，附近街道的里正终于上门了，身后还带着一个登记人口的衙门文吏。

躲是躲不过去的。尹良只能先把蛮子们藏到地窖里，硬着头皮把两人放进了门，心里苦苦盘算着借口。然而借口还没想出来，一名小工跑过来小声汇报说，又有两名捕快来找他了。

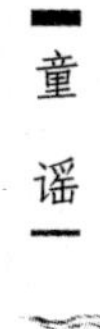

完了，连捕快都惊动了，事情真的闹大了！尹良一颗心悬到了嗓子眼上，迎接瘟神一般再把捕快们也让进来。

“两位大人……不知今天光临……”尹良结结巴巴地从牙缝里往外挤

着话，甚至都不明白自己到底说了些什么。不过他很快发现，似乎新来的这一男一女两个捕快对他丝毫也不感兴趣。尤其是那个身材微胖的男捕快，根本连正眼都没有瞧他一下，倒是很奇怪地径直走向了不久前先来的里正和文吏。

“你还真是尽职尽责呢，这时候了还一心扑在工作上。”男捕快用一种充满挖苦的语气说，然后唰的一声拔出了腰刀。女捕快也配合着他的举动，绕到后方，挡住了出口。

这是要干什么？尹良糊涂了。他唯一能确定的一点是，自己的麻烦暂时过去了。看两个捕快咄咄逼人的德行，一时间肯定顾不上去招呼他那点小事了。不过眼前又有里正又有衙门的文吏，他们要找的到底是哪一个呢？

一段长时间的静默后，那个头发斑白的中年文吏缓缓开了口：“果然厉害，不知道你是怎么怀疑到我身上来的？”仔细看去，此人其实也就是三十多岁，比叶空山大不了多少，但脸上的皱纹和头上的白发却让他看来就像五十岁一般。

他又转头看看严阵以待的岑旷：“那天你来找我问询你是否会被驱逐，我还真相信了，没想到你竟然是来调查我的。”

“我的问询并不是假的，我是真的担心，所以你才看不出破绽来。”岑旷摇摇头，“忘了告诉你，我是个不会说谎的魅。当然了，不能说谎，并不意味着我必须告诉你所有的事。所以我只是在真实的担心和询问之外，又做了一点其他的工作而已。而且，虽然现在抓住了你，我却仍然不知道为什么会是你。”

“我建议我们换个地方说话，”叶空山说，“别老堵在这儿，耽搁别人的生意。”

尹良巴不得听到这句话。他充满期待地看着两名捕快一前一后，夹着那个不知道犯了什么事的文吏向外走，把一头雾水的里正抛在身后。但三人刚刚走到门口，中年文吏却突然发难，他飞起一脚踢向了叶空山的腰间。叶空山显然有所防备，奈何身手实在不佳，虽然做出了格挡动作，还是被文吏踢到了手肘上。他这一下吃痛，不自觉地让开了路，文吏猛地夺门而出，把磨坊的门撞了个稀烂。

岑旷顾不上关照叶空山，急忙紧追出去，叶空山捂着胳膊，哼哼唧唧也跟了上去。尹良心想：这个捕快真是个废物，看来还没有女人顶用。他又想：只损失了一扇门，算是大幸了，但愿两名捕快把文吏收拾掉，从此没人再来找他的蛮族雇工的麻烦。

这位文吏虽然年纪不小，在衙门里干的又是文书工作，奔逃起来却相当迅速，而他刚才赏给叶空山的那一脚也足具功力。岑旷一边穷追，一边小心戒备着对方可能的突然袭击，耳中听到叶空山跟在后面不知大呼小叫着些什么。她这时候已经能确定，叶空山没有找错人，因为这个背影她见过，就在文瑞死亡的那天夜里。

文吏发足狂奔，但毕竟不如岑旷年轻，慢慢两人间的距离开始缩小。此时三人两追一逃已经进入了一条热闹的街市，街上到处是挑着担子卖菜的菜农小贩，文吏如果混进人群里，只怕又要不好找了。岑旷正在焦急，忽然耳边“嗖”的一声，像是有什么小器物飞快地掠过。而随着这一声响，前方逃窜的文吏却一下子重重摔倒在地上，跌得头破血流。岑旷快步上前，发现他的腿上扎着一柄小而尖锐的飞刀。

“老子虽然不怎么会打架，不代表就没有绝活。”叶空山充满得意的语调在耳边响起。岑旷哭笑不得，倒也颇感欣慰，走上前去，准备把伤了一条腿的文吏捉住。文吏坐在地上，并没有打算拖着伤腿强行逃跑。他的目光显得异常沉静，一面右手伸入衣襟抚摸着肋部的伤口，一面抬头扫视着逼上前来的两名捕快：“我想请教一下两位的尊姓大名，好让我明白自己栽在了谁手里。”

“我叫叶空山，这是我的助手。”叶空山大大咧咧地回答。

“叶空山？原来你就是那个好几次差点被除名的叶空山……我败在你手里，也不冤枉了。”文吏苦笑一声，笑容忽然僵直，身体软软地倒了下去。

“糟糕！他自杀了！”叶空山大喊一声，冲了上去。果然，文吏刚才已经用偷偷藏在怀里的匕首刺入了自己的心脏，只是仓促之间没能吃准部位，一刀刺下后，还有一口气在。

岑旷看着从文吏的胸口不断涌出来的鲜血，一时间手足无措：“怎么办？要不要赶快找大夫抢救？”

叶空山翻开文吏的眼皮看了看：“来不及了。现在我们只剩一件事可做。”

“什么事？”

“给他一点药吊命，然后迅速探查他的记忆。好在人人都知道你从来不会说谎，所以你说出口的话大可以直接当作证据来用。否则的话，我们岂不变成了逼死国家公务人员的凶手？”

“没想到我的作用还有这么大……”岑旷不知是在感叹还是自责。

“所谓优秀的领导者，就是能让每一块废铜烂铁都闪耀出金子般的光辉。”叶空山煞有介事地挺了挺胸膛。

九

濒死者的记忆总是混乱而支离破碎，就像是一幅被撕扯成了无数碎片的图画，想要重新拼出全貌几乎已不可能。岑旷所能做的，只能是尽量深入到文吏的内心世界，挖掘出可能的犯罪证据。她就像是在一片凶险莫测的沼泽中穿行，小心翼翼地寻找着可能的落脚点。

在穿越了一层层迷雾般的无效记忆后，她终于找到了这个叫作庄园的文吏的谋杀记忆。在这段记忆中，庄园悄悄潜入了马大富家，很轻易地制服了马大富。他以并不太熟练的手法把马大富倒吊起来，因为手法不纯熟，所以前后调整了好几次，以确保绳结打得标准。他满意地看着醉醺醺的马大富头浸在水里，身体无力地挣扎，直到最终溺毙。叶空山的判断是准确的，虽然到现在岑旷也没有想明白叶空山是怎么怀疑到庄园身上的，但这些记忆并没有掺假，马大富是被庄园谋杀的。

在这一段记忆里，有一点在情理之中的发现仍然让岑旷比较费解：她能够感受到一股强烈的、汹涌澎湃的仇恨，而且似乎已经蓄积了许多年。仇恨？庄园这个默默无闻的小文吏怎么会和养马人马大富有什么不可化解的仇恨？

很快地，岑旷又找到了庄园杀害玉石商文瑞的记忆，其过程和杀死马大富的过程不大相同，因为文瑞自己布置好了现场的一切，这一点也符合叶空山的猜想。但文瑞显然没有料到会有人对他下手。就在他嚼下腐心草之前，早已埋伏好了的庄园突然出现，打昏了文瑞，抢走了腐心草，让文瑞的假死变成了真死。

这一段记忆中还伴着另外一段记忆，那是庄园之前也曾以衙门文吏的身份到文府调查人口，借此记住了文府里的各处路径。所以这一天，他其实是趁着天黑前就早已潜伏在文府里了。

怪不得呢，岑旷心想，我那天只睡着了那么短的一点时间，根本不够凶手安排的。原来凶手早在天黑之前就混进去了，而作案现场根本就是文瑞自己布置的，当然可以轻而易举地不让旁人发现了。

如此说来，最后一名死者罗尔立也是死在庄园手里的了。事实上，岑旷的确看到了这一段记忆，虽然已经残缺，还是可以看到庄园潜入罗尔立家中的状况。只可惜再往后的记忆随着庄园的逐渐死去，都已经消散了。不过看到的这些已经足够定罪。

不对，还不足够，岑旷想着，还缺少犯罪动机。叶空山总是对她说，除非是疯子上街乱砍人，否则一切的犯罪都是有动机的。而对于捕快来说，多了解一些不同的犯罪动机，非但对今后的办案大有好处，也能更方便她加深对人族的理解。

对人族的理解……想到这里，岑旷转过身，向着庄园记忆的源头奔去，想要探寻一下他杀人的理由。她一路穿越过若干纷繁复杂的场景，眼里所见似乎始终都只是庄园坐在衙门那间阴暗的小屋里，日复一日地佝偻着背，和各种各样的官方文书打着交道。这个人的生活显得平淡、乏味，毫无生趣可言，甚至连回家之后也只是读书、吃饭、睡觉。

这时候岑旷感受到了一股异样的波动，她知道，那是庄园距离死亡又近了一步。一瞬间，无数正在阅读的记忆灰飞烟灭，岑旷几乎是不由自主地被推到了一个很遥远的记忆中。这记忆好像海里的漩涡，一下子把她卷了进去。

场景骤然发生了变化。之前的一切都是灰暗的色调，显示着庄园生活的无趣和内心的孤独，但在这一刻，金色的灿烂阳光猛然间映满眼帘。

岑旷发现自己正身处一座漂亮的小花园里，虽然栽种的并不是什么名贵的花卉，但鲜花的芬芳混合着绿草的气息，带有一种温馨的勃勃生机。花园位于一座宛州样式的小院落里，看来这里是一户寻常的住家。

接着她发觉自己的身量缩小了，好像变成了一个十来岁的男性孩童。她身不由已地跟随着这段显然在庄园头脑里有着沉重分量和深刻烙印的记忆，奔向了花园的中央。在那里，有一对夫妇模样的中年人，伸手把她揽入怀里。

充满感伤的温暖情怀瞬间包围了岑旷，那是一种她从出生之后从来没有体会到过的情绪：甜蜜、美好、浑然天成、仿佛血肉相连般的牵绊。她突然意识到，这就是所谓的亲情——而对于一个由精神游丝凝聚而成的魅来说，亲情是永远不可能先天存在的东西。

这个少年就是小时候的庄园；这一对中年男女，就是庄园的父母。她得出了这个不容置疑的结论。

更令人吃惊的一幕随之发生，从花园一头的一座小屋里，奔跑出一个六七岁的小男孩。他的面目在这段记忆里模糊不清，但能判断出他正在笑。庄园的父母报以同样的笑容。这应当是庄园的弟弟。而在这时候，庄园内心的愉悦和欢乐达到了顶峰——显然他很爱这个弟弟。

一家四口沐浴在阳光下，这看起来应当是一幅幸福而祥和的画卷，但忽然间画卷的颜色又发生了变化，天地间变得阴沉昏黑，花园里那些盛开的花朵都瞬间枯萎了。

岑旷看见花园在燃烧，火光冲天，空气中布满了呛人的浓烟，无数嘈杂的声响充斥着耳膜。恐惧、惊惶、无助……各种各样的情绪搅在一起，像一锅正在沸腾的热粥。少年时代的庄园正处在极度惊恐中。

这时候两张熟悉的脸出现了，岑旷几乎怀疑自己看错了，但她很快确认了。自己没有看错，眼前出现的一群人中，打头的正是童谣杀人案中的两名被害者：养马人马大富和将门之后罗尔立。那时候两人看上去比他们死亡的时候年轻许多，以岑旷的粗浅经验判断，相隔可能有将近二十年的时间。他们带着满脸狰狞的杀意，嘴里露出尖利的獠牙，背后伸展开蝙蝠一样丑陋的黑翼，从天而降。

这一幕刚开始让岑旷迷惑不已，但她紧接着意识到，这是庄园内心深处对那段久远回忆的涂抹修饰。马大富和罗尔立不可能真的嘴里带着獠牙、背后长着翅膀，那种在记忆里经过扭曲的形象，表达的是庄园对二人刻骨的仇恨与愤怒。

庄园为什么会那么恨这两个人？岑旷正在想着，记忆已经给出了答案。她看见庄园的母亲跪在两人身前，苦苦哀求着些什么，但显然当时的庄园自己也没能听清母亲和两人之间的对话，所以记忆里只有一些刺耳的嗡嗡声。

可是父亲呢？庄园的父亲此刻又在什么地方？岑旷的视线随着庄园的目光四处游移，很快在院子的另一个角落见到了那个中年男人。男人正站在一口水井前，而他手上正在做的动作让岑旷大为吃惊。

——这个男人手里倒提着他的小儿子，也就是庄园的弟弟，正在往井绳上拴！孩子小小的身躯很快就被捆扎起来，倒吊着放入了井口。而男人没有丝毫犹豫，两手一松，孩子的身体就像石头一般坠入深井。

接下来的记忆变得无比破碎驳杂，垂死的庄园的精神走到了尽头。岑旷最后注意到的一个画面是，少年的庄园站在已经沦为废墟的家里，面前是两个土堆，或许是他父母的坟茔。然后，他用瘦弱的身体吃力地推着一车砖石走向那口深井，把砖石倾倒了进去。无边无尽的悲伤与痛苦伴随着黑暗笼罩了一切。

十

叶空山默不作声，耐心地听岑旷讲完了她所见到的一切。他的神情镇定而从容，似乎这一切都在他的预料之中。但当听岑旷讲到最后一幕，也就是少年庄园埋葬了父母又埋葬弟弟的场景时，他的身体微微抖了一下。

这个动作并没有逃过岑旷的眼睛："怎么了？觉得太惨了？"

"的确惨，但并不是由于这个故事本身，"叶空山轻叹一声，"庄园很可能犯了一个错误。"

"什么错误？"

叶空山摆摆手："先不提他。我先来解释一下这桩案子吧，想必现在你的脑子里满是疑问。"

"跟着你办案，我已经习惯了。"岑旷淡淡地说。

叶空山笑了笑，扭头看看门口："再等等，黄老头儿验完尸马上就要来了。我省得给他重复多讲一遍。"

黄炯进门时沉着脸，看来是憋了一肚子气无处发泄。叶空山给他倒了一杯茶："想骂人赶紧骂，骂完了老子好给你讲故事。"

"这个故事你最好讲得圆一点，"黄炯哼哼着，"虽然庄园是自杀的，但他毕竟也是衙门的人，不能那么不清不楚地就死掉。你要是解释得不彻底，会惹来麻烦的。"

"没关系，您老解决麻烦的能力天下第一，"叶空山故作谄媚状，"小人的前途一次次都仰仗您老了。"

"滚蛋！"黄炯把喝干了的茶杯往桌上重重一放，"快点交代！"

叶空山替他续上茶："这个案子刚一开始的时候我犯了错误。因为它摆布得太像是种族仇杀了，我反而认为与此无关。当然了，最后的凶手的确不是羽人，但案件的源头却被我忽略了，这是我的错，不容否认。"

“难得你也有认错的时候。”黄炯晃动着他肥硕的脑袋。

“我们首先来谈第一位死者严于德，他是被合伙人文瑞杀死的。根据我的调查，严于德和文瑞长期从事被朝廷禁止的对羽族走私玉石的生意，并因为一起意外事件惹恼了羽人，羽人委托杀手组织血羽会，试图以童谣杀人的方式对两人进行惩戒。但血羽会是一个唯利是图的组织，他们不愿意失去两人每年交纳的数目可观的保护费，那名杀手更是敏锐地嗅到了其中赚更多钱的法门，于是跟两名玉石商进行了谈判。最后的结论是，玉石商们付出一大笔钱，并按照这首童谣的方式假死，以此逃过羽人的追杀。

“严于德照做了，他没有想到的是，因为长期以来的矛盾，文瑞其实早就想干掉他，眼下出了这档子事，正好是一举两得。他可以换掉严于德的腐心草，让严于德由假死变成真死，而事实上，他办到了。如果一切顺利的话，过上两天，他再对自己导演这么一出，不过这次他应该嚼下货真价实的腐心草，然后隐姓埋名，避过了风头后再东山再起。这个如意算盘是打得不错，但他万万没有料到，一出偶然的巧合、一个意外的现场目击者，非但彻底粉碎了他的计划，还将童谣杀人演化成了血腥的系列案件。”

“偶然的巧合？意外的目击者？你指的是庄园吗？”黄炯问。

“没错，就是他。”叶空山把岑旷所阅读到的记忆讲了一遍，“从我们的岑旷小姐所探查到的情况来看，庄园童年时代的悲剧记忆被保藏得非常完整，对于一段二十年前的往事而言，记忆那么清晰非常难得。而反过来说，之所以那段记忆保藏得那么完整，很有可能是因为，它们被封存在了记忆的最深处。”

“你的意思是说……”黄炯琢磨着用词，“他受到了刺激，所以……很长时间内根本不去触碰到这段记忆。但实际上，它们一直……一直……”

“一直在沉睡，”岑旷插嘴说，“它们始终存在，却又被刻意地封存起来，或许是庄园的一种自我保护，防止再次受到惨剧的刺激。但时隔多年后，一桩原本风马牛不相及的案件却由于相似的场景而令这段记忆复苏了。”

“你是说，他弟弟被倒吊着抛入井里的那段？”黄炯似有所悟。

“庄园很爱他的弟弟，”叶空山说，“这种深爱令他在掩埋那口井的一瞬间，就不自觉地封闭了自己过往的记忆。我特意让岑旷调查过庄园，这个人从来没有透露过自己少年时代以及之前的经历，记录在案的解释是他的头部曾经受到过撞击，以至于失忆了，这正好和我的推测相吻合。而他所能记起的是三年的流浪生涯以及机缘巧合成为文吏后的十六年平凡人生，在这十九年中，他的生命之舟始终无比平稳地运行着，毫无波澜，毫无亮点，因为他的全部欢愉都在那个时刻随着童年的记忆同时被封闭了。”

“可是，倒吊着被溺死的严于德，让这段记忆骤然复活了？”黄炯一拍大腿，“倒还真是差不多的场面。你是怎么想到这一点的？”

“我首先怀疑到，马大富和严于德毫无关系，这两起案子表面近似，却很可能是出自两名不同的罪犯之手，而第二名罪犯是在模仿第一起案件，”叶空山回答，“但如果仔细想想，为什么单单要挑这个时候来模仿？为什么恰好要选择这种时候？恐怕不会是巧合。于是我开始想，会不会是这一幕场景对罪犯产生了强烈的刺激。于是我的怀疑范围转到了曾出现在严于德命案现场的人中间。尤其增加我这种怀疑的，是死者身上的绳结。”

“绳结怎么了？”

“我已经认定马大富是死于另一名凶犯的手里，但他身上的绳结和第一起案件里一模一样，这一点很奇怪，因为就算他也听说过那首童谣并能写出来，没道理绳结也碰巧手法一致。最后我觉得，要么我判断错了，要么第二名凶犯曾经到过现场，观察过严于德身上的绳结，并决意模仿，以便打乱我们的思路。”

“没错，庄园那天早上的确是和里正一起上门，最早发现了严于德的尸体，但是有很多人到过现场，而至少也有仵作和其他捕快仔仔细细查看过尸体，”岑旷提出疑问，“为什么你那么快就怀疑到这个文吏身上呢？”

“因为他还得查找自己的仇人所在的位置，”叶空山回答，“别忘了我这个猜测是基于突发的刺激，而非长时间的谋划。在这种情况下，假如我一段过去的记忆突然复苏，想要去寻找凶手，时隔二十年，怎么能在几天内就找到我要杀的人呢？”

岑旷明白了："因为他是常年和青石城的人口记录打交道的衙门刀笔吏！所有的文书记录都在他的手里，想要查找迁居记录并不会很困难！"

"就是这么回事，"叶空山满意地点点头，"所以过程就很清晰了。严于德死后的那天清晨，庄园本来是随着里正去调查严家的人口状况的。但那个恐怖的杀人现场一瞬间唤醒了他沉睡已久的记忆，让仇恨之火迅速点燃。庄园是个很聪明的人，这么多年来把自己微末的工作打理得井井有条，正是他性格的一种体现。所以在那个时刻，他表现得丝毫不动声色，装作检查尸体，牢牢记住了尸体的各项特征，除了绳结外，又打听了那首童谣，找某个有求于他的羽人，把那些对他而言有如天书的羽族文字抄了下来，以方便日后的复制。

"接着他就开始了他的报复行动，总共有多少人我们不得而知，但可以肯定最开头的两个人是马大富和罗尔立，那是岑旷在他的记忆里读到的。他回到衙门后，首先查到了马大富的住址，很幸运的，此人并没有离开青石。他近乎完美地复制了严于德命案的现场，杀害了马大富，并将其伪装成了连环杀人案。但这之后问题来了，是接着再杀死罗尔立呢，还是布置一些烟幕，让案情更复杂呢？他选择了后者，并决定以严于德的生意伙伴文瑞作为目标。不过考虑到庄园的性格，这也可能不是巧合，而是身在衙门办差的他听说了两人做生意的一些风闻后，觉得文瑞是个最好的靶子。

"这个选择帮了他大忙，因为文瑞竟然自己在白天就把现场布置好了，替他解决了最大的麻烦。他轻松地等待着文瑞作茧自缚，然后只需要完成最后一击就足够了。这一招走得很对，文瑞的死再次打乱了旁人的视线。在我们苦思着如何去应付羽人的时候，庄园动手杀死了他第二个真正的目标，也就是罗尔立。"

"果然是个足够离奇的过程，"黄炯叹息一声，"可我们应该怎么去证明呢？庄园已经死了，所有这一切都只是你的凭空推测。"

"我之前不是说了吗，庄园找到某个有求于他的羽人，打听了这首童谣，还抄录了文字，"叶空山胸有成竹，"前两天我可半点没闲着，已经找到了这位羽人，他可以作证的。此外庄园的家里也一定能找出一些抄录羽族文字和练习绳结留下的证据。”

“那就好，”黄炯舒了一口气，“可还有最关键的一个问题：动机。庄园为什么要杀这两个人？在他的少年时候到底发生了什么事，会让他的父亲把自己的亲生儿子捆起来扔到井里去？”

“这一点嘛，我也有了一点个人的猜测，不过我建议，我们最好是实地去看看。”

“实地看看？”

“是的，我查到了马大富二十年前居住的地方，并且猜测庄园当时也住在那里——那正是当年那场悲剧的起因之一。运气不错，我猜对了。”

这里早已不再是二十年前的样子了。当时此地还算是一片比较规整的居民区，而现在，随着青石城多年的拆迁改建，这块位于城西的土地已经成为重要的牲畜交易市场，马行比比皆是。叶空山一路问询，终于找到了一家夹在马行当中的小餐馆，该餐馆专门向各马行的伙计们提供能填饱肚子但味道很不怎么样的便宜饭菜。

“和咱们衙门里的午饭有得一拼，反正通常情况下吃不死人。”叶空山揶揄着，挥手赶走在他脸上盘旋的苍蝇，当先走了进去。餐馆老板追问了很久，得知这几位捕快并非是来刁难他的税务状况的，也并没有什么人因为在这里吃饭而死掉，这才放下心来，领着众人来到了后院。

“喏，就在那边，”他伸手一指，“那里的确有一口早就被掩埋了的枯井，反正也不碍事，所以一直没有人去清理过。各位随便看吧。”

老板离开后，叶空山招呼着从外面临时雇来的几名力工，搬开了压在井口的大石头，又一点点清除了井里的沙石。岑旷站在一旁，表情很是不忍。

“怎么了？不忍心看到一具孩童的尸体？”叶空山问。

岑旷点点头，叶空山打个响指：“我保证，你会看到更加令你吃惊的玩意儿。”

岑旷不解，但还是耐心地等待着，眼看着力工们慢慢把这口枯井清理了出来。叶空山朝井里望了一眼：“差不多了，停下来吧，拿绳子。”

他把一根粗麻绳系在腰间，让力工们拽着，自己慢慢垂了下去。岑旷担心地守候在井口，她想要提出由身手更好的自己下去，但想到一具小小的孩童尸骨，心里忍不住地胆怯，终于没敢开口。

好在叶空山的身手并没有她想象中那么糟糕，大约二十分钟后，他在井下用力扯了扯绳子。力工们七手八脚把他拉了上来，替他解下腰间的绳索。岑旷看得分明，他的手里抱着一具白森森的骸骨。

这一幕场景实在让岑旷不大好受，偏叶空山这厮就是不肯放过她："来，看一眼吧。"

"有什么好看的？"岑旷转过身去，不敢看。

"你一定要看看，我说过了，你肯定会吃惊的。"

听了这话，岑旷才勉强转过身来，她看见黄炯也是一脸的惊奇，正盯着叶空山手中的尸骨。定睛一看，她就像被雷劈了一样，呆住了。

那具小小的尸骨并没有腿，从尾椎骨的位置，伸出去一长条绝不可能生长在人族身上的骨头。这根长长的骨头，看起来很像海中大鱼的尾巴。

"看到了吧？"叶空山的语气有些沉重，"这是一个鲛人的孩子。他之所以被扔进井里，不是他的父母想要杀他，而是想要救他，因为鲛人在水里也是可以自由呼吸的。当时孩子可能只是晕厥过去，但庄园并不知道这一点，他以为弟弟已经死了，于是推土石填平了这口井。他并不知道，他自己才是杀害弟弟的凶手。"

十一

"我不明白，庄园是个如假包换的人族，为什么他的弟弟是鲛人呢？而他又为什么不知道这一点呢？"岑旷问。

"有两种可能性，"叶空山说，"要么这个弟弟是被收养的，要么庄园自己是被收养的。据我所知，鲛人化生成为人族的秘术效果，在鲛人死后的一段时间里也能继续维持，所以不能以庄园亲手埋葬了父母就做出判断，恐怕需要掘开他父母的坟墓才能知道真相。”

由于坟堆早就在历年的改建中被推平，寻找坟墓花费了更多的时间。好在岑旷凭借着当时在庄园的记忆中模模糊糊的一瞥,勉强记得大致方位。华灯初上时，坟墓被找到了。

“原来，被收养的其实是庄园，只是他自己一直不知道而已。”岑旷轻声说。在她的眼前，两具成年鲛人的尸骨静静地躺在浅浅的墓穴里，鲛尾无力地垂在泥土中，扬起的头颅仿佛还在寻找着大海的方向。

此时衙门已经下工，各种手续只能第二天再办，三人把鲛人们的尸骨运回到停尸房后，才想起奔波一天还没有吃东西。叶空山在街边卤菜摊胡乱买了些酒菜，三人就近来到了岑旷的住所。

“是罗尔立的身份提醒了我，这件事也许和鲛人有关，”叶空山抹抹嘴边的肉汁，“当我开始猜测罗尔立和马大富究竟为了什么得罪了凶手时，我绞尽脑汁地寻找着这两人的共同点，但看起来，他们根本就没有任何共同点。一个是衣食无缺多管闲事的将门之后，一个是四处卖苦力的养马汉子。后来我终于想到了，有一样东西能把他们都联系起来，那就是鲛人。”

“我不明白，”黄炯说，“罗尔立到处宣扬保护鲛人也就罢了，马大富和鲛人能有什么关系？”

“马大富这个人很有意思，他曾经莫名其妙地揍了一个工友，理由是此人吵到了他睡觉，但事实上，那个人的呼噜声并不算响，至少不比工棚里的其他人更响，”叶空山下意识地捏捏鼻子，“你说马大富为什么会打他呢？”

“我以为是马大富这个人精神总是高度紧张，所以被吵醒后，胡乱揪了个人就打。”岑旷说。

叶空山笑着摆摆手：“你太过注重从精神方面去分析，反而忽略了更加基本的东西。确实，很多人是由于精神上的原因不容易睡觉，而另一些人则可能是体质上的问题。比如说，人的耳朵里有一片小软骨，假如某些声音的振动恰好能让这块软骨发生共鸣，那就会令人非常难受。这就是呼噜声音高的人反而没有吵到马大富的原因。此外，记得我先前告诉你的那一点吗，大约二十年前，马大富和庄园家正好是邻居。”

岑旷努力领会着他的意思，忽然间明白过来：“你的意思是说，庄家有什么特殊的声音，吵到了马大富？那种声音，就是……就是……”

“鲛歌！”黄炯大声喊了出来。

“是的，就是鲛歌。”叶空山回答，“当年庄园的父母究竟是怎么躲避到人族的世界中安居，又是怎么收养了庄园，已经没有办法探寻了。但我们可以想象，不论怎么用秘术在人前掩盖自己的真实形体，到了某些特定的时候，鲛人会依照自己千万年来的本能，不可抑制地发出鲛歌的声响。那是鲛人用自己的喉骨所发出的特殊的声音，没有歌词，没有意义，却是这个种族永远无抹去的、融入了血液当中的记号。而这样的鲛歌，在旁人耳中或许会当成无意义的吟唱，甚至是醉汉的嘶吼，对于体质特殊的马大富而言，却是一种无比痛苦的折磨。碰巧这时候，他遇上了四处寻找鲛人的罗尔立。鲛人不会在自己的脑门上贴标签，罗尔立要寻找鲛人，自然是通过旁敲侧击打听各种各样的蛛丝马迹，鲛歌就是其中之一。”

岑旷恍然大悟：“这么说来，又是这个罗尔立好心办了坏事？”

“办坏事是真的，好心就未必了。”叶空山脸上挂着一丝鄙夷，“你好好想想，这个人虽然嘴里号称要帮助鲛人，但成功率究竟如何？到底有多少鲛人是想要接受他的帮助，最后却倒了大霉的？”

岑旷心里一颤：“你是说，这个罗尔立，其实是打着帮助鲛人的旗号，专门挖掘出潜藏的鲛人，然后出卖他们？”

“一个人的祖父和父亲都死在鲛人手里，他却成了保护鲛人的斗士，我个人是很难相信世上真的存在着这么伟大的灵魂的。”叶空山颇有些冷酷地回答。

岑旷没有再说什么。她默默地坐在杯盘狼藉的桌旁，眼前交替掠过今天下午和傍晚所见到过的那三具鲛人的白骨。此时已经无须叶空山再做更多的解说，事件的轮廓已经完全清晰。

罗尔立很轻易地在马大富那里打听到了让后者饱受折磨的鲛歌，并且很快判断出马大富隔壁的庄家很可能藏着鲛人。他用惯常的花言巧语套出了实情，并且立即翻脸带人去追捕鲛人。慌乱中的庄氏夫妇知道自己不能幸免，唯一能做的就是把同为鲛人的小儿子垂入井里，并怀着万分之一的侥幸希望庄园能在事后发现他，把他救起来。然而他们死得太快，甚至没能对儿子交代两句，结果失魂落魄的庄园根本没有发现弟弟还在水里活着，动手填掉了那口井。他那可怜的弟弟，也许都还没反应过来，就已经生生被砖石砸死。而这将近二十年前的一切，却又引发了今天的一系列血案。在这一刻，人族、鲛人、羽人的命运纠缠在了一起，纠缠在了那首黑暗的羽族童谣之上。

“是谁杀了你？——是我的父亲和母亲。他们把我头朝下高高吊起，把我的头按在水里。”她呆呆地念着童谣中的这两句话，身子微微颤抖着。

“你是不是又想像鬼婴案之后那样哭出几滴马尿？”叶空山侧头看她，“破一个案子就哭一场，过上几年，你这间屋子就会留下一个水滴石穿的动人传说了。”

岑旷摇摇头：“不，我哭不出来。我只是一下子又想起来你前些日子让我看过的你的梦境。君王们为了征服，就会把一个个种族推向相互仇杀的境地，让蛮族杀华族，羽人杀夸父，让鲛人在陆地上化为枯骨。可他们究竟有没有想过，他们脚下的每一寸疆土上，都浸透着死者的鲜血，都堆满了那些破碎的幸福。庄园杀了罗尔立，因为罗尔立害死他全家；罗尔立害死了这一家三口的鲛人，因为他的父亲和祖父都死在鲛人手里，可这一切的源头又都在哪里呢？”

“没有人能够找到它的源头，”叶空山微带着醉意说，“就算是传说中龙渊阁里的学者也不能。所以对于世上的凡人们来说，在帝王们的美梦中坚强地活着，就算是最大的幸福了。”

“胡说八道！”黄炯哼了一声，“就凭这番话就够你坐牢的了！管好你那张臭嘴。”

叶空山嘿嘿一笑：“惹急了我，我就把从这张臭嘴里蹦出来的话编成童谣，让街头巷尾的小屁孩儿们传唱去，皇帝老子能奈我何？”

黄炯叹了口气，不再多说，摇摇晃晃地走出门去，临出门前回过头来：“和你说了好多次了，添一把锁，女孩子家的，房门上不加锁，当心被叶空山这样的坏人溜进来。”

岑旷小声说：“他不是坏人……”说完发现黄炯已经走远了。而不是坏人的叶空山显然喝多了，竟然毫不客气地占据了她那张干净整洁的床铺，嘴里含糊不清地念叨着些什么。岑旷仔细聆听，发现他居然在念着一首儿歌，一首自己从来没有听过的人族的儿歌：

妈妈叫我锁好门，但我忘在了脑后
第一天晚上，羽人砍下了我的左手

爸爸叫我锁好门，但我忘在了脑后
第二天晚上，夸父砍下了我的右手

爷爷叫我锁好门，但我忘在了脑后
第三天晚上，鲛人砍下了我的左脚

奶奶叫我锁好门，但我忘在了脑后
第四天晚上，河络砍下了我的右脚

第五天我记住了锁门，可我又没有脚又没有手
于是魅钻进来，砍下了我的头

神罚

青石城官库被抢，当所有人被调去追查抢劫犯之际，青石城却发生了骇人听闻的凶杀案：燕归楼的红牌名妓花如烟离奇被杀，死状无比凄惨。凶案发生后不久，青石神医上官云帆突然疯癫，在他的书房里出现了一个令人毛骨悚然的东西。

一

"噗"的一声，室内的蜡烛被吹熄了。段誉伸出手，抱住了王语嫣，男人和女人的眼神里都有着异样的光彩，在黑暗中宛如野兽的双目。

"我们这样做……真的可以吗？"段誉轻声问道。

"为什么不可以？"王语嫣低声反问着，"我等这一天，已经等了太久了。"

"我们都等了太久了。"段誉喃喃地说。他的嘴唇轻轻封住了王语嫣的樱唇，缓缓为她宽衣解带，两具火热的躯体交缠在一起。在那散发着迷香气息的黑色空气中，他们获得了生命中的大和谐。

……

……

……

"你这个混账！"暴跳如雷的段正淳狠狠一记耳光甩在段誉的脸上，"你怎么能做出这样禽兽不如的事情来！"

"爹爹！爹爹你听我说！"段誉跪在地上，顾不得去整理凌乱的衣衫，紧紧地抱住了父亲的双腿，"孩儿知错了，但孩儿和语嫣是真心相爱的啊！我一定会娶她的，求父亲成全啊！"

"成全个屁！"段正淳一脚把段誉踹倒在地，"你怎么能娶她？她是你妹妹，是你的亲妹妹！你怎么可能娶她？"

"你说什么？"段誉如遭五雷轰顶，"这不可能！这不可能的！"

"她的确是你的亲妹妹！"段正淳泪流满面，"冤孽！都是冤孽啊！"

二

岑旷轻轻放下书，用手背擦了擦眼睛，这个小动作被叶空山敏锐地捕捉到了。他忽然伸出手，一把夺过这本岑旷正在阅读的《天龙九州》，挤眉弄眼地念起来。

“‘缓缓为她宽衣解带，两具火热的躯体交缠在一起’‘他们获得了生命中的大和谐’，我的天！”叶空山发出一声夸张的惊叹，“读这么拙劣的情色段子也能读到热泪盈眶，岑小姐你真是古往今来第一人！”

“胡说，才不是因为那什么段子呢！”岑旷夺回书来，眼眶里仍旧有泪光闪现，“我只是觉得，段誉和王语嫣好可怜！历经了千辛万苦才在一起，却居然发现彼此是兄妹，造化弄人，老天真是不公平！”

叶空山叹息一声，像拍三岁小孩一样拍了拍岑旷的头：“首先呢，这不过是一个胡编乱造的虚构故事，要说弄人，那也是作者弄人，和什么老天老地的半点关系都没有；其次，你还真是不懂得人族的心理，就是要这样的故事，读者才会喜欢看。”

“为什么呢？”岑旷很是不解。

“人是一种奇怪的动物，并不只是喜欢接收正面的刺激，在某些时候，悲伤、愤怒、惋惜也是他们所需要的，”叶空山说，“像《天龙九州》这样的故事，把美好的情感撕碎了给读者看，让他们感觉就像心上被插了一刀一样，也是阅读快感的一种，甚至比愉悦的感受更重要。”

“真是难以理解……”岑旷摇了摇头，“对于我而言，人的感情果然是太复杂了。”

“所以你还需要继续加强学习，”叶空山把书还给她，“如果有一天，你也能写出一本让读者叫好的小说来，你就算是完全融入人族的社会了。”

“我恐怕是不可能做到这一点的。”岑旷继续摇头。

“顺便我还可以告诉你一点写作技巧，那是这一类破烂坊间小说最喜欢玩的一手，”叶空山说，“那就是逆转。这本《天龙九州》我虽然没读过，但以我的经验来看，到结尾处作者肯定会玩一个翻转，告诉你，段誉其实不是段正淳亲生的，所以他和王语嫣并不是兄妹，可以合法地在一起获得‘生命中的大和谐’，这也是为了满足读者喜欢波谲云诡的过程和大团圆结局的心理。不信你翻到最后先看看，我和你赌一个金铢。”

岑旷迟疑了一小会儿，最后还是摇摇头：“算了，我不喜欢提前看结局，还是慢慢读下去吧。”

“真没意思……”好赌的叶空山十分遗憾，“不过正经地说，这样的桥段也能让你多明白一点道理：人与人之间的关系是复杂多变的，很多时候，两个八竿子打不着的陌生人也会因为某种奇特的因缘被联系到一起。在我们办案的过程中，一定要努力捕捉这样的联系，很多时候破案的方向就隐藏在其中。”

岑旷思索了一会儿，默默地点头。

叶空山和岑旷都是宛州青石城的捕快，但岑旷有一个很特殊的身份，她是一个魅，一个渴望了解人族的魅。由于具备读取他人思维的特殊能力，她被叶空山的上司黄炯带入了衙门，但因为心地过于单纯，甚至完全不会说谎，无法应付人心的诡诈，她被扔给了满肚子坏水的叶空山做助手。

叶空山以加薪为条件，勉强接纳了岑旷，已经带着她处理过好几起案子，其中值得一提的重要案件有青石城的鬼婴案和童谣杀人案，岑旷在这些案子中犯了许多错，却也渐渐开始了解了人这种复杂的生物，并且可以为叶空山提供一些有力的帮助了。她虽然心思单纯，但在学习方面非常努力，如今即便是混进青石的人堆里，也未必能有人看出她是异族。

“名师出高徒，虽然你笨是笨了点，跟着我这样的名师还是进步很快的，”叶空山大言不惭地说，“也许很快我就会考虑让你独立办案试试了。”

“我？能行吗？”岑旷有些畏惧，“我觉得……我多半不成吧。”

“不试试怎么知道？”叶空山悠悠地说，“光靠读坊间小说是不可能真正了解人族的，你还得多去和活人打交道。”

岑旷勉强答应了，心里却始终惴惴不安。但她没有想到，自己独立办案的日子竟然真的来了，而且来得那么快，案子又是那么奇怪。

十月五日上午，就在两人关于《天龙九州》的对话之后没多久，青石城发生了一起大案子。这起案子是如此重大，以至于上司黄炯半句话还没来得及说就已经满头大汗了。

“悠着点，悠着点！”叶空山赶紧示意岑旷去倒茶，“你就算先急死了，对破案也毫无帮助，还得为你筹办丧仪浪费大量的人力物力……”

“我要是死了，直接把我卷一床破席子扔到城北的乱坟岗里去，半点人手都不会浪费！”黄炯气哼哼地说。

“看来真是桩大案子了。”叶空山看着自己敬业的上司那如丧考妣的神情。

“昨天夜里，青石城的官库被抢了，”黄炯阴沉着脸说，“全体捕快放下一切案子，协助军方查案。”

“最烦这种没技术含量的抢劫案。”叶空山伸了个懒腰，表达着自己的不屑。

不屑归不屑，官库被抢确实是大案中的大案。考虑到国家正在和越州的南蛮开战，战争时期抢劫官库那可更是罪上加罪了。此事正在八百里加急报往帝都天启，皇帝的震怒几乎是必然的。所以在皇帝的咆哮写在圣旨上传回来之前，整座青石城都已经调动起来了。

兹事体大，纵然是叶空山这种脑后生反骨的货色，也必须全力以赴投入到案情中，虽然他的确不喜欢类似于抢劫这样的没什么新意的案子。

“那不过就是一堆枯燥乏味的机械重复而已，”他总是这么抱怨，“所要花费的全都是跑腿、问话之类完全体现不出智慧的无聊流程，用我这样的天才去干那种事完全是大材小用。”

当然，他的抱怨是无济于事的。青石城衙门里所有在编的捕快都被派出去侦查这起案子了，唯一可以不去的是岑旷，因为岑旷魅的身份较为特殊，到现在还没有获取正式编制，充其量算是见习捕快。甚至连她腰间挂着的捕快腰牌都是假的，是叶空山用木头帮她做的，倒是惟妙惟肖，足可以假乱真。

但岑旷还是跟去了，因为不办案她也无事可做。如叶空山所言，这一类暴力抢劫的案子需要的就是按部就班顺着流程走，犯人必然会留下不少的蛛丝马迹，剩下的就是枯燥的盘查寻找了，毫无捷径可言。而劫犯打劫之后必然会尽全力逃跑或躲藏，所以要找到他们并把他们擒拿归案，需要的就是跑断腿和挖地三尺的功夫。

忙活了好几天，每天都是直到深夜才能休息。岑旷拖着疲倦的双腿回到她那间简陋的小屋，头刚挨到枕头就睡着了。但第四天，也就是十月九日的早晨，她醒来后回到衙门，看见叶空山正在和黄炯激烈地争吵。

“这个狗屁抢劫案，随便什么阿猫阿狗都可以去查，何必多我这一个！”叶空山嗓门很大，“倒是这个新案子好玩得很，我老人家不出马，就凭你手下那群废物，只怕谁也查不出来。”

黄炯手下的废物们一个个从他们身边走过，投射出愤怒的目光，但叶空山视若无睹。黄炯静静地等待着叶空山嚷嚷完，皮笑肉不笑地说：“真的这么想查这个案子？可以，把你的腰牌交出来，从今天起，解除编制。然后你就可以自带干粮去查个够。我手下的阿猫阿狗多得要命，不缺你这一只。”

叶空山一下子软了下来：“算了，我还是继续服从您英明的领导吧……岑旷，过来！”

岑旷一头雾水地走过去，叶空山指着她对黄炯说：“既然现在抽调不出人手，就让她去试试看吧，总比完全没人查要好吧？”

黄炯想了想，点点头：“说得也是，反正她不在编制内，可以让她试一试。不过，你确定她的经验够了？”

“她的背后有我这个名师指点呢，”叶空山拍拍胸脯，“再说了，这不反正是死马当活马医吗？如果不派她去，根本也派不出其他人手嘛。”

“那就让她去历练历练吧。不过你小子别借指导她的名义耍滑头、偷懒，我会监督你的进度的。”黄炯作恫吓状，然后慈爱地拍拍岑旷的肩膀，转身走开。

“又有什么新案子了？”岑旷问。她从刚才两人的对话已经听明白到底发生了什么，所以也不说废话，直奔主题。

“一桩手段很残忍的谋杀案，”叶空山说，“燕归楼的红牌名妓花如烟被杀了，死状无比凄惨。”

“怎么死的？”

“她的脸皮被人剥下来了，完完整整地剥下来了，而那张失踪的脸皮至今还没有找到。”

“这个案子……是留给我的？”岑旷打了个寒战。

“舍你其谁。”叶空山坏笑一声。

三

燕归楼是青石城最大的青楼,无论是姑娘的数量还是质量都堪称第一，老板倪燕归自然也是见多识广，经验丰富。发现凶案的第一时间，她就命令人封锁了现场，不许旁人进去破坏，直到捕快到来为止。

只来了一个捕快，那就是岑旷，倪燕归显得有些失望，但也表现出了她通情达理的一面：“唉，我也知道，抢劫官库的事情最大，我们草民当然得识大体、懂轻重。只是这个案子，我们真是损失惨重啊，花如烟是我们的头牌姑娘，没了她，我们的生意得下滑不少呢。”

大概发现这句话说得有些过于赤裸裸，倪燕归又挤出了两滴眼泪，絮叨一番自己如何如何喜欢这位死者，一直把她当成亲女儿一样看待，如今失去了她，自己是如何如何心如刀绞云云。岑旷按照叶空山的吩咐，不去理会她的聒噪，先细细勘查了一下现场。花如烟是青石第一名妓，房间一向布置得典雅规整，富于书香气息，走进来的人常常会有误入大家小姐闺房的错觉，这当然也为她增添了身价。

“出事的时候她并没有接待客人，因为她说身体不舒服，”倪燕归说，

"她可是红牌，万一病重了那就得不偿失了，所以我赶紧让她休息一晚上，来找她的客人都挺生气的呢。"

现在花如烟的尸身就横躺在她的床上，这位风华绝代的青楼红牌，如今已经变成了冰冷的尸体，曾经倾倒众生的美貌面孔更是已经血肉模糊，狰狞可怖之处让人触目心惊。实在难以想象，谁会使用这样残忍的手法，去把一位美貌女子的脸毁成这样。岑旷看了一眼，就连忙把视线转开，心里想着，尸体留给仵作去检查吧。

现场没有任何搏斗的痕迹，一应物品都摆放得十分整齐。岑旷的第一反应是：熟人作案。当然了，叶空山早就教导过她，凡事不可先入为主，所以这个念头也只是存在心里备用而已。

经过仔细搜寻，她果然发现熟人作案的推断未必正确，因为她总算是在窗口找到了一点攀爬的痕迹——花如烟的房间在三楼。但同样的，熟人也可能翻窗进入作案，倒也不能就此完全排除这一可能性。

她的脑子有点乱，第一次独立办案，难免各种复杂的心态搅和在一起，叶空山的种种指导不断地蹦跶出来，让她一会儿做出某种猜测，一会儿做出另一种。不过她还是不动声色地勘查完现场。除了窗户上留下的痕迹外，没有太多有价值的东西了，花如烟是当红妓女，屋里的脚印驳杂凌乱，不可能分清最新的脚印是哪一双。

看来只能从社会关系入手了。岑旷伸手招来了倪燕归："你知不知道，花如烟和哪些客人的关系比较密切，和哪些客人有过争执矛盾？"

"这可不能说！"倪燕归立即回答，"客人的隐私是不能随便说出来的。青楼的规矩，不管客人们在这里说了多少醉话、胡话、真心话，听到的人都只能任它烂在肚子里，决不能说出口，否则的话，在这一行的名声可就没了。"

"那么，能不能把她的客人的名单给我呢？"岑旷愣了愣，又问。

"那也是不行的，"倪燕归好像看出了岑旷好对付，"那依然属于客人的隐私。"

岑旷无奈，只能先询问一番燕归楼的人，有没有谁前一天晚上看到了

或者听到了什么声音，但整个燕归楼从上到下简直像是统一过口径，众口一词的“我不知道”“我没看到什么”“我没听到什么”。

忙碌了一天，最后一无所获，岑旷拒绝了倪燕归留她“吃顿便饭”的邀请，郁郁地走回家。此时的她已经不再是当初什么都不明白的小傻瓜了，毕竟也经受了叶空山那么久的熏陶。一路走一路想，慢慢想明白了其中的关窍。倪燕归见到只有她一个人来的时候，脸上露出的表情是失望，但心里面恐怕是求之不得的。

因为她根本就不想调查清楚花如烟究竟是被谁杀死的——完全没有这个必要。花如烟活着的时候是头牌，能够给倪燕归带来可观的利润，死去了就是一具冰冷的遗体，没有一丁点用处了。对于一样没有用处的东西，何必要费力去弄清楚她是怎么死的呢？

更何况，万一查出来花如烟真的是被她的某个客人或者燕归楼的某个客人杀死的，让衙门把此人抓起来，对燕归楼能有半个铜锱的好处吗？没有，真是半个铜锱的好处都没有，正相反，它会让燕归楼损失一名具备消费能力的大客户，可谓有百害而无一利。因此倪燕归一定是早就跟她的手下都打好了招呼，不许向岑旷透露半点有用的信息。

“可怕的人心……”岑旷咕哝了一句，随即觉得自己真是没用，第一次出马就这样惨败而回。她很不甘心，可是又想不到撬开倪燕归的嘴的方法，只能坐在床边恨恨地生着自己的闷气。就在这时候，门被推开了，向来不爱敲门的叶空山拿着几个纸袋走了进来，纸袋里散发出熟食的香味。

“怎么了？又不是被扣薪水了，怎么看起来那么郁闷？”叶空山问。

岑旷没有心思开玩笑，把白天发生的一切原原本本地讲了出来。叶空山笑了起来：“没关系，不用气馁，对付那种老油条，你的经验本来就还不足。走，跟我再去一趟。”

“还去干吗？”岑旷不解。

“姓倪的老鸨不是想要请你吃饭吗？那咱们就去吃，”叶空山吞了口唾沫，“燕归楼不但姑娘漂亮，饭菜也是大大地有名，老子正好饿了。”

于是岑旷又跟着叶空山回到了燕归楼。此时华灯初上，正是燕归楼一天繁忙生意的开端，倪燕归正在门口忙不迭地招呼客人，看到叶空山出现活像见了鬼，转身想溜，却已经被叶空山一把揪住。

“我的女同僚告诉我，你打算请我们吃饭，所以我就不客气地来叨扰了。”叶空山开门见山，说完之后，大摇大摆地在大厅中央最醒目的一张桌子旁坐下。倪燕归慌忙跟上来：“既然叶班头您来了，那自然是要楼上雅间里请了。”

“不妥，不妥，”叶空山大摇其头，“还是大厅里吃饭最好，可以体察民情，雅间就没有氛围了。”

倪燕归无可奈何，只能命令手下整治酒菜。叶空山细嚼慢咽，细品慢酌，一顿饭吃了一个时辰还没完，倒是来燕归楼找乐子的客人们，一进门见到捕快坐在大厅里，胆小的立即就撤了，胆大的不害怕也觉得很煞风景。这一夜燕归楼生意至少冷清了一半，倪燕归终于扛不住了。

“叶班头，叶大爷！”倪燕归用哀求的语气说，“我要是有什么地方得罪了您，您说出来，我一定赔罪！别用这法子折磨我了，我经受不起啊。”

叶空山慢悠悠地撕着盘子里的一只鸡腿，等到把它撕扯得只剩下一根光骨头了，这才擦了擦嘴，扭过头冷冷地看着倪燕归：“倪老板，这位岑捕快是我的助手，她出面就等于我出面。我告诉你，这个案子我一定会查到底，越早结案，对你越有利。不然的话，我天天来陪你耗，看谁更有耐心。”

说完，他拿起一块干净的热毛巾，仔仔细细擦干净手和脸，冲着岑旷说：“现在你可以继续问了，这位倪老板一定会知无不言言无不尽的。我先回去睡觉了。”然后他推开椅子，扬长而去，留下一脸愕然的岑旷和一脸苦相的倪燕归。

叶空山的这一番搅局果然有用处，倪燕归知道这位瘟神谁都惹不起，终于不再向岑旷隐瞒什么了。她乖乖地列出了和花如烟有往来的客人的名单。鉴于花如烟的身价，能上这份名单的人非富即贵，岑旷知道头疼的事情还在后头。

而楼里的妓女和大茶壶们也终于修改了他们的口供，其中一名妓女的话引起了岑旷的关注。

“昨天晚上我确实没有听到任何响动，但是前天……听到花如烟和客人吵起来了，而且还吵得挺厉害的。”

“和谁吵？内容是什么？”岑旷赶紧问，“说详细点！”

“说详细点？”妓女斜了岑旷一眼，“那就详细点呗。那天晚上我的客人要包夜，没想到他是个银样镴枪头，才不过一小会儿就……”

“别那么详细了！”岑旷慌忙打断她，“就拣和案情有关的说说就行了。”

妓女笑了笑，颇有些得意，对于她们来说，捉弄一下岑旷这样的雏儿是轻松随意的事。笑完之后，她接着说：“客人早睡了，我死活睡不着，就听到隔壁房间里花如烟和客人在吵架。花如烟好像很生气，一个劲地大骂那位客人，声音很大。花如烟一向对客人都很有礼貌，骂人这种事情实在罕见。”

“她都骂了些什么？”岑旷问。

“说什么‘凭什么要我跟你走？’‘老娘陪谁睡觉，和你有什么相干？’‘没错，谁有钱谁就可以来找我，只要是给得起钱的男人都行，女人也可以’……”

妓女学得似模似样，好像还有自己的添油加醋临场发挥，岑旷不得不再次打断了她：“好了好了，别再说了。那个客人是谁？”

“这我就不知道了，”妓女翻翻白眼，颇有些妒意地说，“花如烟那么红，有钱人都喜欢她，我哪儿知道是谁。”

岑旷只好回头再去问倪燕归。这一次倪燕归丝毫不敢隐瞒，翻翻账本，很快找到了答案：“那天晚上嘛……包宿的是……上官云帆，上官大爷。他是花如烟的老相好了。”

“上官云帆？”岑旷吃了一惊，“你说的是青石城最著名的医生，和胡笑萌齐名的神医上官云帆？”

“就是他，神医上官云帆，”倪燕归掩着嘴哧哧地笑了起来，“这位大人，神医到青楼里寻乐子，有什么值得大惊小怪的？神医也是人嘛，是人就得有七情六欲……”

岑旷已经没有注意到倪燕归到底在说些什么了，她在心里迅速翻检出了关于上官云帆的记忆。这是宛州首屈一指的名医，尤其精擅解毒，其实论医术而言，比起另一位名医胡笑萌还要略逊一筹，比如他治病喜欢走以毒攻毒的霸道招数，有时候难免会留下后遗症，胡笑萌在这方面就谨慎得多。但他的声名可比胡笑萌响亮多了，胡笑萌虽然医术精湛，但为人傲慢自负，品格卑下，总是索要高额的诊金，而且私生活糜烂不堪，人们固然不得不向他求医，在心底里是很难对他产生什么敬意的。

上官云帆就大不一样了。此人在青石城行医多年，除了医术了得之外，尤其医德令人肃然起敬。他为人治病从来不看身份，也不图钱财，收取的诊费往往比一般的庸医都低，遇到穷人更是时常分文不取，还得倒贴药钱。而每当青石城遇到疫病横行的时候，也总是上官云帆头一个站出来，组织全城的大夫为病人们免费治疗，还自己捐资购买药物，大锅熬药提供给全城的人。多年以来，上官云帆在青石城声名卓著，就连叶空山这样眼珠子长在头顶上的角色，提到他时也会忍不住要竖起大拇指。

所以当听说上官云帆竟然是青楼常客时，岑旷的心情多少有一点微妙变化。尽管诚如倪燕归所言，人有七情六欲，神医出入青楼也未必有什么不妥，但人的心理总是渴求完美的，她和人族在一起的时间久了，也受到了这种感染，多少有点儿希望心目中的高尚人物能真正做到出淤泥而不染。

夜已经很深了，但岑旷却毫无睡意，总还在想着花如烟那张血肉模糊的脸和上官云帆的种种事迹。一代名妓和一代名医联系在一起，总让人觉得有点奇怪。她索性向倪燕归打听了上官云帆的住处，直接前往上官宅，决意要问个清楚。

上官云帆一生从不贪图钱财，不知道接济过多少看不起病的穷人，所

以自身并没有太多余财，所住的宅院也并不大，一共只有四间房。这四间房，一间他自己居住，一间仆人居住，一间用来做药房，还有一间用来接待病人，连独立的书房都没有。进过他卧室的人，就会发现卧室里满满当当全是医书，甚至床铺都有一半被书占据了。

岑旷站在门外，想到这位名医忙碌了一天救死扶伤，也许现在才刚刚躺下，有些不忍心把他吵起来。但想来想去，最终还是摇响了门铃，门铃异常响，在静夜里格外刺耳，吓了她一大跳，不过她很快想到，据说上官云帆的仆人有点耳聋，所以铃声不响不行。

过了许久，这位有点耳聋的仆人才出来开门，脸上颇有不悦之色，因为自己耳背，所以嗓门也很大："我家主人身体不舒服，昨天早早就睡了，不看病了。你过两天再来吧。"

岑旷摸出那枚假腰牌，在仆人面前晃了晃，大声说："衙门的，查案。"

仆人狐疑地打量她一眼，还是开了门，让她进去了。岑旷简略说明情况，这位仆人显然很清楚主人常去的地方，听完后一声不吭，也不替主人辩解，径直把岑旷带到了上官云帆的卧室外。然后他敲响了门："老爷！有个捕快说来查案的，老爷！老爷！"

他开始声音并不大，但到后来几乎是扯开嗓门大吼，并且用手用力砸门，可上官云帆并没有做出任何回应。岑旷渐渐意识到不对劲，她拦住了仆人，用秘术捣毁门锁，然后猛地一脚把门踹开。然后，她听到身后传来一阵撕心裂肺的惨叫声，仆人已经吓昏在地上。

其实她也几乎就要尖叫出声了，只是最后强忍住了，总算是维护了衙门的尊严。在她的眼前，是一幕噩梦般的场景。

神医上官云帆瘫坐在地上，披头散发，衣服被撕成碎条，满脸满身都是疑似指甲抓出来的血痕，喉咙里发出奇怪的嗬嗬声，地上摔碎了一样东西，好像是一只玉蝴蝶。在他面前的一张书桌上，放着一个透明的水晶瓶，里面盛满了液体，液体当中泡着一样东西，一样曾经明艳无比，如今却令人毛骨悚然的东西。

那正是被剥下来的燕归楼头牌花如烟的脸皮。

四

花如烟，女，真实姓名不详，真实年龄不详，籍贯不详，青石城燕归楼头牌妓女。自称十六岁入行，虽然真实年龄已经不小，但驻颜有术，看起来仍然像是十八岁的少女，兼之色艺双绝，与青石城众多达官贵人皆有往来，她并没有明码实价的赎身费，因为倪燕归说了，多少钱也不能让这样的红牌赎身走人，几千几万金铢都不行。

上官云帆，男，五十三岁，籍贯越州九原城，青石著名神医，并无子嗣，也没有其他亲人在身边。三十岁来到青石行医，医术精湛，品德高尚，救人无数，被百姓称为“活神仙”。

现在，燕归楼名妓花如烟死了，脸皮被剥了下来。一天之后，青石神医上官云帆疯了，在他发疯的现场，恰恰摆放着用防腐药水浸泡着的花如烟的脸皮。而这两人关系密切，根据燕归楼老板倪燕归的交代，上官云帆从五年前就开始成为燕归楼的常客，而他从头到尾只找过一个姑娘，那就是花如烟。

这就是摆在岑旷面前的这桩奇特的案件。她把上官云帆带到衙门病号房里安置好之后，天色已经发白了。她随便找了一张床，躺了一个时辰，然后立马赶往停尸房去了解花如烟的验尸情况。

“死因是被极细的钢针刺穿心脏，”仵作对岑旷说，“脸皮是在死亡之后才被剥下来的。”

这个说法总算让岑旷感觉稍微舒服一点，尽管她还是不愿意正视这具恐怖的尸体。那根钢针现在已经被拔了出来，正等待进行鉴定。岑旷知道，以自己浅薄的见识，不大可能认识那根针的来历，也就不在这上面费心了。她去了病号房。

上官云帆的手脚都已经被布条束缚起来了。从被带走的那一刻开始，他始终一言不发，也不像很多精神失常的人那样砸东西什么的，但总是克制不住用指甲去抓挠自己的脸和皮肤，他身上的那些抓痕，全都是自己干的。大夫没办法，只能把他的手脚都捆住，不然说不定他会把自己的脸抓得像花如烟那样。

“有办法治好吗？”岑旷问。

大夫一脸为难：“发疯这种事情，诱因很多，有人是因为精神受到了强烈的刺激，有人是因为脑伤，有人是因为中毒，都是很难治的。不过有你在，也许能有点机会？”

“我能做什么？”岑旷连忙问。

“我听说过一种秘术，可以进入发疯者的思想里面，减轻他的症状。你不是会读人心吗？是不是也可以照着做？”

岑旷想了想，黯然摇头：“我不行。事实上，对于这种发了疯的人，我根本不敢进入他的精神世界，否则我也会被卷进去的。”

拿手的本事派不上用场，仍然只能用常规手段去办案。岑旷开始想，假如这时叶空山在，他会怎么办呢？

“首先要思考，叶空山曾经说过，理清楚案件的内在联系。除非是真正的疯子，否则，犯罪者都是有特定的犯罪动机的。如果暂时没有看到动机，可能是调查得还不够深入。简单的案子只凭现场证据就能找到凶手，但是复杂的案子，往往需要去猜测凶手。动机，就是这种猜测的依据之一。”

如果我假定上官云帆就是凶手，我能为他找到什么样的动机呢？岑旷开始了假设。根据燕归楼那位妓女的说法，这两人曾发生过激烈的争吵，好像是上官云帆想要带花如烟走——用青楼的行话来说，大概是想为她赎身——却被花如烟拒绝了。非但如此，花如烟还说了不少很难听的话，足够对上官云帆造成极其强烈的刺激。所以，上官云帆完全有理由因为独占花如烟不得而产生杀心。这样的动机是存在的。虽然不能就此认定他就是凶手，作为最大疑犯进行调查应该不会有错，何况那张被剥掉的脸皮正放在他的卧室里。

但这当中还有一个问题：如果怀疑上官云帆，那他是自己作案呢，还是指使他人作案呢？根据岑旷所掌握的上官云帆的资料，此人虽然治别人的病很拿手，自己的身体却一向不好，有点久病成良医的味道，也从来未曾展现过任何武功。而岑旷检查了上官云帆的双手，明显是文人的手，没有任何练过武功的迹象。要说这样一个五十多岁的病弱老人可以神不知鬼不觉地潜入人多眼杂的青楼杀死一名红牌妓女，再割下她的脸皮带走，几乎不留下任何痕迹，未免过于牵强。

所以，他至少还应该有一个帮手，一个身手敏捷矫健、手段凶狠残忍的帮手。鉴于上官云帆已经神志不清，自己只能去找那位有些耳聋的老仆人问个究竟了。这又是一桩头疼的事情。

老仆人无疑对岑旷十分反感，虽然这样的反感毫无理由：假如不是岑旷及时赶到，也许他的主人早就把自己的脸皮也揭下来了，从这个意义上来说他还得感谢岑旷才对。但这个固执的老人似乎认为岑旷是把霉运带给上官云帆的那个人，所以对她十分不客气。

幸好岑旷一向是个脾气极好的人，她默不作声地听完了老仆人所有的抱怨甚至诅咒，这才开口说："老先生，你记恨我没什么关系，但现在，我们最要紧的是找到事实的真相，想办法医治你的主人。只有弄清楚到底在他身上发生了什么，我们才有可能对症下药。你不希望他就这样一直疯疯癫癫直到死去吧？"

这句话起到了不错的效果。老仆人虽然还是气哼哼的，却终于开始回忆起来："前些天，确切说是九月三十日的中午，的确有一个人来找主人，而且不是为了看病。那一天本来来求诊的人很多，但那个人刚刚一出现，主人就面色大变，推说身体不适，让我把所有病人都请走了，只留下那个人。他把那个人领进房里，一谈就是一下午。"

"你知道他们谈了些什么吗？"岑旷问。

"我不知道，我从来不会去打听不该我知道的事情，何况我的耳朵也不好，"老仆人说，"但是那个人离开的时候，脸上的表情显得很是生气，

重重地摔门出去了，主人也压根儿没有送他。这一点很不寻常，主人是知书识礼的人，如果来了什么访客，他肯定都会送出门的。”

看来这个人身上大有文章，岑旷想着，又问道：“那个人，你知道他的身份吗？还记得他的相貌和衣着吗？”

“身份我不知道，别的还记得一点，”老仆人说，“那个人五十来岁，个子很高，身材瘦削，左边的耳朵缺了一半，鼻子看起来也有点扭曲，也许是之前受过伤。他穿着一件黑色的布袍，赤脚穿着草鞋……”

看来老仆人虽然耳朵不灵光，记性却很好，他所记得的这“一点”，已经足以描摹出此人的特征了，尤其是缺了一半的耳朵和扭曲的鼻子，应该是很醒目的特征。但这个人如果和上官云帆争吵得很凶，那又不像是他的帮手了，倒像是个什么仇家……

可以换一种思路！岑旷突然想到。假如此人是上官云帆的仇家，有没有可能是杀了花如烟来向上官云帆报复呢？她觉得这个思路可能更加贴近事实。比如这个人在那天的争吵之后，对上官云帆一直耿耿于怀，想要寻机报复，于是一直跟踪着他，无意中发现了他和花如烟之间的密切关系，于是决定通过杀死花如烟来给上官云帆一个沉重的打击。事实证明，他的这次报复行动相当成功，上官云帆因此陷入了精神崩溃。

岑旷反复回想着前后的细节，觉得这个推理实在很符合逻辑，能够完美地解释前后发生的一切。那么，只要能找到这个人，也许一切就可以水落石出了。

“怎么样了，你的案子？今天早上我也见到那张脸皮了。”晚上的时候，岑旷和叶空山在衙门里碰头了，叶空山发问说。

“还不错，找到了一些线索。”岑旷把她这两天调查的结果向叶空山择要讲述了一下。叶空山闭上眼睛，把岑旷所讲述的在脑子里过了一遍，缓缓地点点头：“到目前为止，大致上是没什么错的。”

“什么叫‘大致上是没什么错’？”岑旷问。

“我的意思是说，从常规思路上来讲，你的推断的确是符合一般人的思维模式的，”叶空山说，“两人发生了争吵，可能意味着某些重要的谈判破裂了，那个歪鼻子男人对上官云帆恨之入骨，决意要报复他。他知道上官云帆最爱的人是花如烟，于是就杀害了花如烟，用花如烟的脸皮把上官云帆吓疯，或者说气疯。”

“这样有什么不对吗？”岑旷说，“我觉得是可以说得通的。”

“除了一点，”叶空山说，“那张剥下来的脸皮。”

“那张脸怎么了？”岑旷不解。

叶空山有些阴森地龇牙一笑：“关键就在于，为什么他要费劲剥下那张脸皮？要知道，把一张脸皮完完整整地剥下来可是个技术活，不但花费时间，而且一不小心就有可能损坏。但这个凶犯就在妓院里耐心细致地把整张脸皮一丝不苟地剥了下来，更重要的是，他还用了昂贵的水晶瓶来装。我打听过，光是那个水晶瓶，就值上百金铢呢。如果只是单纯报复，至于费那么大的力气吗？把人头砍下来送过去不就行了吗？砍头可轻松多了。”

“也许这个人……就是心理变态呢？”岑旷斟酌了一下接着说，“或者剥下脸皮对他有什么特殊的意义？前段时间我们破获的童谣杀人案，不也是这种麻烦无比的杀人方式吗？”

“我们寻求任何解释，都是先找常识容易解释得通的，再找极其不寻常的，”叶空山说，“当然了，用心理扭曲的变态杀人狂是可以解释的，但如果还有更好的解释呢？多动动脑子吧，不管怎么说，你的办案大方向是正确的，那个上门拜访的歪鼻男人关涉重大，一定要打听到他的行踪。”

岑旷似懂非懂，但既然叶空山肯定了她的办案方向，总算是一种鼓励，也让她多了几分信心。这毕竟是她第一次真正经办属于自己的案子，紧张之外，也有一种小小的兴奋。她期待着自己能漂亮地抓获那个疑犯，解决这桩案件，让叶空山这个该死的家伙以后看自己的目光中多几分敬意，不要总是像在看着一个蹒跚学步的婴儿——尽管从实际年龄上来说，以成年女性身体为模板凝聚而成的她，的确算得上是婴儿。

这时候已经是初冬了，天气越来越凉。岑旷把自己裹在被子里，一边想着自己应该再去买一床被子准备过冬了，一边却不自禁地产生一些很奇怪的联想。她在半梦半醒之间，总觉得自己盖在身上的不是用布缝成的棉被，而是花如烟那张惨白的脸皮。美艳如花的一代名妓只剩下了这张脸皮，缠绵悱恻地包裹着岑旷的身体，让她连呼吸都觉得困难。

从这个近乎梦魇的幻觉中摆脱出来后，岑旷发现自己已经出了一身冷汗。她很奇怪，鬼婴案和童谣杀人案的诡异程度并不比这起案子差，甚至有过之而无不及，但那两个案子并没有吓到自己。

她仔细想了很久，终于有点明白了，那是因为叶空山不在。这一次，叶空山退居幕后了，只能在偶尔的时机里给自己一些提点，绝大多数的事情都要靠自己来完成，这让她十分不适应。她已经习惯了这个满脑子鬼主意的坏东西领着自己前行，一旦身边没有他，自己就会感到分外孤独，不得不一个人去面对这个纷繁复杂的，充斥着诡计、谎言、阴谋与圈套的世界。

“虽然你平时总是很讨厌，但是离开了你，还真是难受啊。”这个从来不会撒谎的魅，在凄冷的冬夜里对自己说。她把身子缩成一小团，以一种抗拒的姿态慢慢睡着了。

五

天亮之后，岑旷离开家，开始在全城的客栈、酒店、茶铺之类的地方打探那个缺了半只耳朵的歪鼻子男人。这样特征醒目的人，一般而言是不难打听到的，但岑旷花费了整整两天，却没有任何客栈或者酒馆反馈曾见到过这样一个人。岑旷细细一想，突然明白了，这个人特征如此明显，进入青石城的时候必然也会做一些相应的掩饰，免得引人注目。他只有在去见上官云帆的时候才会露出真面目，以便让对方认清楚他。这倒更加证明了此人是上官云帆的老熟人。

没有办法，她只好再从衣着方面下手。那个人的打扮很寻常，但在这样的温度下只穿草鞋，却并不多见，一般来说，只有买不起鞋的穷人或者长门修会的苦修士会那么穿。这样的人数目很少，但一定比歪鼻子的或者缺耳朵的多，两天下来找到了十来个，然后再来一一排除，比如那些能清楚看到脸上、鼻子没有伤的。

最后有一个人引起了她的注意。此人于九月二十八日住进了青石城西的一家低等小客栈，是一个人入住的，登记的名字是郭诚，很有可能只是一个随意起的化名。这个人就穿着一双草鞋，身着黑色布袍，脸上蒙着一块布，连鼻子带耳朵都蒙在里面，自称是不小心被热油溅伤了，正在养伤。这个人一次付了半个月的房钱，命令店小二在任何时候都不许进去打扰他。他也果然把自己关在屋子里，成天连楼都不下，人们甚至不知道他一日三餐吃些什么。

“他真的从来没下过楼？”岑旷觉得不可思议。

“其实他只是从来不走楼梯而已，”一个店伙计对她说，“我有一天去城东送货，无意中见到过他。这个人肯定是跳窗溜出去的，就是不想让任何人发现他的行踪。”

说得对，这就是不想让任何人知道他的行踪，看起来，此人还真有很大可能就是她要找的那个歪鼻子男人。她忙问：“这个人已经离开了吗？”

“谁也不知道，今天晚上才算到半个月，在此之前谁也不敢去打扰他。”掌柜说。

“带我去他的房间。”岑旷说。

她并没有抱什么希望此人可能还在，因为既然该办的事情都办完了，这个人没有理由继续留在青石城，多半已经离去了。尽管如此，开门的时候她还是捏了一把汗，手上提前绘制好了秘术印纹，预备着和一个亡命之徒动手。

不过最后还是如她所料，房间是空的，而且桌上已经积了一层灰，说明这间屋子有好几天没住人了。

“你确定就是这间屋子没错？”岑旷问掌柜。

“肯定是，决不会有错的，”掌柜很肯定地说，“您看，他的行李还在床边放着的呀。”

果然，床边放着一个包袱，岑旷把包袱打开，里面只有几件寻常的换洗衣服和一些钱，没有任何能表露身份的东西。

“按照你的估计，根据青石城的尘降速度，这间屋子该有多少天没有住人了？”岑旷又问。

掌柜想了想：“青石城本来就不是个干净的地方，毕竟是贩卖牲口的大市场……不过看这么一层灰，至少也得有十天了吧，只多不少。”

岑旷怔住了。如果这个人已经十天没有回到这个房间来了，那么杀害花如烟的那两天，他住在哪里的，难道是在青石城另外找地方住去了？可如果那样，他又何必订这个房间呢？

她开始觉得发生在这个人身上的事情有些复杂了，同时另一个可能性浮出水面：这个人会不会根本就和花如烟被害没有关系？也就是说，很有可能他在和上官云帆争吵之后就已经离开了青石，杀害花如烟的另有其人……

岑旷很不希望这个结论是真的，那将意味着她找错了方向，一切都不得不从头再来。但她是一个从来不会说谎的魅，即便是欺骗自己也不行，所以她虽然很失望，还是决定不能放弃这个新的可能性。但不管怎样，如果能找到这个人，证明他不是凶手，那也是收获之一。

“办案过程中，十有八九会遇到这种情况，你千辛万苦找到的最大嫌疑人被证实没有作案的可能。这种时候千万不要灰心，你得反过来想，至少疑犯的范围又缩小了一些嘛。”叶空山老师曾经这样谆谆教导。岑旷现在只能拿这样的话来安慰自己了。

她在房间里继续搜寻，每个角落都不放过，弄得衣服和手上沾满了灰尘。最后她在抽屉里发现了一张纸条，上面用歪歪扭扭的字迹写着：“我知道你是谁。今天正午，城北废弃砖窑见。”

纸条上并没有写明日期。但岑旷敏锐地意识到，这张纸条一定和这个郭诚的下落有关，她得去城北看一看。

城北的确有废弃的砖窑，而且不是一座，而是一片，规模还不小。许久以前，青石也有不少人靠烧砖来赚钱维生，后来随着水质和土质的变化，青石出产的砖品质每况愈下，加上这座城市的牲畜贸易越来越发达，这些砖窑渐渐也就废弃了。如今那些空荡荡的砖窑，成了流浪汉遮风避雨的地方。

时值初冬，青石城的夜晚已经变得有些难熬了，所以那些砖窑里已经横七竖八地躺了不少的流浪汉了。他们个个浑身肮脏，穿着破衣烂衫，身上盖着黑乎乎的破被子，还有些挤在一起烤火，并在火上烤着不知道是什么的食物。

换成其他的年轻姑娘，来到这样的地方，只怕早就转头吓跑了，但岑旷毕竟不是人族，内心深处从来没有对于穷苦人群的歧视，而她凝聚成形的时候，也见到过太多的污秽和肮脏，所以见到这些流浪者并没有觉得紧张。而且她还记得叶空山教给过她的一些经验，来之前先掏钱买了一些食物。在给流浪汉们分发完食物后，她也得到了他们的信任，可以向他们询问当天的情况了。叶空山说过，这些生活在社会底层的人，本能地都对官府十分抗拒，如果由于不尊重的表现而不能取得他们的信任，从他们嘴里得到的一定只有假消息。

“因为他们已经没有什么东西可以失去了，也就不害怕失去，不害怕付出代价。”叶空山是这样说的。

岑旷在这一点上做得非常好，所以流浪汉们也很乐于把他们所知道的统统说出来。不止一个人记得，大约十天前，有那么一个穿着草鞋的人来到了这里，并且和一个穿着白色长袍的人有过接触。经过几个人的确认，那一天应该是十月一日。

“白色长袍？那个人长什么样？”岑旷连忙问。

“看不清楚，和那个穿草鞋的一样，也是完全蒙住了头脸的，”回话的流浪汉说，“只能看到身材比较高大。”

“他们两人争吵或者动手了吗？”

“那我们就不知道了，”流浪汉说，“他们没说两句话就走远了。”

“往哪边去了？”岑旷问。

“往西北方向，我记得那边有一座磨坊，不过也是很久没有用过了，和这些砖窑一样。”流浪汉回答说。

岑旷谢过了几名流浪汉，按照他们的指点向西北方走去。走出大约两里地之后，果然见到了一座荒废的水力磨坊，周围已经是杂草丛生，引水的管道自然是闲置在一旁，并没有引来河水带动磨盘。但走近之后，她却一眼发现，管道上面的陈年灰尘被清理过，也就是说，这座磨坊有可能在近期被使用过。

一种不祥的预感在心头升起。岑旷在地上仔细搜寻，果然在泥土上发现了两个人的四行脚印，一浅一深，其中一双能从纹路辨别出是草鞋。她小心地绕开这些脚印，走进磨坊里，忽然一股浓烈的腐臭混合着淡淡的血腥气传入了鼻端。她定睛一看，心里顿时一沉。

早已停转的磨盘上，沾满了早已变成深黑色的血迹，还有一些十分可疑的碎块。岑旷循着地上的血迹走出磨坊，在血迹终止的地方，发现地上的泥土有挖掘过的痕迹。她犹豫了很久，想要回到衙门去找别人来，又想到现在衙门人手奇缺，所有在编的捕快都被抽调去侦破官库抢劫案了，眼下能依靠的恐怕只有自己了。

她在附近找到了一把锈迹斑斑的破锄头，开始费力地刨土。尽管她也会一些能把土层炸开的秘术，但那可能会伤害到土里埋着的东西，所以只能手动了。到了这时候，她又开始情不自禁地怀念叶空山，因为叶空山虽然嘴很损，经常拿她寻开心，遇到这样的体力活时却总是会身先士卒的。而现在，只能靠岑旷自己，柔嫩的双手握着粗糙的木柄，很快就磨起了好几个大血泡。

岑旷一声不吭，咬着牙忍着痛，努力向下掘土。挖到四五尺深的时候，她终于找到了想要找的东西。

尸块在泥土里沉静地腐烂着，已经不大可能辨认出它们曾经究竟属于谁了。但岑旷基本可以肯定，这个倒霉的死者就是那名歪鼻子的男人，因为土里还能看到一双稀烂的草鞋。如果按照这样的推断的话，歪鼻子男人就并不是杀害花如烟的凶手，因为他早在花如烟被杀之前就死了，自己之前的猜测是错误的。

极度的失望和腐臭的血肉气味混杂在一起，冲击着她的鼻腔和脑子，她终于忍不住了，弯下腰翻江倒海地呕吐起来。她觉得自己的嘴里一阵阵苦涩，似乎已经快把胆汁都吐出来了。

歪鼻子男人死了，宣告着这条线索已经断掉了。岑旷仍旧依照程序，把碎尸块收集起来带回了衙门，在此期间忍不住又吐了两三回，假如叶空山在场，一定会阴损地宣布岑小姐已经怀孕了。但现在岑旷小姐实在是没有心情和任何人开任何玩笑，她的心情糟透了。

果然不出所料,经验丰富的仵作在那堆碎块里找出了一只残损的左耳，确认了此人的身份。此时天已经黑了下来，冬夜的风开始刮起，在衙门里坐着能让人感受到相当的寒意。但衣衫单薄的岑旷半点也不想回去，也似乎感觉不到饥饿，她坐在捕房过厅的寒风里，不住地向门外张望，不知不觉中双手双脚都已经冻得麻木了。

这几天整个衙门上上下下，尤其是捕快们都处于一种非正常的状态，几乎没有什么上工时间和下工时间，实在疲累了才会稍微睡一会儿。但岑旷很了解叶空山，这个人对于不合自己胃口的案件是绝对会能躲就躲的。果然，在夜半之前，叶空山第一个回来了，他看起来满身的疲惫，但估计其中有一半都是装出来的。

叶空山打着哈欠回到捕房，看到岑旷坐在那里，微微一愣，但很快从她的表情里大致猜出发生了什么。他走上前，看着岑旷那双已经开始发青的手，皱了皱眉头。

“跟我回家。”他简短地说。

片刻之后，岑旷已经坐在了叶空山的家里。她对于人族的礼仪仍然没有掌握周全，不懂得一个淑女在男人面前洗脚似乎不雅，所以当叶空山把热水打来之后，她乖乖地脱下鞋袜，把已经冻僵的双脚放进了热水里。好舒服啊，她觉得自己浑身一激灵，一股热气从脚底直传到全身。

而就在这时候，叶空山已经调制好了一种味道带点清香的药膏，拉过她的双手，放进他粗大的手掌里，抹上药膏慢慢揉搓起来。这种药膏清清凉凉，搓进皮肤之后又带着一丝暖意，手上顿时不那么难受了。

“这是小时候我爹教我调制的药膏，专门防止冻疮的，”叶空山说，“你这双手冻了那么久，不涂点药，一定会生冻疮的。”

岑旷沉默不语，任由叶空山摆布。等到叶空山给她打来了第二盆热水，并且点上炉子开始下面，她才突然开口说：“我真笨，什么都做不好。”

叶空山哑然失笑，用筷子搅动着锅里的面条：“我就知道你一定是遇到什么障碍了。办案不遇到障碍是不可能的，除非全天下的犯罪分子都是傻瓜。第一次办案，遇到点挫折很正常，说出来我给你出出主意吧，不过你先把这碗面吃了。”

叶空山是个三十出头的单身汉，大多数时候甚至不回家住，就在捕房里摆张床过夜。岑旷有时候到这里来聆听师傅的教诲，叶空山往往是去街上买一些现成的熟食——尤其是他最喜欢的烧鸡——来打发一餐，有时候甚至烧饼就咸菜就对付着过了。这是她第一次看见叶空山动手做饭，难免有点小小的惊奇。

面条煮得软硬适中，很有韧劲，里面放入了葱花和麻油，还卧了一个鸡蛋，香气很是诱人。岑旷闻到面条的香味，终于想起来自己已经一整天什么东西都没有下肚了，于是捧起碗稀里呼噜把一碗面全都吃完了。

“怎么样，再来一碗？”叶空山看着岑旷的吃相，嘴角挂着笑。

“装不下了。”岑旷摇摇头，放下碗，长长出了一口气。

“擦干你的脚，然后说说吧，到底怎么了。”叶空山找出一条干净的布巾扔给她。

岑旷一边穿上鞋袜，一边开始讲述她这两天办案的思路和过程，说到最后发现那具碎尸的时候，她一脸的懊恼：“我一直以为，找到这个歪鼻子男人就算了结了，没想到又凭空冒出来一个白袍男人，而且没有任何人注意到他的任何特征。去掉这件白袍之后，就再也没有人能找到他了。现在上官云帆发疯了，和他吵架的歪鼻子男人死了，线索全断了。”

叶空山仔细听着她的叙述，从头到尾都没有打断过她，等她说完了，他往椅背上一靠，闭目陷入了沉思。这好像是他的一个习惯，一到开动脑筋的时候就要闭上眼睛。

岑旷不敢打扰他，乖乖在一旁坐着，大气都不敢出。最后叶空山睁开眼睛，微微一笑："其实你并没有做错什么，能够挖掘出这个'凭空冒出来'的白衣男人，本身也是一种收获。这又将这个案子指向了新的方向。"

"可是这个新方向根本没办法推进啊，"岑旷说，"根本就没有人看清楚他的特征，除了身材高大，这样的人在青石城能找出上千个。"

"但是他杀了那个歪鼻子男人，不是吗？"叶空山说，"当我们无法直接确认这个白衣人身份的时候，我们不妨退一步，从他做过的事情去倒推。"

"倒推？"岑旷一怔。

"你想想看，他给歪鼻子男人的字条上，说他知道这个男人是谁，这话绝不是虚张声势，而是拿捏住了对方的把柄，逼得歪鼻子男人不得已去赴约，"叶空山从桌上拿起一张凉透了的烧饼，边嚼边说，"说明他必然和这个男人存在着直接或者间接的联系,只要查出歪鼻子男人的真实身份，就有可能顺藤摸瓜把白衣人找出来。"

"可是，歪鼻子男人也死了啊。"岑旷想了想，有些沮丧地说。她还感到有些奇怪，叶空山亲自动手给自己做了面条，他自己却随手拿起一张烧饼，这是为什么呢？不过这样的生活小细节，大可以留到以后再问，现在得解决最关键的工作问题。

"可是他毕竟留下了痕迹，比白衣人更多的痕迹。只要有痕迹，就一定能找到，"叶空山说，"我有一个法宝，本来是不轻易动用的，不过现在，可以传给你了。"

"什么法宝？"岑旷很是吃惊。在她的概念里，所谓的"法宝"，大概会是魂印兵器或者法戒器一类的玩意儿，叶空山这个穷捕快怎么会有那样的好东西？而这样的"法宝"又怎么会和破案发生联系？

叶空山看出了她的心思："法宝不是东西，而是人。捕快办案，毕竟只有一张嘴两条腿，是不可能跑遍整座城市问遍每一个人的，这种时候，就需要更多的人去替你跑腿、替你打听，然后你只需要总结他们汇报上来的情况就可以了。”

“这就是所谓的线人吧？”岑旷恍悟。

“是的，线人，但你不能什么时候都使唤线人，”叶空山说，“线人也有自己的生活，不能让他们感觉你把他们逼得太紧，把他们当成工具一样使用，那样他们会反感的。不过这一次，既然所有的捕快都被迫去忙那个狗屁抢劫案，我想是时候动用一下线人的关系了。你听好了……”

六

两人谈完之后，已经是深夜了，岑旷想要回去，叶空山摆摆手：“这么晚了，你就别折腾了，独身的女孩子走夜路不好。我去捕房睡，你待在这儿吧。”

不容岑旷推辞，他拿起一件外衣，开门出去，然后把门从外面带上。岑旷愣了半晌，乖乖地躺上床。她总觉得，今天晚上的叶空山挺奇怪的，好像比起日常那个一肚子坏水的东西，多了几分……人情味。这样的人情味让她觉得温暖，却也有点不适应。

平时岑旷来到叶空山家里，总是细心听着他的各种关于人性哲理的高谈阔论，或者是听他分析案情。这一晚上特殊的心境，让她禁不住细细打量了一下这间屋子。这时候她才留意到，虽然是个经常不回家的单身汉，叶空山的屋子居然收拾得很干净，床铺被褥也都很整洁。

“简直比我的被子还干净一点……”岑旷咕哝了一句。被子上仍然留有叶空山的淡淡的气息，不知道怎么的，那气息让她心里略微有些烦乱，一些难以解释的怪异情绪开始翻腾。她在床上翻来覆去，很晚才睡着，而天亮没多久，她又不得不匆匆忙忙爬起来了。

等这桩案子了结了，我一定要好好睡个两天两夜，天塌下来都不管，岑旷对自己说，并且很快对自己会用“天塌下来”这样的形容词而相当惊讶。由于凝聚成形时的某些缺陷，岑旷完全不能说谎，类似“天塌下来”之类的夸张说法，在过去往往会被她判断成谎言的一种，是根本不可能说出口的。而现在，她已经慢慢能分辨出什么是谎言，什么是非谎言的夸张修辞了，这里面当然也有爱说大话自吹自擂的叶空山的功劳。

她按照叶空山给她的地址，来到城西的陈安坊，敲响了街口腌卤店的门，里面很快传来回应：“早上不做生意，请中午再来。”

“不行,中午的话,东西就坏了！”岑旷按照叶空山教给她的切口说道。

店里不再有回音。过了一会儿，门板被卸下来，一个人影探出头来，招呼她进去。岑旷看清楚了这个人的容貌和打扮，不由得微微有点意外。在她的想象中，所谓线人，一定是长得很猥琐，或者根本就是个街头小痞子，而且这地方是间卖卤菜的腌卤店，也许还得加上全身的油腻和陈年的卤汁味道……

但出乎意料的，来开门的是一个干干净净的年轻小伙子，面容称得上清秀，乍一看像是个书院里的书生。她跟着这个年轻人穿过腌卤店的门店，来到后院里坐下，年轻人给她泡了一杯茶，微微笑着问：“是不是我的长相和你想象中不大一样？”

“的确是,我以为我会见到一个小流氓呢,但你看起来就像个读书人。”从来不会说谎的岑旷很诚实地说。

“其实这二者都没错，我曾经是个读书人，也曾经是个流氓，因为读书读不好，索性到街面上鬼混去了，”年轻人说，“几年之前，整个青石城城西，没有哪个在道上混的没听说过我丁文杰的。被我用砖头木棍把脑袋砸开花的也不知有多少人，其中就有我现在的大哥叶空山。你是不是不相信？”

“不，我相信，”岑旷回答，“叶空山虽然脑子很聪明，但打架实在不行，我就亲眼见到过他被几个小地痞打得头破血流的惨状。”

丁文杰哈哈一乐：“没错，所以后来他捂着流血的脑袋告诉我他是一个捕快的时候，我完全不能相信，还认定他的腰牌是假的……不过他真的

是一个绝顶聪明的人，也很懂得如何尊重他人，最初我只是被迫帮他忙，现在却已经把他当成大哥看待了。”

岑旷想起前一天晚上叶空山为她揉搓手掌和煮面的情景，点了点头。丁文杰又说：“你一定就是他漂亮的女助手岑旷岑小姐吧？比传说中还要好看，走在街头一定有很多男人会为你而回头的吧。”

岑旷不知道该怎么回答，她想起黄炯总告诉她“做人要谦虚”，又想起叶空山说的“谦虚个屁！觉得自己好就应该大声说出来！”，最后只能随意点点头。好在丁文杰没有继续这个话题：“今天他让你来找我，一定是官库抢劫案让他脱不了身了。你有什么要问的？”

这个人的脑子果然很聪明，一开口就能抓住实质，岑旷想着，把歪鼻子男人的有关特征形容了一遍，丁文杰点点头：“一般人可能不好找，但这个人既然在大冬天还穿着草鞋，并且始终捂着脸，就一定会被注意到。两天之后，还是这个时间来找我，我会给你结果的。”

“谢谢你。”岑旷说。

丁文杰把她送出门去，在她的脚刚刚跨出门时，突然发问：“你现在有情人了吗？”

岑旷身子一抖，以为自己听错了，但她很清楚自己并没有听错。于是她只能停住脚步，慢慢转过身来回答说：“没有。”

“你觉得我怎么样？”丁文杰又问。

“恐怕不行，”岑旷说，“我还没有……”

她本来想说“我还没有任何恋爱的打算”，但突然之间，这句话堵在了喉咙里，死活说不出来。她很震惊，因为这种反应通常意味着这句话是假话，所以她才没有办法说出口来。但是一直以来，她的确是从来没有想到过自己会去对另一个人产生爱情——因为爱情似乎是人族最复杂的一种情感，她并不奢望自己能在短时间内体会到这种情感——那么这一刻究竟是怎么了？

她又试了试，想说“我还完全不懂爱情这种东西”，但又是说不出口，好像这句话依旧被她的意识判定为谎言。她没有办法，只能换成这种直白的说法了："我刚认识你，不可能那么短时间就对你产生感情。"

丁文杰倒并不显得怎样失望："如我所料。不过我很欣赏你的诚实，这是一种很可贵的品质。后天见。"

"后天见。"岑旷点点头，"我现在有点能想象你当年做流氓时的样子了。"

岑旷慢慢走回家。把调查的事情交给了线人丁文杰，这两天似乎可以稍微清闲一点了。但她的脑子静不下来，仍然是乱糟糟的，还在回想着刚才发生的事情。难道我连自己的心里究竟在想些什么都无法控制了？她有些纳闷，有些慌张，却也隐隐有一些期待。

我能阅读别人的思想，却没有办法理清楚自己的思想，她忍不住摇晃了一下脑袋，也许我也需要一个岑旷来阅读我的思想，告诉我自己到底在想些什么。

青石城是九州最重要的牲畜贸易市场，岑旷沿路走着，不断地会路过各种牛、羊、马、驴子骡子之类的牲口。她禁不住想，当初凝聚的时候，我为什么没有选择这样的生物为模板呢？至少它们的世界比人族简单得多，不必要花费那么多心思。

街上经常可以见到捕快经过，那都是为了抢劫官库的案子。通过几天的调查，已经初步得出结论，由于第一时间封闭城门，被打劫的库银肯定还没来得及被运出城去，所以这段时间青石城各门紧闭，出入车辆、人员都要经过严格搜查。按照官方的推测，这群歹徒不可能离开自己辛辛苦苦打劫到的钱财太远，他们多半也还潜伏在城里。

左右无事，岑旷也想按照叶空山所教导的方法，通过人们的表情动作和眼神来筛查可疑人物，但观察了一阵子之后，她决定放弃了。在她的眼里，似乎每一个人的表情都显得紧张而心事重重，每一个人的动作都生硬而慌张，这显然是由于她自己的主观心理造成的。她知道，自己在这方面和叶空山还差得很远，还得慢慢地磨炼。

她想得出神，眼睛没有看路，不小心撞到了前方的一个行人。那是一个身材瘦小的男人，被撞后脚下一绊，摔倒在地，岑旷连忙抢上前，伸手把对方扶起来，嘴里一迭声地说着“对不起”。

“走路长点眼睛！”对方很恼火，骂骂咧咧地走开了。岑旷站在原地，有些发愣，她注意到，拉着此人站起来的时候，对方的身子显得格外沉重，和他干瘦的外形很不相称。她忽然想到，这个人身上会不会是藏着某些重物呢？比如说——库银？

她悄悄地跟了上去，但结果令她失望，这个人身上果然藏了钱，却并不是库银，而是从老板那里偷的钱。这是一个饱受虐待的染坊学徒工，因为对老板不满，偷了柜台里的钱，悄悄用绳子绑在裤腿里，想要逃回家去。

了结了这桩无关紧要的案子，岑旷郁郁地回到家。她并没有因为顺手办了一件盗窃案而感到欣喜，因为那名学徒工一直在痛哭流涕地控诉着染坊主如何压榨他们，如何把他们当猪狗一样使唤。岑旷是一个很善良的人，甚至可以说是心软，她听着学徒工的控诉，几乎就想要把他放了。可是衙门里由不得她做主，律法无情，学徒工被收监了，可能会面临重处。学徒工哭得声嘶力竭，瘫软在地，却没有丝毫办法挽救自己的命运。

我到底干了些什么？我做捕快究竟是为了什么？为了帮助奸商欺压可怜的学徒吗？岑旷烦闷地想着，却怎么也想不出一个头绪来。这个时候，她再一次强烈地希望叶空山能在身边，能帮她把这些毫无头绪的混乱念头一一剖析、一一解说，让她不再迷惘、不再痛苦。

她忽然确定了一件事：叶空山对她而言很重要，非常非常重要。离开了这个人，也许她真的没有勇气在这个错综复杂又令人困惑的人世中生存下去。

七

两天后，岑旷再次前往那间腌卤店，和丁文杰碰头了。丁文杰并没有食言，通过他遍布全城的眼线，为岑旷打探到了很重要的讯息。但这个讯息却相当诡异，让岑旷实在有点摸不着头脑。

“你说什么？这个歪鼻子男人……出没最多的地方是官库附近？”岑旷急切地问。

“没错，有不同的人都曾在官库附近见到他出没，”丁文杰说，“除此之外，还有人在神医上官云帆的住宅附近见过他。”

不会有错了，就是这个家伙！岑旷想。真是没想到，这个人最感兴趣的并不是上官云帆，而是官库，难道说，他就是打劫官库的人？

可是也不对，这个人应该在十月一日的时候就已经被那个不明身份的白衣人所杀。他怎么可能去参与十月四日发生的抢劫案呢？更何况，如果他来到青石的目的是打劫官库这样的大事，他又何必多此一举去找上官云帆的麻烦呢？

现在顾不得想这个了，岑旷继续问：“这个人，除了上官云帆之外，还和其他人有过什么接触吗？”

“他的行动很小心，几乎都是独来独往，”丁文杰说，“但有一个小乞丐曾经看见他和一个年轻女人走在一起。当时那名小乞丐试图拦住两人行乞，不小心把女人的衣袖撕破了，被那个歪鼻子男人重重踢了一脚，差点死掉。不过他也看到了女人的左臂上有一个骷髅头刺青。”

“于是我们又多了一个左臂上有骷髅头刺青的女人……”岑旷摇摇头。从花如烟的尸体被发现开始，卷入的人越来越多，身份越来越神秘，但自己始终没有能力把这些人串联在一起。上官云帆可能是知情者，但他直到现在还处于疯疯癫癫的状态，以至于自己始终不敢去阅读他的思维。现在她只能祈祷叶空山早点完成任务，能够抽出时间来帮助自己。

这一次，老天终于站到了她这一边，官库抢劫案有了重大进展。叶空山虽然对此案颇为不屑，但还是认真地动了脑筋。他研究了官库附近的道路和建筑，断言匪徒们一定是把赃款藏到了附近的某所民居里，并带人监视了附近的街区，查到了一户人家形迹可疑。

果然，这一家人是在抢劫案案发当晚被劫匪们劫持的，劫匪们在他家住了下来，赃款也藏在他家的地窖里。这是因为他们千算万算，没有算到抢劫案发生前三天，青石城富商刘海良的夫人去世了，结果抢劫案当晚，正好是刘海良重金请来的导亡师为亡妻进行导亡的法事。为死者导亡是东陆流行的一种迷信，但这场毫无预兆的迷信活动意外地阻挡了劫匪们事先规划好的逃路。迫于无奈，他们只好强占了那间民居，暂时躲了起来，打算等风声小一点时再做打算。

当然，他们已经等不到那天了。捕快们布置了严密的抓捕方案，就在岑旷和丁文杰二次碰面的第二天，包围了那座宅院。九名劫匪被抓住了七名，只有两人侥幸脱逃，但都受了不轻的伤，考虑到他们在青石城人生地不熟，被抓捕归案只是时间问题了。

尽管自己的案子还没能理清头绪，但身为捕快，见到同事们解决了一桩大案，还是让岑旷的心情稍微好了一些。而此案解决的后果才是真正能让她心情大好的：叶空山总算可以脱身出来了。

“你说得没错，不过还得再等两天，”叶空山说，“上头担心那些笨蛋不会审案，非要让我去旁听，就好像老子当年曾经打劫过官库一样。”

“但是你如果真的去打劫官库，一定会比他们出色得多，所以你一定能揣摩他们的思想，让他们的谎言无处遁形。”岑旷说。

叶空山被这个高级马屁拍得非常舒服：“看起来，从来不会说谎也不完全是坏事，起码听了你这话让我能够舒坦小半天呢。有兴趣一起去听听审案吗？”

“反正我暂时无事可做，”岑旷说，“就当是换换脑子吧。何况我还从没有现场听过审讯犯人呢。”

“我可事先告诉你，那东西一点也不好玩，”叶空山说，“正相反，枯燥得要命。”

叶空山没有说错，审讯的过程的确是枯燥得要命，细致到一块布片的来历都要问半天。岑旷强打起精神听着，发现这些匪徒的确是相当狡猾，能耍赖的一定耍赖，能不答的一定装聋作哑。而叶空山显然熟谙犯罪心理，每每都能问得对方局促不安，甚至哑口无言。他就像是一个经验丰富的老猎手，逆风都能闻到狐狸的味道，然后能找出一切落在地上的不起眼的狐狸毛。

审讯到第四个劫匪的时候，被押进来的是一个女劫匪，脸长得还算俏丽。她带着一脸的满不在乎，进来时甚至冲着叶空山抛了个媚眼。岑旷心里暗叹一声，觉得这个女匪未免太小瞧叶空山了。

果然，叶空山似乎是被这个媚眼激怒了，他使出浑身解数，每一个问题都切中要害，让女匪穷于应对，很快额头上的汗水就滚滚而下。为了掩饰自己的慌张，她抬起左手，理了理发髻，就在这个动作做出来之后，岑旷尖叫一声，吓了所有人一跳。

骷髅头刺青！这个女劫匪的左臂上，赫然有一个骷髅头刺青。那正是丁文杰为岑旷调查出的内容，曾经和歪鼻子男人有过接触的那个年轻女人，左臂上就有这么一个刺青。

那个歪鼻子男人，竟然是抢劫官库的劫匪们的同党。

审讯结束后，岑旷迫不及待地向叶空山说明了这一重要情况，叶空山听完后，脸上浮现出一丝笑容。

“也就是说，我们再提审一下那个女匪，就能够弄清楚歪鼻子男人的身份了！”岑旷兴奋地说。

“那是当然了，你干得很不错，不过在此之前，我们还可以仔细想想这个案子里最有意思的一点。”叶空山说。

“最有意思的一点？哪一点？”岑旷不大明白。

“一个胸怀大志想要抢劫青石官库的人，就算和上官云帆有着再大的仇恨，会不会就在他们行动之前的这段时间打上门去寻仇？如果是你，你会这么做吗？”叶空山问。

“我……应该不会，”岑旷说，“那样是因小失大。”

“可他偏偏在这个关键时刻去找了上官云帆，我们的第一个解释：这家伙疯了。那么假如他没疯，第二个解释是什么？”叶空山循循善诱道。

“第二个解释是……是……”岑旷苦苦思索着，忽然间眼前一亮，“他想要上官云帆帮他打劫！”

“就是这个了！”叶空山拍了拍巴掌，“所以我们的神医上官云帆，其身世背景恐怕比我们想象中的更加复杂。这起案子，恐怕又会牵连到一些数十年前的隐秘呢。我们赶紧先提审那名女匪，先把歪鼻子男人的身份弄清楚。”

女匪已经对叶空山产生了畏惧，所以没有费什么周折就全都交代了，再结合之前匪徒们交代出来的内容，这起案件的案情已经十分清楚了。

这一群匪徒一共有十个人，除了歪鼻子男人之外，其他九人都属于同一个小团伙，各自身怀绝技，平时不出手则已，一出手一定都是大案子。这些年来他们在宛州的各大城市作案多起，南淮、淮安、白水等城市的数件悬案，都是他们的手笔。眼下这帮人被一网打尽，足够南淮各地的捕快们放鞭炮庆祝了。

但打劫青石官库，并不是他们的主意，而是那个歪鼻子男人的点子。此人真名叫作秦望天，一听到这个名字，叶空山就忍不住狠狠握了握拳头，就连岑旷都忍不住大吃一惊。她虽然无法亲历，却在过往的卷宗上见到过这个名字。

“秦望天？二十多年前在天启城盗走了皇帝收藏的名画的秦望天？”岑旷问，“这可是大内侍卫追捕了二十来年都没能抓到的重犯啊，还有好多人说他已经中毒死掉了。我想起来了，他的确面部受过伤，只不过关于受伤部位的说法不一。”

“就是那个秦望天了，”女匪点点头，“你们想想看，如果不是他这样身份的人物出马，怎么能轻易说动我们来做这样危险的事情。”

根据女匪的说法，秦望天找到了他们，说明了自己的来意。原来他当年中毒后始终没能拔清余毒，已经罹患绝症，只剩下半年到一年的寿命了，因此希望能够在自己去世之前，干出一票大事来。能够和秦望天合作，对这九名悍匪来说，也是一种荣耀。他们审慎地查清了秦望天的身份，甚至绑架了名医来确认他所说的绝症并非谎言，最终同意一起干这一票“能够让九州震惊的真正的大买卖”。

“他先于我们来到青石城，说什么要提前做一些准备，让我们晚几天过去和他会合，”女匪说，“我们到来之后，他果然已经做好了相当周详的规划，包括逃跑的线路都设计好了，这让我们更加信任他。可是没想到……临到行动前三天，他突然失踪了。由于他和我们的联系是单向的，他不来找我们，我们根本找不到他。

“我们九个人产生了分歧，有人建议不要做了，直接离开，但大多数人觉得，既然详细的行动计划都已经有了，少了秦望天一个人并不会造成什么障碍，我们还是应当动手。最后商议的结果就是，我们还是行动了。”女匪有些懊丧地说。

“那你们知不知道他所说的‘提前做一些准备’指的是什么？比方说，要找什么人帮忙？”叶空山问。

“我们以为，就是他所策划的行动步骤和路线图。”女匪说，“别的就不知道了。”

“真是一群笨贼！”叶空山毫不犹豫地下了定论，“怎么可能把最重要的事情交给一个外人？”

“不，我倒觉得可以理解……”岑旷小声说，“根据我看到过的卷宗和资料，秦望天的确是全九州的盗匪心目中的……偶像。要是换了我，我也会无条件相信他的。”

“没出息。”叶空山从鼻腔里哼了一声。

“现在，至少有一半的线索可以串起来了，”岑旷很高兴，“秦望天去找上官云帆，一定是想让他为打劫官库提供帮助，没想到不但上官云帆没有答应帮忙，秦望天自己也意外被杀，于是剩下的九个人没有秦望天那样的丰富经验，留下的破绽太多，终于被发现了。”

她紧接着又有些愁眉不展：“可是，秦望天究竟是被谁杀的，花如烟又是怎么死的，还是摸不着头绪啊。难道说，这两件案子纯属偶发，和打劫官库的事件其实并没有什么联系？”

“你的联想能力还应该再丰富一些。”叶空山说，“在我看来，花如烟的死和秦望天的死，至少有两个共同点。”

“哪两个？”岑旷急忙问。

“首先，你有没有发现，秦望天的死法和花如烟的死法，都相当惨烈？”叶空山说，“通常情况下，凶手杀人时只追求速死，对尸体加以种种凌虐摧残的，往往心理已经扭曲了。而秦望天和花如烟的死法，甚至于用一般的心理扭曲或者变态都难以解释。杀死秦望天的人，竟然用磨盘把他碾成了真正的肉酱，这会是怎样的一种切齿仇恨？”

岑旷默默地点点头，想起自己从地下挖掘出那些碎肉时的情景，仍然忍不住一阵阵地反胃。叶空山接着说：“而花如烟之死体现出来的又是另一种怪异了。因为仇恨一个人而不惜铤而走险毁掉对方的容貌，原本也并不算是新鲜事，可是这样细致入微地剥下一个人的脸，用防腐溶液认真保存起来，装防腐液的竟然还是昂贵的水晶瓶，这就不能用单纯的仇恨来解释了。还是我上一次和你说的话，这已经不符合一般意义上的变态杀人狂了，必须要把花如烟的死因想透彻，才有可能解决这个案子。”

“那么第二个共同点又是什么呢？”岑旷又问。

“第二个共同点其实就很表面化了，只是你没有往那个方向去想而已。”叶空山说，“仔细想想，花如烟和秦望天死之前干过一样性质相同的事情，是什么事？”

岑旷皱着眉，回想着两人生前的最后活动，忽然站了起来，大声说道：“他们都和上官云帆发生了激烈的争吵！他们的死都和上官云帆有直接的关系！”

她很激动，声音都有些发抖了：“我明白了！一定是上官云帆身边有一个什么人，专门来对付这些和他发生争执的人！虽然上官云帆并没有直接动手，但这个人都一一替他解决了！”

“这么想就比较接近事实真相了，但还只是接近而已，”叶空山依然很冷静，“因为这种说法固然可以完美地解释秦望天的死，还是不能说明花如烟的死。但现在我们手里的线索还不足，还需要继续调查。”

“往哪个方向调查呢？”岑旷问。

“上官云帆。”叶空山回答，“这位神医的身世，看来绝不仅仅是个济世救人的好大夫这么单纯，我们需要挖掘一下他的过去了。他一定有着一些黑暗的、不可见人的过去。”

“一说到这种话题你就兴奋……”岑旷大摇其头。

八

挖掘上官云帆的过去，说起来很简单，实行起来却相当困难。岑旷开始调查后才发现，上官云帆仿佛是一个没有过去的人。此人三十岁来到青石城行医，在青石已经待了二十三年了，这二十三年间做了无数让青石百姓交口称赞的善事，如果写成书的话，一定可以装订成厚厚的三大本。

但他三十岁之前的经历是一片空白，从来没有人知道来青石城之前他干过些什么，也没有人知道他来自何方。按照他自己的说法，他生于越州的九原城，三十岁前一直跟随着一位隐于世外的高人学习医术，学成之后，按照师父的遗愿，来到青石城悬壶济世、治病救人。但这只是他自己说的，没有人曾在九原见过他，也没有人听说过他所说的那位高人。

当然了，对于普通百姓而言，上官云帆的过去半点也不重要，他们只需要知道，这是一位在青石城行医的好大夫就足够了。所以现在岑旷想要打听上官云帆的过去，实在是困难重重，某些被她问到的曾受过神医恩惠的病人索性就翻起白眼：“你问这么细是什么意思？怀疑神医的人品吗？你也配？”

岑旷当然觉得自己不配，所以她只能灰溜溜地离开，内心充满了挫败感。她又想方设法联系到了其他的一些宛州名医，甚至包括品德卑下、曾经被叶空山狠狠整治过的另一位神医胡笑萌，都没能够得到答案。

“上官云帆吗？我不知道，”胡笑萌翻翻白眼，“知道我是全宛州医术最高明的神医就足够了，我哪儿有闲工夫去管别人的事情。这个人嘛……

反正医术是肯定不如我了，就是会一些假仁假义假慈悲，赚取一点没用的口碑罢了。所以我不会关心他师出何方，反正都不如我。还有，回去告诉那个姓叶的捕快，我已经想明白了，横竖不过是休妻，我不会害怕那个泼妇了，告诉他以后别再拿芳芳的事情来威胁我，老子不在乎了！”

其他医师倒是客气得多，但都表示，在此人来到青石城之前，从来没有谁听到过上官云帆的名字。这个人完全就是凭空出现在青石城的，仿佛过去完全没有存在过。

就在岑旷郁闷的同时，官库抢劫案已经完美告破。逃跑的两名疑犯也被抓住了，于是九名犯人全部落网。皇帝大大赞扬了青石衙门的破案效率，并且派出了三名朝廷专用的行刑人。

“七个人判了车裂，两个主犯判了凌迟，而且是最高规格的凌迟。”叶空山告诉岑旷，“每个人都要割三千六百刀，据说要分三天行刑，犯人才能死。这样的凌迟，一般地方上的刽子手是做不了的，非得要朝廷派专家来才行。三千六百刀，多一刀不行少一刀也不行，而且恰恰要在第三千六百刀取人性命，早死一刀的时间都不成……”

“别说了，我全身都起鸡皮疙瘩了！”岑旷声音颤抖地说，“为什么你们人族要发明这么多酷刑？光是剥夺人的生命还嫌不够吗？”

“因为有些人根本不在乎生命。”叶空山说，“其实我也很不喜欢酷刑，严刑峻法带来的高压会给国家的稳定带来巨大的隐患。但是在某些特定的时期，也只有严刑峻法才能把犯罪的风潮打压下去。更何况，车裂、腰斩、凌迟之类的酷刑，还兼备着一个重要的作用就是杀鸡儆猴。国家要用受刑人的惨状去警告百姓：不要成为下一个。即便如此，还是有那么多人非要往刀口上撞呢。”

“可怕的人族。”岑旷喃喃地说，也不知是在说罪犯还是在说制定刑罚的人。

她把自己在寻找上官云帆的过去方面碰的钉子告诉了叶空山，叶空山并没有感觉意外：“这就是人们的一种心理定式：一个人不管过去作了多少恶，只要最后做了一件好事，人们就都会记住他的好，甚至原谅他的坏；反之，一个人过去做了再多的好事，只要有一件坏事出现，他就有可能声名尽毁，被当成十恶不赦之徒。”

“这也太不公平了。”岑旷说。

“的确很不公平，却真实存在。”叶空山说，“说起来道理也很简单，如果一个人总是做好事，你对他做好事就已经习以为常了，他做再多的好事，在你看来也不过和喝杯茶一样随意。但他如果做出了一件坏事，那就是与往常大不相同的醒目举动，会迅速得到所有人的关注。而人们对上官云帆的回护也出于这两个方面：首先，他们心目中的上官云帆是个大好人，过去是否作过恶并不重要；其次，他们也担心真的找出上官云帆曾经作恶的证据，那样就会毁掉这位神医的形象。这两点表面上看起来是相互矛盾的，但同时又是共存的。”

“人族太复杂了。”岑旷叹息着。

“所以那些写小说的人也总这么干，”叶空山补充说，“你去看看这年头的小说就知道了，很少有什么人能从头坏到尾的，一个恶贯满盈的大恶人，只要在故事的结尾突然做了一件好事，读者马上就会被打动，觉得这个家伙很可爱，甚至于对他的喜爱超过了原本对故事主角的喜爱。”

“你要是个小说家，作品一定很畅销。”岑旷由衷地说。

打听不到上官云帆的过去，岑旷颇为焦虑，叶空山却并不着急：“我们还是有曲线救国的办法的，我已经发出了急件，等两天就会有回音了。”

但岑旷要问他具体的方向是什么，叶空山又神神秘秘不肯说，她的焦虑并没有因此而减少。有空的时候，她时常来到证物室，对着那个水晶瓶子发呆。花如烟的脸就浸泡在水晶瓶里，容颜宛然，栩栩如生，仿佛还在轻启朱唇唱出美妙的歌曲。岑旷忍不住想，你要是还能说话就好了，就能告诉我凶手到底是谁了。

这天，忙完一天的事务后，岑旷又到病房去探望上官云帆。上官云帆依旧痴痴呆呆，不过已经不再有自残的倾向了，只是仍然没有清醒的神志，也无法对外界做出任何回应。不过他发疯的消息传出去后，青石的民众纷纷送来了各种各样的礼品，他的老仆人也来抗议过好几次了，希望能由自己把主人接回去奉养。但上官云帆牵涉花如烟的命案，必须留在衙门里。

岑旷看着他那张呆滞的脸，忽然把心一横，想要尝试着阅读一下他的思维。虽然这样很危险，但她实在有些按捺不住，这桩古怪的案子就像一根刺在指缝里的刺，让她一碰就十分难受。她想要解决掉它。

于是她走进了病房，来到对她的进入毫无反应的上官云帆面前，咬咬牙，把手指搭上了上官云帆的额头。那一刹那，她觉得自己就好像掉入了一个冰火地狱，四围一片刺眼的白光，一阵滚烫的烧灼感和另一阵严寒的冰冻感交替传到了身上，而脑袋里更是疼极了，像是被无数把尖刀插进去用力搅动一样。她大叫一声，拼命退出了上官云帆的思维，然后身体软绵绵地倒在了地上，已经脱力，背上的衣衫完全湿透了。

好险啊，岑旷觉得自己的心脏开始狂跳不止，刚才真是千钧一发。看起来，疯子的思维果然是不能强行进入的，那是一个完全没有逻辑的混乱世界，根本没有办法阅读。如果不是及时脱身，也许自己的思维也会被吞噬。她坐在地上，一阵阵地后怕，好半天才注意到了上官云帆的举动。

——她刚才的读心术虽然未能成功，却好像刺激到了上官云帆的精神。这位发了疯的神医站起来了，面向着南方，嘴里念念有词，若有所思。

岑旷屏住呼吸，从地上爬起来，一点一点地走近上官云帆，想要听清楚他到底在说些什么，上官云帆却忽然双膝跪在了地上，双手交叉放在胸口，嘴里的呢喃变成了爆发式的高声喊叫。

可他喊的并不是东陆语！从发音方式来看，上官云帆高呼着的竟然是河络语！岑旷在接受培训时，曾学过几句简单的河络语，诸如“站住！不许动！”“我是捕快！”之类的，以便在执法时遇到河络也能派上用场。她能听出，上官云帆一直在不停地重复着一句话，这句话代表着某种祈求，某种意愿十分强烈的祈求，但具体祈求的是什么，她却听不太懂。只是其中有一个词并非河络语，她一下子就听懂了。

这个词是“花如烟”。

岑旷没有办法，只能强行记住上官云帆的发音。上官云帆疯狂地高呼着这同一句话，重复了二十多次，终于力竭倒地，昏迷过去。两个时辰之后，他才醒来，又恢复了之前的状态，仍旧是一个看起来无药可救的白痴。

而岑旷早已经冲出病房，在衙门里见了鬼一样大呼小叫："谁懂河络语？谁懂河络语？谁懂河络语？"

最后终于有一个曾做过通译的衙役站了出来："岑小姐，别叫了，我会河络语。你要问什么？"

岑旷像抓住了救命稻草一样一把揪住他，把自己硬记在脑子里的那段话一口气重复了三遍："这话是什么意思？这话到底是什么意思？快点告诉我！"

"'祈求真神，把杀害花如烟的凶手切成一万片！'就是这个意思，岑小姐你可以放手了吧，我快要喘不过气来啦！"衙役喘着粗气说。

岑旷这才意识到了自己的失态，慌忙松开手。她有些失望。这句话并非不重要，比如可以从这句话里推断出，上官云帆并不是杀害或者指使他人杀害花如烟的元凶，可以排除掉他的嫌疑。可是除此之外，这话似乎再也没有别的有用信息了，到底是谁杀死了花如烟，看来上官云帆自己也不知道，恐怕也就更加不会知道凶手为什么会剥掉花如烟的面皮了。有用，但用处并不大的一句话，她想着。

"谢谢你，真是对不起啦！"她道歉说，"不过，'切成一万片'这种说法真是奇怪。"

"那个词应该是河络从人族那里学来的，不过翻译得不够好，失去了东陆语原有的味道，"衙役很乐意在岑旷这样的漂亮姑娘面前多显摆几句，"我想，我们东陆语的原话应该是'千刀万剐'或者'碎尸万段'，这样说是不是就顺口了？"

"的确顺口多了。"岑旷低声说。

此时官库劫案已破，只等行刑人到来执刑，捕快们的生活又回到了常

轨。花如烟的惨案虽然血腥诡异，但一来不像鬼婴案那样可能造成巨大的威胁，二来不像童谣杀人案那样可能酿成连环作案，也就慢慢被搁置到一旁了。岑旷和叶空山都有了其他的案件需要对付，只能用少量精力放在这上面。

但叶空山听岑旷转述了上官云帆的祈祷词之后，却默不作声地又开始低头沉思，等他重新抬起头来的时候，眼神里隐隐有些激动："这句话非常重要。我们已经越来越接近事实真相了。"

"除了能证明上官云帆在花如烟的案子上是无辜的之外，还有别的作用吗？"岑旷不解。

"'祈求真神'，光是这一句话就足够有趣了，你了解河络吗？"叶空山问。

岑旷摇摇头："了解得很少，我连人族都还来不及去了解呢。"

"河络是这样一个种族，除了极个别的异类——不超过万分之一——之外，绝大多数河络天生就具备共同的种族信仰，那就是对所谓'真神'的崇拜，"叶空山说，"真神是河络的唯一信仰，主宰着他们的生活，每一个河络的生命目的都是通过创造取悦真神。所以你可以想象，'祈求真神'这样四个字从一个人族嘴里说出来，有多么奇怪和不协调。"

"我还以为'真神'只是对神明的泛指呢，"岑旷恍然大悟，"原来是一个特定的指称。这么说来是挺奇怪的，上官云帆明明是一个人，怎么会祈祷河络的神庇佑，而且还用河络语呢？"

"这就是我们没有挖掘到的上官云帆的过去了，"叶空山说，"他和河络一定有着千丝万缕的联系，甚至于他自己就是一个真神的信徒。如果我没有记错的话，双手交叉放在胸口，正是河络族一种非常虔诚的祷告方式，只有一些十分重要的愿望，他们才会如此祈祷。"

"他是一个真神的信徒，"岑旷重复了一遍，"那和这个案子到底有什么关系呢？"

"关系大极了，甚至就是破案的直接钥匙，"叶空山充满自信地说，"我所要的调查结果也都在路上了，我们等着吧。"

九

叶空山说：我们等着吧。这个浑蛋一向如此，总不喜欢把他推理的过程原原本本告诉岑旷，而要留到关键的时刻去解说，岑旷也早就习以为常了。

只是这一次，还没等到叶空山想要的结果送回到青石城，就有另外一桩案件发生了。和抢劫官库案相似，这个案子又是那种把巴掌甩到了皇帝脸上的、让人难以容忍的恶性事件。

皇帝从天启城派来的三名行刑人，在即将踏入青石城的时候遭到了袭击，全部失踪了。亲自出城迎接他们的青石城守扑了个空，只看见翻倒在地上的马车，被生生撕裂的拉车的马，以及已经吓晕过去的赶车人。

城守暴怒了，似乎比官库被打劫的时候还要生气。这三名行刑人是皇帝派来的，象征着皇朝的尊严，而且这是在青石城刚刚抓捕了官库抢劫案的劫匪的当口发生的，简直是不把律法和皇帝放在眼里！城守一声令下，县衙又开始全体动员，前去搜寻那三名失踪的行刑人。

“会是谁干的呢？”岑旷问叶空山，“难道是那些劫匪还有同伙，想要通过绑架行刑人来延缓行刑的时间，以便找到机会把他们救出去？”

“不是。”叶空山缓缓地摇摇头。在他的手上，正拿着一封拆开的信函，看样子刚刚读完。岑旷猜想，那大概就是叶空山一直在等待的调查结果。

“除了一些小细节之外，整起案件我已经大致有数了，”叶空山说，“只要找到那个绑架行刑人的家伙，基本上就可以结案了。”

“你说什么？”岑旷无比惊奇，“行刑人也是同一个人绑架的？他杀了秦望天，剥下了花如烟的脸皮，又绑架了三个行刑人，就算前两起是为了给上官云帆出气，绑架行刑人图的是什么？”

“其实并不图什么，”叶空山摇了摇头，脸色看起来有些阴郁，“也许只是神的恩赐而已。”

“神的恩赐？”岑旷更加糊涂了。叶空山冲她招招手：“走吧，我们抓紧去找到那个绑架行刑人的家伙。这一次，应该会非常好找。”

“为什么？”岑旷觉得这么一会儿工夫，自己的脑袋已经快要被各种各样的问号给填满塞爆了。几乎叶空山说出的每一句话，她都只能发问。

“因为这一次，他已经用不着再躲藏了。”叶空山耸耸肩。

叶空山还真说对了。比起花如烟被杀那一次的小心翼翼、不留痕迹，这一次，绑架者并没有那么细心地去抹掉自己的作案痕迹，即便是一个二流捕快也能找到追踪而去的方向，更不用提这一次叶空山居然会干劲十足地冲锋在最前线了。捕快们出发的时候是早晨，到了傍晚时分，他们已经初步确定了绑架者藏身的地方。岑旷一走到这里就觉得心里“咯噔”一跳。

这正是那间她进入过的废弃的小磨坊，歪鼻子男人秦望天被磨盘碾成肉酱的地方。一看到这里，她就觉得鼻端隐隐闻到一阵血腥味，忍不住就想吐。

“有血腥味！”一名一起行动的捕快低声说。岑旷一怔，才发现原来真的有一股血腥气息从磨坊里传来，并非是自己的错觉。难道又有什么人被磨盘碾压了吗？她心里一颤，悄悄躲到了叶空山背后。

“如果不想看，就不要进去了，”叶空山猜到了她在想什么，“比你想象的还要惨，惨得多。”

“我……我还是要进去，”岑旷踌躇了一下，仍旧坚定地说，“都到了这一步了，我不想放弃，我要亲眼见到真相。”

“勇敢的姑娘，”叶空山拍拍她的肩膀，“跟在我后面吧。”

“我们就这么进去吗？”一个捕快忍不住说，“万一绑匪情急之下……”

“不会有情急之下撕票的，相信我，”叶空山说，“他已经没有力气撕票了。”

他已经没有力气撕票了。确实不会有这个力气了。

因为他的身上已经几乎没有一块完整的肌肉。

他被绑在一根柱子上，颈部以下只能看到血淋淋的白骨，手脚的筋肉几乎都被剔干净了，新鲜的血液不断从身上滴下，而先前流下的血已经开始发黑。

凌迟。这是一场凌迟。负责凌迟的正是被绑架的行刑人中的凌迟专家，剩下两人倒在地上，但都还有呼吸。这位行刑人为了对劫官库的重犯执行刑罚而来，却在半路上被绑架，而现在，他就站在这个充满血腥气息、充满阴郁氛围的废弃磨坊里，对着一个其他人绝对意想不到的对象动刀。

——一个河络。

这个矮小的男性河络，已经濒临死亡，而站在他身前拿着刀的行刑人，手却在不住地颤抖。终于，行刑人扔下刀，跪在了地上，痛哭失声。

“不行啊，真的不行啊！”他哭着哀求说，“不可能的，河络的身体比人族还要小得多，一万刀……那是不可能的啊！求求你把解药拿出来放我们走吧！”

“必须一万刀！”河络哑着嗓子用生硬的东陆语说，声音微弱低沉，“一刀都不能少，否则你们拿不到解药。”

捕快们都被眼前的这一幕惊呆了。他们看着负责凌迟的行刑人正在对一个河络动刀，另外两位行刑人瘫软在一旁，一时间很难想明白究竟发生了什么。唯一反应迅速的是叶空山。

“别再动刀了！”他大声喝道，“青石城那么多名医，难道还解不了你们的毒？快把他放下来，有任何药可以吊命的，都给他灌进去！让他多活一会儿算一会儿！”

这后一句话是对其他捕快说的。然后他再对着岑旷说：“只剩最后一点时间了，别管你能否听懂，去看看他的记忆。此时此刻，他一定只会想着最要紧的那件事才对，快去，把一切的场景动作都记下来！”

“好像我跟着你办案，看得最多的就是濒死者的记忆。”岑旷一边用手指贴上河络的额头，一边淡淡地说。

“至少快死的人不大容易骗人。”叶空山板着脸回答。

和以往若干次的经验相同，濒死者的思想往往混乱而零碎，过往的记忆一片片地消散湮没，永远不复存在。但另一方面，正如叶空山所说，如果这个濒死的人对某件事情怀有深深的执念，那一段记忆就会保留得长久一些，直到生命的最后时刻才会消失。

岑旷很容易就找到了这一段记忆，并且随之而体会到了这段记忆所藏着的强烈的情感：坚定、执着、虔诚、一往无前的决心。

伴随着这种情感，岑旷的眼前出现了一间宽阔的石室，四壁用发亮的矿石来照明，石室里站着一个女性河络。虽然从没有亲身经历，但岑旷也可以想象，这一定是一座河络的地下城，而这个有着威严与慈爱并存的气质的女性河络，大概就是这个河络部落的“阿络卡”，也就是地母，在一个河络部落里拥有最高的权力。

阿络卡正在和一个身材高大的人族说话，说完之后，那个人恭敬地弯腰鞠躬，然后转身走出石室。岑旷只来得及瞥了一眼，觉得这个人的脸很像上官云帆，虽然年纪轻得多。

这段记忆的主人，也就是这个正被绑在柱子上凌迟的河络，在和那个人族擦肩而过之后，小步走向了阿络卡。他的脚步很慢，体现出一种尊敬的意味，并且在到了距离阿络卡大约一丈左右的地方就停了下来，屈膝单腿跪下。

阿络卡走上前来，伸出右手，抚摸河络的头顶。她开始开口说话，语音温和中带着抹不去的尊贵，跪在地上的河络始终默不作声，听着阿络卡说话。

等到阿络卡说完之后，这名河络开口询问了几句，因为说得比较慢，岑旷能听懂“为什么”和“他是人族”这两个短语。询问时，河络的语声显得犹疑不决，充满了疑问。

阿络卡解释了几句，河络陷入了长时间的静默。随后，他突然扬起头，高声说了几句什么，语声中重新充满了坚定，岑旷听懂了“遵命”这个词。

阿络卡点点头，眼神中充满了悲伤的意味。她挥挥手，河络站起身来，始终弯着腰，倒退着行走退出了这间石室。

这时候场景忽然转化，岑旷发现自己已经置身于一个地洞里。这个地洞并不能和先前的地下城相比，显得粗糙、狭窄、低矮，不过还是足够一个河络站起身来了。

河络就坐在地洞里，一直竖起耳朵倾听着从头顶上传来的动静。在那里，能听到一阵踱来踱去的脚步声，大概是有人在某处不断地走来走去。岑旷知道，一般心事比较重的人会有这样的行为。

踱步的人终于停了下来，开始说话，那是神医上官云帆的口音。他说的是东陆语，虽然从地底听起来有些闷，岑旷还是能听到一些只言片语："我该怎么办？""完了，这下子完了！""不行，一定还有办法的！"

最后，从他的嘴里说出了一连串发音清晰的河络语，岑旷能从中听懂"让他"和"消失"这两个词。

这句话说完之后，场景再次发生了变化，身边变成了一个有点眼熟的房间，是岑旷曾经去过的——歪鼻子男人秦望天在客栈里的房间。河络在窗外弄出了一点声音，警觉的秦望天推窗跳了出去，躲藏在侧面的河络趁机往窗户里投进了一块包裹在纸条里的石头。

下一个场景则跳到了废弃的磨坊里，身着白袍的河络和秦望天动起手来。岑旷起初有点惊奇，这个河络的身材怎么突然间变得高大了，但她很快想到了，河络族有一种叫作"将风"的半生物外壳，可以把自己的身体包裹在其中以获得保护。所以那些流浪汉所见的是一个高大的白袍人。

秦望天的武功很高，但他面对的是将风这种非常坚硬的外壳，他的攻击打到河络身上，并不能造成太重的伤害，而对方的打击却可能致命。更何况，他以前从来没有见识过河络的刀术，缺乏应对的方法，终于被河络一刀砍在胸口，颓然倒地。

接下来的场景岑旷闭上了眼睛，不敢再看，耳朵里只听到磨盘轰隆隆转动，把人的骨头碾压得吱嘎作响。

这一系列的场景结束了，而岑旷也由此确认了，杀死秦望天的凶手就是这名河络。接下来，这一段记忆像是被卷进了大海的漩涡之中，扭曲成

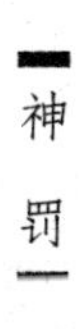

一团，渐渐消失了。岑旷身不由己地掉入了另外一段记忆当中。

开始的一幕和上一段记忆差不多，还是那个狭窄的地下通道，还是同一个人——上官云帆的说话声音，只是说话的内容发生了改变，然而岑旷还是听不懂，只能听懂其中的一个词：脸。此外，这段话里出现了一个东陆语的人名：花如烟。

这以后，记忆的场景迅速跳到了另一处岑旷曾经到过的地方：花如烟在燕归楼里的房间。此时的视角是从窗缝处向内窥视，可知这个河络那时候是攀爬在花如烟的窗外的，三楼的窗外。他的功夫可想而知。

从窗缝里可以看见，花如烟此刻并没有陪伴客人，而是单独待着。倪燕归之前解释过，花如烟自称身体不舒服，于是让她休息了一晚上。不过从这段记忆里看过去，花如烟并没有显得身体不适，倒是看来心情很坏，一直靠在床边默默地流泪，手里把玩着一个像是玉蝴蝶的饰物。这只玉蝴蝶隐隐看来有点儿眼熟，但岑旷想不起之前在哪儿见到过了。

河络跳了进去，在花如烟还没来得及发出惊叫之前，他已经利用手里的机簧发射出一枚钢针，准确地命中了花如烟的心脏。接着他从身上掏出一把薄得像张纸一样的奇异的刀，开始细细地剥除花如烟的脸。同样，岑旷在这一幕惨剧面前闭上了眼睛，没有勇气去看。

河络把花如烟的脸皮带回了那个地下巢穴。他以一种超乎常人想象的精细处理着这张面皮，把它泡制在装满防腐液体的水晶瓶里。

他的嘴角绽开了一丝笑容，在微弱的烛光下欣赏着他的杰作。

与花如烟有关的记忆到这里也中断了，岑旷进入了一段新的记忆。她发现自己仍旧置身在一处地道里，但这个地道已经不是之前的那个了。这一处地道更窄、更矮，看起来像是新近挖掘出来的。

紧接着，头顶第三次响起了上官云帆以河络语说出的祈愿之声，但这一次所说的内容是岑旷曾经听到过的。这段记忆所描述的，恰好是那天晚上岑旷也经历过的场景。岑旷和河络一个在地面之上，一个在地下，倾听着上官云帆不断重复的悲愤的祈愿：“祈求真神，把杀害花如烟的凶手切成一万片！”

这个河络，竟然在衙门的地底下也打通了一条地道，岑旷想着，这也未免太大胆了。

她急切地想等待着看到后续，却已经不可能看到了。河络的精神世界整个暗了下来，一切都化为虚无。河络终于死了。

十

河络的尸体被带回了衙门，虽然这具尸体已经没有什么价值可言了。三名中了毒的行刑人也被解救了，衙门火速找来胡笑萌等名医，给他们解毒，以便让他们能够赶上刑期，按时对九名劫匪实施酷刑。

此外还有一件事要做，就是找到河络在地下打的那条地道，把它封死。河络族的打洞本事真是天下无双，那么短时间内竟然就能挖出一条地道直通衙门内部，简直匪夷所思。而在上官云帆家的地下找到的地洞则精细得多，里面生活设施齐备，可以供一个河络在内居住。

“这个案子就算了结了吗？”岑旷问叶空山，“可是我还有很多地方都不明白。确切地说，就没有明白多少。”

“的确很难明白，尤其是这其中牵涉河络，”叶空山靠在捕房里他的那张床铺上，“河络是一个很奇怪的种族，思维方式和其他的智慧种族都不大一样。可正是因为这种思维方式的怪异，才给了我破案的思路。”

“从头给我讲起吧，”岑旷说，“我虽然很努力地去揣摩，可是怎么也无法像你那样去思考。”

“那就从我发现的第一个疑点开始说起吧。”叶空山说，“还记得从一开始，我就反复提醒你，要注意那张泡在水晶瓶里的人脸吗？”

“是的，你前后和我说过很多次，但是我还是没有领会你的意思。”岑旷说。

“针对这张人脸，你做出过两种推测，”叶空山说，“第一种，你认为这是有人为了报复上官云帆，所以杀害了他心爱的女人；第二种，你认为这是有人为了替上官云帆出气，所以杀死了和他争执、想要甩掉他的女人。这两种推测，站在常规思维的角度上来看都没有错，但是你为什么不能想得更深入一点，想到第三种可能性？”

“我就是想不出来啊。”岑旷摇摇头。

“仔细想想，那张脸皮的切剥为什么要做得那么精细、一丝不苟？为什么要做防腐处理？为什么要放在那么昂贵的水晶瓶里？”叶空山的声音听起来有点阴森森的，“如果是在人族社会里，什么样的举动能够让人那么细心、那么不计成本？”

“送礼！”岑旷忽然间明白了，“那个河络……他是要把花如烟的脸当成礼物送给上官云帆！天啊！那张脸皮……是一件礼物！”

“没错，那就是一件礼物！”叶空山说，“从一开始我就怀疑，这张脸皮可能既不包含复仇也不包含出气，也许就是一件单纯的、精致的礼物而已。可是，任何一个思维正常的人，都不会想到剥下一个女人的脸皮去做成礼物，除非——他根本就不是人。”

“根本就不是人……”岑旷玩味着这句话，忽然有一些伤感。我也根本就不是人啊，她想着。

叶空山没有注意到岑旷的情绪变化，继续说下去：“所以我才想到了河络身上，这也和那个水晶瓶有关。九州的水晶，论材质，论加工工艺，毫无疑问河络产区的是最好的。但是仅凭一个水晶瓶，还不能完全确定，直到后来，你刺激上官云帆用河络语做出了祈愿，我才能完全肯定下来。”

“你是不是想说，秦望天的死，花如烟的死，这个河络自己的死，都是上官云帆祈愿的结果？”

岑旷问。

“我认为是这样的，只可惜，他的祈愿终于还是害死了自己最心爱的女人，这就是河络的思维方式造成的悲剧，我们从头说起吧，”叶空山说，“首先我要告诉你，对上官云帆身份的调查结果。”

“他是什么人？”

“毫无疑问，从和秦望天的纠葛以及和河络的关系来看，上官云帆有一段隐藏起来的不寻常的过去，”叶空山说，“我最初设想，他可能是某个改名换姓的名医，但又回头一想，如果真是以前就有过名头的名医，不可能没有人发现。于是我决定通过秦望天的历史去反推这个人。我发现，秦望天年轻时代做过的那些案子，大都有一个共同特点，那就是用毒。在很多案子里，都有守卫人员莫名其妙地全员昏睡甚至被毒死的案例。那个时期的捕快们曾经对秦望天的团伙进行过分析，普遍认为，他的团伙里有一位精通医道的用毒高手。”

“都是上官云帆干的！”岑旷恍悟，“原来上官云帆年轻的时候是个用毒的劫匪！”

“毒理和医理，本来就有共通之处，很多医学高手也是用毒的高手，反之亦然。”叶空山说，“再联想到上官云帆最擅长医治的就是中毒，而且很喜欢采取以毒攻毒的方子，我心里就大致有数了。调查一下秦望天的犯罪历史，就能够发现，此人二十多年前声名盛极一时，但在二十三年前却突然销声匿迹，踪影不见，我想，这也许和他失去了一位重要臂助有着直接的关系。”

“你是说，上官云帆突然离开了秦望天，背叛了他？”岑旷问。

“远不止是离开、背叛那么简单，”叶空山回答，“你想想，上官云帆本来是一个用毒害人的罪犯，消失一段时间来到了青石城，忽然就成了道德高尚的名医，这样的转变实在有点骇人。要促成一个罪人突然转变成圣人，需要他的思想发生极大的改变，而推动这种改变的力量，我所能想到的最有力的，可能就是——信仰。”

“你是说，那段时间上官云帆接受了河络的信仰，开始信奉真神了？”岑旷开始慢慢有些理解叶空山的思路了。

“秦望天在二十三年前制造了轰动一时的天启皇宫劫案，但在那之后，他最后完成了一个案子，抢劫了一位古董商的收藏品，就销声匿迹了，那个案子恰恰发生在越州，发生在河络的地盘，”叶空山翻看着手里的信件，

"这一起案件可以说是惨胜，虽然秦望天成功地运走了价值千金的古董藏品，自己的团伙也遭到了对方的算计，听说是全员中毒。所以后来秦望天消失的二十三年里，很多人以为他已经被毒死了，并且认定他的同伙也全都被毒死了，因为当时下毒的古董商的千金小姐，使用的是剧毒——雷州斑背蝎的蝎毒，无药可解。

"而同一时期，就在附近的区域，在那桩古董抢劫案案发后不久，越州发生了另外一件奇案，三十名最精锐的离国斥候，在越州的某一处山区被集体毒杀。后来有传闻说，这些斥候是前往一个河络部落抢夺该部落的神启的。把这两个事件放在一起，你能想到些什么？"

某些古老的河络部落可能会保存着世代流传下来的神的喻示，即所谓的神启，它向来是部落的重中之重。岑旷皱起眉头思索了好一阵子，犹犹豫豫地开口问道："难道那些人是被……上官云帆杀的？"

"我不知道，这当中的细节也许只有上官云帆本人才知道了，但我可以这么猜测。"叶空山说，"上官云帆未必是出于帮助河络的理由，但他很有可能在无意中替河络们保全了神启，因此而成了河络的大恩人；而河络也可能用独特的方法帮助中毒的上官云帆解了毒，出于感激，他成了真神的信徒。"

"所以后来，上官云帆痛改前非，成了青石城治病救人的神医，也许也有为自己的过往赎罪的意思吧。"岑旷明白了，"可是，他的三次祈愿，和那个总是躲在地道里的河络，又是怎么回事呢？"

"那个河络，从二十三年前上官云帆离开越州之后，就一直跟着他，某种程度上来说，比他的那个老仆人忠诚多了。"

"啊？为什么？"岑旷惊呆了，"跟了他二十三年？"

"为了报恩，"叶空山说，"那就是河络的报恩方式。相比之个体，河络对于真神的崇拜是至高无上的，保护神启对他们而言，是难以报答的大恩，光靠解毒是不足够的。所以你在记忆中见到的那一段，正是上官云帆离开时的情景。那个阿络卡送别了他之后，派出了这名河络，终身跟随着上官云帆，只有一个目的：通过完成上官云帆的愿望来向他报恩。"

岑旷默然，想着二十三年来，这个矮小的河络就住在上官云帆的地面之下，忍受着那黑暗、狭窄、潮湿的生活，仅仅是为了替对方完成愿望，实在觉得河络这种生物太不可思议了。她同时也有了疑问："但是上官云帆这一辈子只许过那三个愿望吗？不太可能啊。"

"当然不是什么愿望都替他满足了，别忘了，上官云帆不是个普通人，他和河络一样，有着对真神的信仰，"叶空山说，"所以，河络只可能为他满足一种愿望，那就是用河络语对真神祈祷的愿望。对于真神的信徒来说，这样的祈愿是神圣的、庄重的，轻易不能开口的，决不能和人们日常挂在嘴边的'老天保佑我今天一定翻本'相提并论。"

"也就是说，上官云帆过去从来没有使用过这种神圣的祈愿？"

"的确从来没有过，因为他用不着，"叶空山说，"他是一个无欲无求的医生，不求闻达，不想发大财，只管在青石开馆治病，一切依靠自己的医术，哪有什么愿望需要去寻求真神的帮助？所以河络跟随了他二十三年，他也等于是沉默了二十三年，直到真正的危机上门。"

"真正的危机……那就是秦望天找上门的时候？"

叶空山点了点头："因为秦望天来到这里的目的就是要破坏他原本平静有序的生活。秦望天已经只剩下半年到一年的命了，所以希望临死之前再做一件大案——抢劫青石官库，风风光光地为自己的犯罪生涯画上句号。他万万没想到，来到青石城踩点的时候，竟然会意外地发现当年的老搭档上官云帆。老搭档的厉害他当然还记得，所以他找上门去，要求上官云帆再帮他一次。上官云帆当然拒绝了，他现在是真神的信徒，一个改邪归正的良医，肯定不可能再去帮谁抢劫，秦望天很生气，多半是说出了什么威胁的话，比如说要揭穿他的真实面目，让他从此只能从青石城滚蛋之类的。

"于是上官云帆慌了，二十三年来头一次遇上了对自己生活的严重威胁。作为一个真神的信徒，此时此刻向真神做出祈祷是很合情合理的事情，所以他做出了自己生平第一个对真神的祈愿，尽管他完全不知道，这个祈愿竟然能够成为现实。我猜想，他所做出的这一次祈愿，大意可能是'让秦望天从我的生活中永远消失'这一类的十分决绝的话语，地下的河络听到了这个祈愿，自然也只能用决绝的方法去完成。”

“把秦望天碾成肉酱，确实能让他永远消失了。”岑旷脸色惨白，又想起了自己那天目睹的惨状。

“于是第一个愿望总算是完成了，但这个河络似乎只知道完成任务，而不知道向上官云帆发出通知，上官云帆并不知道秦望天已经死了。他的心情依旧很糟糕，尤其当十月五日，他听说抢劫案发生了之后，心里更加惶恐。他不知道这起抢劫案已经没有秦望天参与了，而是其他九个人干的。他无比害怕，担心秦望天被抓获归案，把他供出来，从此让他身败名裂，再也不能在青石城继续行医。而他最后也许是想通了：既然这样，大不了我提前离开青石城，换一个地方生活，胜过留在这里被人指着脊梁骨唾骂。

“可是要离开青石城，有一个人是他舍不得的，那就是燕归楼的花如烟，他是真心爱着花如烟的，想要为她赎身，把她一起带走，但花如烟毫不留情地拒绝了他，还说了不少尖刻的话语。上官云帆深深地失望了，在这天晚上，向真神做出了第二次祈愿……”

“我就是想不明白这第二次祈愿，”岑旷打断了叶空山，满脸的苦恼，“难道他许的愿不应该是让花如烟跟他走，或者这一辈子两个人永远在一起之类的话吗？怎么会到最后河络把花如烟的脸皮割下来了呢？”

“这就是问题的关键啊，这一点我也是想了很久才想通的。”叶空山说，“你经常阅读小说，有没有发现，男女之间示爱的语句千奇百怪、花样翻新，什么样的说法都有？”

“的确是，不过那些修辞都很好听啊，有的还蛮感人的，”岑旷说，“有时候我真是羡慕你们人族的想象力，太丰富了，那些情诗的句子，真的是好美。”

“可是花如烟死就死在这些辞藻华丽的修饰上，”叶空山冷冰冰地说，“如果上官云帆真的老老实实地说‘希望花如烟能跟我走’‘祈求真神让花如烟一辈子和我在一起’就好了，可他没有这么说。他说的多半是这样的一个句子。”

“什么句子？”岑旷只觉得口舌发干，额头上却在冒冷汗。

“祈求真神，让我每天都能看到花如烟的容颜。”叶空山轻柔地说。

十一

祈求真神，让我每天都能看到花如烟的容颜。

每天都能看到花如烟的容颜。

“我明白了，全明白了！”岑旷伸手掐住自己的额头，“河络语里没有‘容颜’这样的词语，上官云帆一定说的是河络语的‘脸’！”

“所以那个河络误解了他的意思，”叶空山说，“这个直肠直性的河络，虽然在地洞里苦候了二十三年，却从来没有出去和人族接触，所以对于人族的语言技巧一窍不通。他误解了上官云帆的意思，于是精心剥下了花如烟的面皮，泡在水晶瓶子里给他送去。那时候他一定很高兴吧，觉得自己已经帮助上官云帆完成第二个愿望了，而且完成得如此漂亮。”

“所以后来，上官云帆的第三个愿望是……”岑旷有些说不下去。她记得很清楚，当时那个衙役替她译出了那段话：“祈求真神，把杀害花如烟的凶手碎尸万段！”而河络语里是没有“碎尸万段”这个词的，所以上官云帆那时候所说的其实是“切成一万片”。

这个要求就让河络感到很无奈了，他可以杀死自己，却似乎没有办法把自己切成一万片。于是他想到了一个惊人的主意：绑架凌迟的行刑人，让对方以凌迟的技术来割掉自己。当然，行刑人说得很明白，对人族来说，三千六百刀也已经是极限了，以河络的身躯还想要增加两倍，绝对是不可能的。所以这个河络终究一直到死也没有完成上官云帆的第三个愿望。

尽管他已经尽力了。

这起悲惨的案件就以这样让人堵心的方式落下了帷幕。原本是报恩的善举，最后却演变为血腥的错误，实在让岑旷觉得难以接受。在这起案件中，除了秦望天之外，其他人都太无辜了，即便是年轻时罪孽深重的上官云帆，至少也用了他的整个后半生来补报，却依然得不到善终，最后落得个疯疯癫癫的下场。

而他也已经活不了多久了。他本来体质就不好，这或许是由于当年中的蝎毒始终没能根除，发疯之后没有能力给自己开药调养，也完全不懂得保护自身，在这样一个寒风凛冽的冬季，终于一病不起了。

此时由于案件已破，被证实无罪的上官云帆也被放回了家，由他忠实的老仆人照料。岑旷和叶空山上门探访的时候，老仆显得气鼓鼓的，很不想让两人进去，似乎是要把主人重病的责任归咎到两名捕快身上。但最终，他还是无奈地放两人进去了。

上官云帆躺在床上，脸色蜡黄，每一声呼吸都好像是咽喉被刀割了一样。屋内堆满了受过他恩惠的青石民众送来的补品，但这些补品已经没有作用了，老人正在等待着死期。而他甚至连这一点都没能意识到，只是两眼木然地直视着屋顶，仿佛目光要把屋顶穿透，看到茫远的天际。

叶空山拉过一把椅子，坐到了病床边，看着上官云帆呆滞的面容，慢慢地说："我不知道我所说的这一切你现在能不能听到，但这些事情与你有关，我觉得你应该知道。你虽然年轻时做过错事，但这二十三年来，你一直都是青石城人民最爱戴的人，至少不应糊里糊涂地去死。"

上官云帆依旧神情木然，叶空山叹了一口气，开始从上官云帆当年与秦望天的往事开始，讲述了自己对整个案情的全部推断。在叶空山讲述的时候，岑旷一直注意着上官云帆的表情。她发现，上官云帆虽然面部始终僵硬着不动，眼神却随着叶空山的讲述慢慢流露出悲伤的意味。她敏锐地直觉到，其实上官云帆已经早就头脑清醒了，他只是不愿意面对残酷的现实，所以索性把自己囚禁在自我保护的牢笼中，静待死亡降临。

叶空山慢慢地讲述着，老人目光中的悲哀也越来越浓重，但当他听到叶空山说起他和花如烟的爱情时，眼神里流露出一丝自嘲，接着是黑夜一般浓烈的哀伤，让岑旷几乎觉得自己快要被他感染到落泪。等到叶空山讲完他全部的推断，上官云帆继续沉默了一阵子之后，动了动嘴唇，忽然剧烈地咳嗽起来，岑旷连忙把他扶着坐起来，轻轻拍打他骨瘦如柴的背部，并为他按摩胸口。

过了好一会儿，上官云帆才停住了咳嗽，微微摇了摇头："你这个年轻人，太厉害了，你所说的那些，不过是你的推断，却大多如同亲历一样，真了不起。可惜的是，还是有一点出错了，不过这一点原本也不能怪你，换了谁也想不到。"

"哪一点错了？"岑旷忙问。

"放到最后再说吧。"上官云帆说，"我可以先讲讲你不知道的一些事，也就是在越州发生的那些事。"

"洗耳恭听。"叶空山说。

"外界的说法在这一点上是正确的，那就是秦望天的最后一笔生意，遭到了暗算，跟随着他的兄弟们全体都中了蝎毒，"上官云帆回忆着，"我自己就是用毒的大行家，当然知道那种蝎毒是没有办法医治的。那时候我还不到三十岁，那么年轻就要死去，心里的悲伤痛苦可想而知。

"我用药物勉强抑制了毒性的发作，但那样也不过能多得到几个月的生存时间而已。我离开了秦望天，一个人恍恍惚惚地在越州山区流浪，不知道自己该做些什么。就在那时候，我在一个山间小驿站撞上了那三十名离国的斥候。当时我并不知道他们的身份，只是觉得他们相当强横霸道，一走进驿站，就要把所有人都赶出去。我走得慢了一步，被一个家伙从背后狠狠踹了一脚，差点滚下山崖去。

"于是我动了真怒。反正我的命已经不长久了，不在乎手里多几十条人命，于是我就偷偷地下了毒，驿站里的其他人都被赶出去了，中毒的只有他们。当他们全都毒发毙命的时候，我站在他们当中，得意地大笑，不料牵动了体内的蝎毒发作，昏死过去。

"等我醒过来，才发现自己被河络救了，他们告诉我，我毒死的那三十个人，是抢夺了他们神启的罪人。但他们部落当时没有足够多的战士能拦住那些人，如果不是我出手，他们的神启必然会落入离国人的手里。

所以无意之中，我成了他们的大救星、大英雄。最让我高兴的是，他们有一种特殊的墨晶矿，可以吸附人体内的毒质，因此把我体内的蝎毒吸去了十之八九，虽然残余的毒性仍然会陪伴我的余生，但我的寿命至少还能延长二三十年，对于原本只剩几个月性命的我来说，这个消息简直就是天籁之音。”

“所以你觉得这是神的恩典，从此信奉了他们的真神？”叶空山问。

“不瞒你说，一开始这只是为了讨好他们，以便能从他们那里得到更多的东西，”上官云帆微微一笑，“可是在那个部落住了一段时间，我发现我真的很羡慕那些河络。他们虔诚而单纯，只为了取悦真神而活，个个都是那么快乐。再回想我之前的一生，明明对医道有很深的造诣，却只用它来为非作歹，成天过着提心吊胆的生活。我忽然觉得，我也可以像河络那样活得简单而快乐，而不必成天为了多赚些金铢而去伤天害理，夜里都睡不好觉。”

“你的选择是对的。”岑旷说。

“可是我没有想到，他们竟然还会存着‘报恩’的念头。”上官云帆长叹一声，“没想到我在二十三年后头一次开口向真神祈祷，就酿成了这样的悲剧。”

岑旷默然，说不出话来，但心里还在惦记着上官云帆所说的那个“错误”。叶空山却已经注意到了老人一直握在手里的一样东西，他礼貌地要求上官云帆给他看看，老人点点头，把东西递给了他。

“这是你上次摔碎的那个玉蝴蝶！”岑旷一下子想起来了，“花如烟有个一模一样的，我在河络的记忆里看到过！这是你们的……定情信物吗？”

她话说出口，立刻又觉得有些不妥，虽然她对爱情的理解只限于坊间小说里的那些俗套桥段，但她至少还记得，当上官云帆要花如烟随他一起走的时候，花如烟的态度冷淡而尖刻，并不像对他有深沉感情的样子。或者说，她只把上官云帆当成一个普通的客人，可以谈钱谈交易，但其他的一律免谈。

那两人为什么会有这样一对一模一样的玉蝴蝶呢？而这只玉蝴蝶被磨得异常光滑，看样子，已经在上官云帆身边停留了相当长的时间了。

“并不一定是情人才能有一模一样的饰物啊，笨姑娘，”叶空山缓缓地说，“亲人也可以。”

“亲人？”岑旷一惊，“难道是说……难道……”

“是的，花如烟并不是上官云帆的姘头、情人或者别的，”叶空山说，“上官大夫每次去光顾燕归楼，都只是为了看他的亲人而已。从年龄差距来判断，我猜想，花如烟应该是他的女儿。”

女儿。花如烟其实是上官云帆的女儿。

岑旷一下子想到了很多。上官云帆在青石城一向是个道德高尚的人，为什么近几年会沉迷青楼？为什么他从来不去别家青楼，也从来不点其他的姑娘，每次都只见花如烟一个人？为什么在面临危险的时候，他只想要带着花如烟离开是非之地？为什么他会许愿“让我每天都能见到她的容颜”？

只因为花如烟是他的女儿，亲生女儿。

“五年前，我为一位商人治好了顽疾，他一定要在燕归楼设宴谢我，”上官云帆回忆着，“我从来不去烟花之地，但因为和那位商人言谈投机，彼此结下友谊，也不好推托，只能勉强去了。但我事先和他约法三章，不沾染男女之事，充其量观赏歌舞。于是我们去了，当花如烟刚刚从帘子里走出来，我就认出她了。她和她母亲当年几乎一模一样，何况胸前还有那只玉蝴蝶，那本来是我和她母亲交换的定情信物。

“你问她母亲是谁？呵呵，说出来实在是讽刺得很，她就是当年秦望天最后一票买卖所打劫的那位古董商的独生女儿，也正是用斑背蝎蝎毒来毒杀我们的人。我说过了，年轻时的我是一个恶徒，当初去接近她原本就不安好心，只是为了找到下毒谋害他们全家的机会而已。可是她实在是冰雪聪明，最后关头竟然看穿了我的真面目，反而让我着了道。

“那之后我信仰了真神，回首当年做过的坏事，自然对她十分抱憾。可我万万没有想到，她那时竟然已经怀孕，并且为我生下了女儿，而那只玉蝴蝶更是让我如受重锤。她虽然恨我入骨，可终究，还是把我当成了孩子的父亲。

“我没有脸去和女儿相认，为了见女儿一面，只能在以后的日子里把自己装成嫖客，一次又一次地走进燕归楼。她很奇怪，不明白为什么我只是听她说说话、弹两首小曲就心满意足，连她的手都不曾碰过，但遇到我这样的客人，恐怕她也求之不得吧，我们俩就这样相处了五年。她慢慢信任我，也给我讲了一些她过往的事情，可我还是不敢把真相说出来。尤其知道在那位古董商损失全部家财后，她母亲过着悲惨的生活，还不得不独立抚养她,我更加不敢开口,因为这一切都是我害的,我担心她不会原谅我。

“但当秦望天找到我之后，我慌了神，生怕被他供出来，生怕从此不得不远离青石，再也见不到我的女儿。那一天晚上，我在女儿的房里喝了很多酒，终于在酒精的刺激下，我吐露了真相。我跪在地上，恳求女儿跟我走，恳求她原谅我。我声泪俱下，讲述这些年来对她母亲的愧疚，讲述这五年来我每次见到她时的激动。

“她先是不敢相信，当看到我拿出玉蝴蝶之后，终于信了。但她的心里对我从来不存在什么憧憬之情，有的只是刻骨的仇恨。她痛骂我，说如果不是因为我，她们母女俩怎么可能会那么惨，她怎么可能沦落风尘。她骂我假惺惺，说比起和我在一起，她更情愿留在青楼里做一个娼妓。她故意把自己形容得肮脏不堪，用各种言语羞辱我，也羞辱她自己，每一个字都像是一把刀子，扎在我的心上。

“我伤心地回到家里，觉得如果不能得到女儿的原谅，那么我所做的一切都将变得毫无意义。想到这里，我终于忍不住了，开始向真神祈祷，希望他能庇佑我，让我有机会和女儿在一起。后来的事情……你们都清楚了。这件事，不能怪那个河络，错都在我，一切罪责都在我。

“可是就算我把所有的罪责都背在自己身上，又能有什么用呢？我的女儿死了，她死了，永远都回不来了……”

十二

两天之后，到了皇帝钦定的行刑日，青石城万人空巷，人人都跑到刑场去观看车裂和凌迟。人们怀着恐惧，也怀着极大的兴奋，看着人体被拉成几块，看着活生生的人被绑在柱子上，一刀一刀地剐成白骨。他们恐惧。他们兴奋。

半个月后，青石城的一代名医上官云帆去世了。对于他的死，民众们表达出了极大的哀伤，吊唁者络绎不绝。还有好事者借着上官云帆去世的时机编造出一些小段子挖苦德行有亏的另一位名医胡笑萌，把胡笑萌气得七窍生烟。

岑旷没有恐惧，没有兴奋，也没有哀伤。她平静地看着这一切发生，平静地看着这一切过去，并没有像往日那样，为了一点小小的感伤而掉眼泪。叶空山注意到了她的变化。

“你好像更加成熟了，”叶空山说，“这样下去，你会越来越像一个真正的人的。”

“可我害怕变成一个真正的人。”岑旷摇着头说，“这些天来我一直在想，人族的世界是多么奇特，多么不可理喻，多么难以捉摸啊。我总觉得，就算这个世上真的存在着什么神，那他也是在想尽一切方法惩罚人，而不是赐福于人：上官云帆是一个改邪归正的好人，可他没能得到好的结果；花如烟一生受尽屈辱苦难，可她死得那么惨；即便是那个不是人族的河络，他怀着一腔好心，为了替部落报恩，最后不但害了上官云帆父女，也害了自己。人族的世界，为什么好人得不到好报？为什么总是苦难和仇恨取得最终的胜利？”

“因为这就是人族。”叶空山简单地回答。过了一会儿，他看见岑旷的眼神中依然充满迷惑，走到她身前，轻轻把手放在她的肩膀上。

“人生存在这个世上，本来就是苦难多于安乐，不只人族，其他的智慧种族，其他的生物，无不如此。”叶空山温和地说，“魅要经过漫长的岁月才能凝聚成形，稍有最细微的干扰都可能前功尽弃；鲛人一生都很难安定地待在某一个地方，总是不得不抛弃家乡随着海流而迁居；夸父生存在高寒的高原上，每一天的生活都是在和恶劣的自然环境进行搏斗；羽族和河络总是处在无休止的和人族的战争中，很难得到和平发展的机会。至于自然界中的弱肉强食、生老病死，更不必多说了。”

“可是那就是生存，那就是生命，那就是我们每一个人不得不面对的真实生活，”他轻抚着岑旷的肩，“如果只把眼光放在黑暗的地方，也许我们就只有自杀一条路了。要学会在所有的黑夜里看到星光，看到地平线之下的朝阳，那样我们才能有勇气一路向前走。”

“一路向前走……”岑旷咀嚼着这句话。叶空山的手放在她的肩上，多么温暖的手，像是有热流在不断传入体内，让她觉得，只要站在这个男人身边，再怎样黑暗的世界，似乎都不足为惧了。

过了好久，她才像是忽然反应过来了，悄悄地一缩肩，离开了叶空山的手。叶空山笑了笑：“这也是我常说的，为什么人们总爱读小说，小说的世界虽然也有黑暗和绝望，但大多数时候还是温暖光明的，能够让读者在其中找到安慰的亮色。说起来，那本《天龙九州》你读完了吗？段誉和王语嫣到底是不是亲兄妹啊？”

“我听说，剧透是人族最可恶的习俗之一，”岑旷悠悠然回答说，“所以我建议你自己去读。”

“他妈的，放着好的不学，这种时候你又摆出一副人族的姿态了……”叶空山不满地摆了摆手，转过身扬长而去。

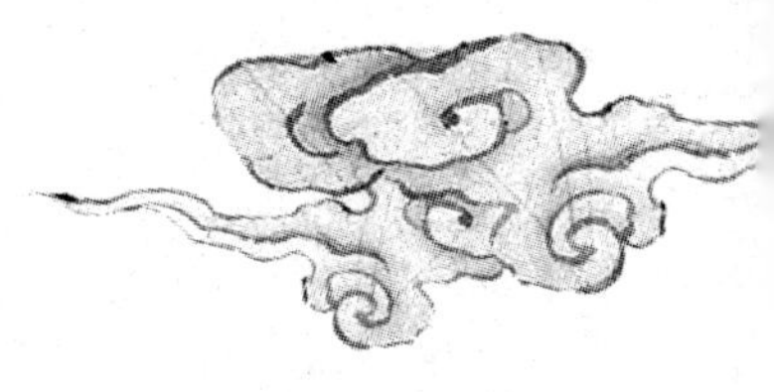

花逝

青石捕快叶空山的父亲叶征鸿死有蹊跷，叶空山奉旨回到故乡帝都天启调查事实真相，却不料被邪恶秘术所伤，陷入重度昏迷。岑旷不得不孑然前行寻找蛛丝马迹，随着调查的深入，她发现叶征鸿的死，似乎与一种奇异的花朵有神秘关联。

序章

旅行家总是要向最危险的地方发起挑战。

这句话听起来很漂亮，也鼓励了很多旅行家专门选择不走寻常路，但一旦他们真的陷入危险的境地时，就难免会对这句站着说话不腰疼的话产生深深的憎恨了。

邹鸣人现在就很恨这句话。原本他一直按照着既定计划走着前人走过的道路，虽然少点新鲜感，但至少安全。结果他脑子一糊涂，想要独辟蹊径找一条新路走，以便回去之后多一些对朋友炫耀的谈资，结果，他迷路了。

这座大山险峻荒凉，充满各种各样的毒虫猛兽，迷失在其中可不是什么好事儿。而更倒霉的是，天黑了。

邹鸣人足足在心里骂了自己六百一十三遍“蠢货”，但就算骂到第六千一百三十遍，也无助于他找到正确的道路。他只能燃起火把，强打着精神向前走，心里祈祷能遇上个把山民什么的，脱此困厄。遗憾的是，老天就是要和他作对，越往前走，他越摸不到方向，而那一阵阵从远处飘来的狼嗥声更是让他的腿肚都抽筋。

终于，他一不小心被一根裸露在地表的树根绊了一下，滚下了一道陡峭的山坡。火把和行李都丢掉了，邹鸣人双手护着头，天晓得在陡坡上滚了多久，终于在全身骨头都散架之前滚到了平地上。

他在地上坐了好一会儿，确认自己虽然全身擦伤瘀伤，但脑袋和四肢都还完好，这才慢慢直起身来。事已至此，唯一的办法就是摸黑继续前行了——至少得朝着狼嗥的相反方向走吧。

胆战心惊的邹鸣人不再咒骂，不再自怨自艾，满心满脑地乞求着天神庇佑，在伸手不见五指的黑暗大山中摸索前行。走着走着，他的鼻端忽然闻到了一股花香，一股清新淡雅的花香。他不由自主地向着花香飘来的方向走了过去。

在拐过了一个弯之后，碰巧月亮也升起来了，他的眼前豁然开朗，出现了一大片随风轻摆的野花田。他能辨认出，这是一种在附近山区常见的漂亮野花，但他还是第一次看到这么多的野花生长在一起，开得那么灿烂，那么生机勃勃。即便身处险境，他也忍不住要发出一声赞叹。

然后突然一个念头冒了出来：这么繁茂而整齐的一大片花田，真的是天然生长出来的吗？会不会附近有什么人在伺候这些花呢？他一阵兴奋，急忙穿过花田，向前方跑去。

然而，一直跑到花田的尽头，他都没能看到一间想象中的小木屋之类的居所，更别提半个人影了。正在失望，耳朵里忽然传来一个清晰的人声，就好像有人在对着他耳语一样：“你……是一个人吗？”

这个声音嘶哑、低沉，就像是锯子在锯木头，邹鸣人吓了一大跳，扭头望望四周，并没有看到什么人，而这句话本身也问得十分奇怪。难道是鬼？邹鸣人浑身一激灵，那个嘶哑的声音又响起来了：“过来，让我看看你。”

他抬起头，看向远处，才发现在前方的一处山壁上，隐隐有一个人影。不管是人是鬼，反正我是跑不了了，邹鸣人想着，索性破罐破摔，走了过去。

靠近之后，他终于看清楚了山壁上的那个人影究竟是什么，那是他一辈子都没见过的恐怖景象。那一瞬间他觉得自己的苦胆都要吓破了，嘴里发出一声撕心裂肺的惨叫，转过身拔腿就跑。但跑出没有两步，他就感到一股无形的力量抓住了他的双腿，扭住了他的双臂，让他无法再前进。与此同时，耳边的声音变得无比急切，充满了邪恶的渴望：“原来是一个登山者啊……很好，很好！”

“有……有什么好的？”邹鸣人觉得自己快要晕过去了。

“有了你的那些工具，就可以把我弄出来了。”声音嗤嗤怪笑着，在月光下久久回荡。

一

四月初八这一日，正是秋叶城大豪胡老爷子的六十大寿。胡老爷子名动澜州，半个秋叶城的人都要卖他面子，故而当天整座城里张灯结彩、花团锦簇，宾客如流水般踏入胡家大院，当真是热闹非凡。宽阔的宴厅里坐得满满当当，都是来自九州各地的亲朋好友，无一不是江湖中大有声望的角色。

看看吉时已到，胡老爷子着一身大红袍走入宴厅，厅内顿时欢声雷动。胡老爷子满面堆笑，不住抱拳打拱，招呼着朋友们。好容易等到和各色人等都打完招呼，他轻轻咳嗽一声，旁人知他有话要讲，都安静下来。

胡老爷子捋捋胡须，右手举着一樽美酒，微笑道："我胡天东一生庸碌，全仗着各位亲朋抬爱，才算略略有了些薄名。今日借着小老儿生辰的由头，将各位朋友请到陋居，实在是……"

他话音未落，厅外忽然传来一声凄厉的惨叫，满座宾客都是一愣。胡老爷子眉头微皱，示意手下出去查看，正想要继续说下去，却不料那惨叫声顷刻间响成一片，似是有什么大惨案发生，他派出去的手下，竟没有一人回来。

胡老爷子生性沉稳老辣，仍旧面不改色，放下酒杯，沉声道："何方客人驾临？却为何不敢进厅一晤？"

只听得嗖嗖几声，十多个圆球飞进宴厅，骨碌碌滚到地上。众人定睛一看，无不骇然色变，胆小的已禁不住惊呼出声。原来那些"圆球"，赫然是一颗颗刚刚被斩下的人头，全都是胡老爷子的手下！

一片惊讶与恐惧之中，一个高大的身影缓缓走了进来。那是一个看来不过二十来岁的青年人，布袍敝屣，满脸刀疤，面相狰狞，手里拿着一柄七八尺长的开山巨斧，斧刃上沾满血迹，再加上一身凛冽杀气，端的有若神魔降世，令人望而生畏。

"姓胡的，你可还认得出我是谁吗？"这神魔般的年轻人冷冰冰地问道。

胡老爷子盯着他看了许久，忽然间浑身一震：“你……你……你竟然没死！我明明亲眼见到你摔下去的！你明明摔下去了！”

年轻人哈哈大笑，震得满堂宾客耳膜生疼。他骤然收住笑，高高举起手里的巨斧，目光中蕴含着烈焰般的恨意：“不错，我的确从北邙山的那处断崖摔了下去，却侥幸未死，还在谷底找到了上古秘籍，练成今日的绝世神功。老天庇佑，二十年前的灭门之恨，杀父弑母的不共戴天之仇，今日便要你来好好偿还！姓胡的，接招吧！”

二

叶空山随手一扔，手里的书直接飞入了墙角的垃圾筐。岑旷抢上一步，把书捡了出来：“喂！这书是租来的，丢了是要赔钱的！”

“赔钱？我还没找作者要浪费我宝贵时间的赔偿呢！”叶空山翻了翻白眼，“写出这种垃圾小说的作者，脑袋肯定被驴踢过。”

“你才脑袋被驴踢过呢！”岑旷很不满，“是你自己说躺在病床上闲得无聊，要我给你找点书来打发时间的，结果你看一本扔一本，早知道我就不管你了！”

“我不过是想看看这年头的小说作者是不是有了一点进步而已。”叶空山懒洋洋地说，“没想到一个个还是那么不成器，简直是浪费纸张。”

“这本《大漠牧云录》有什么不好？我觉得挺不错的嘛……”岑旷噘着嘴，拍打着封皮上的灰尘和脏物，“这可是书店老板特意向我推荐的。”

“挺不错？俗套得挺不错吧。”叶空山伸了个懒腰，“这一类小说无一例外都是那种恶俗的套路：凡是英雄人物，一定要背负血海深仇父母双亡，然后被人追得走投无路狗急跳崖；偏偏每一个山崖下面一定藏着点秘密宝藏，跳下去的人一定能捡到一本破破烂烂的上古秘籍，捡到了一定能练成绝世神功从此称霸武林。所以说行走江湖，没有跳过山崖捡过两本破书简直都不好意思和别人打招呼……”

"好啦，别说啦，"岑旷一脸悻悻之色，"听你这么一总结，还真是那么回事。不过……想想也挺奇怪的，为什么写小说的人都喜欢安排主角父母双亡呢？"

"一方面当然是因为杀父弑母的仇恨更加具有情节上的推动力，能够给主角的奋发向上寻找到心理支持，"叶空山说，"另外一方面当然也是因为父母的存在挺麻烦的。"

"麻烦？"岑旷不太明白。

"读者看着书里的侠客们行走江湖，图的就是那种自由自在的爽快感，"叶空山说，"拖家带口的还怎么闯荡江湖？家里留守着爹娘，隔三岔五就得回家帮忙种种地、养养鸡，没事儿挨两句训，勾搭个漂亮姑娘也得父母验货，还没闯出点名堂来先被要求抱孙子……那种代入感也太糟糕了。所以写小说的人总是宁可把主角的身世大大简化，能杀掉的亲人一律杀光，好让他们无牵无挂地打打杀杀吃喝嫖赌。就数数你最喜欢的那几本破烂地摊流小说吧，《英雄》《星痕》《龙痕》《云之彼岸》，哪一个主角不是没爹没娘的光棍一条？"

"唉，看来写小说的也真不容易，要满足读者各种各样的代入感。"岑旷一脸同情。

"幸好你是个魅，天生无父无母无兄无弟，倒也不必去体会那种纠结了，"叶空山说，"我要是写小说，就用你来做主角，省得费力去安排什么灭门血仇。"

这句话倒提醒了岑旷："说起来，我好像从来没问过你，你的父母呢？"

叶空山没有回答，过了一会儿，床上响起了响亮的鼾声。岑旷叹了口气，离开了房间，顺手替他掩上门。

叶空山是青石城的捕快，只有一名下属，那就是漂亮的女魅岑旷。在叶空山的教导下，原本不通人事的岑旷已经越来越熟悉人族社会的一切，并且在某些时候可以独当一面，替叶空山处理一些衙门事务了。

此刻叶空山正躺在病床上，原因是他又被几个罪犯揍了。身为捕快，叶空山有着非常敏锐的头脑和过人的洞察力，与之不相匹配的是，除了暗器功夫上佳之外，他的武功糟糕至极。十天之前，他巡街时遇到几名小偷正在偷东西，一路追下去，结果把小偷们逼急了，转过身来和他拼命。叶空山以一敌四，被打得头破血流，只能请假躺在床上休息。

其实他虽然不怎么会揍人，挨揍的本事却挺不错，休养了三天已经没有大碍了。但这段时间青石城风平浪静没有什么值得一提的大案，而叶空山又是那种不偷懒会死的货色，于是借口“脑袋被打坏了一直头晕”，在床上赖了足足十天。顶头上司黄炯非常明白此人的恶劣品行，索性睁一只眼闭一只眼不去理会。

但这天清晨，黄炯却推开了叶空山的家门，进门后二话不说，伸手就把叶空山拎了起来。

“轻点！轻点！胳膊要断啦！”叶空山夸张地大呼小叫。

“行啦，再在我面前装，我真的把胳膊给你撅折了！”黄炯没好气地说，“有一个大人物来到了青石，指名要见你，你非去不可。”

叶空山无奈，一边慢吞吞地穿衣服一边问：“什么了不起的大人物非要见我不可？”

“是从天启城来的刑部主事，昔日的神捕叶寒秋，说起来还是你的同宗呢，”黄炯说，“你看看，人家年纪和你差不多大，二十岁就成为九州名捕，现在再升官做主事，你还只能成天在青石城喝酒旷工混日子……”

他还想絮絮叨叨地说下去，却忽然住了口，因为他发现叶空山的脸色变了。从听到叶寒秋的名字开始，叶空山的嬉皮笑脸就不翼而飞了，取而代之的是一种混合着仇恨、厌恶、痛苦、哀伤的复杂表情。

这表情让叶空山的面孔变得扭曲。

岑旷一直在衙门里陪着叶寒秋说话。她对这个人印象很不错。叶寒秋今年三十四岁，比她的上司叶空山大一岁，但看上去却比叶空山年轻许多。此人相貌英俊，仪表堂堂，衣着整洁考究，和总是一头乱发睡眼惺忪的叶空山相比，简直是一个天上一个地下。而且他的性情也相当和蔼可亲，作为刑部主事兼昔日九州传奇名捕——事实上，到现在还有很多人习惯叫他“叶神捕”而不是“叶主事”——和岑旷这样的小角色说话依然彬彬有礼，毫无傲慢之色。

“这么说来，你真的完全不能说谎？”叶寒秋有些好奇。

“是真的，那是凝聚成形时的缺陷，魅的凝聚很难做到完美无缺，”岑旷说，“我也知道，作为一个捕快，不能说谎意味着办案时的诸多不便，不过我会尽力从其他方面去弥补。比如我有一种较为特殊的能力，可以……”

刚说到这儿，她听到背后传来一阵熟悉的脚步声，那是叶空山来了。还没来得及回头，她就惊讶地发现，叶寒秋一直挂在嘴角的温和微笑消失了。他的脸在刹那间像是被坚冰冻结一样，变得冷酷肃杀，充满了冷漠和轻蔑。

她慌忙扭头，发现叶空山的表情也怪异至极。刑部知名神捕和青石城无名捕快面对面地站立着，彼此的眼睛里就像是能飞出利箭来。

“好久不见了，我的弟弟。”叶寒秋冷冷地说。

“你好，哥哥，”叶空山从牙缝里挤出这句话，“真希望我们的‘好久不见’能继续延续下去。”

弟弟？哥哥？岑旷听傻了。虽然这两人都姓叶，虽然他们都是捕快，但如果不是他们亲口承认，岑旷怎么也没办法把这两个人想象成亲兄弟。无论从哪方面看，他们都实在不像是一对兄弟，倒很像是两个生死仇家。

“我真是没想到，这么多年不见，你还是那么没出息，”叶寒秋摇晃着自己的手指头，“不愧是家族的耻辱，一直都是。”

叶空山哈哈一笑：“这样难道不是好处多多吗？至少我身上没有什么东西值得你看上了再抢过去了。哦，我差点忘了，老太太已经不在了，没有她，你想要抢东西可就没那么容易啦。”

这两句对话似乎包含了非常丰富的信息，至少岑旷足足想了一分钟才稍微有点摸到这对兄弟之间复杂的关系。而这两兄弟显然也没有什么闲话可说，针锋相对了几句之后，即刻转入正题。

“你来找我显然不单是为了羞辱我两句，”叶空山说，“还有别的事儿吗？”

“的确有点别的事，”叶寒秋脸上那种深深的厌恶始终没有消退，“本来是不必特地告诉你的，不过我正好来青石城办差，就顺道来说一声好了。”

“什么事？”

“我们的父亲去世了。”叶寒秋说。

作为一个无父无母无兄无弟的魅，岑旷从来没有过真正意义上的亲人，但她的心里早就把叶空山和黄炯当成了亲人，黄炯对她而言其实和父亲无异。如果是黄炯不幸去世，岑旷相信自己一定会伤心难过，而且绝对免不了落泪哭泣。她一直都是一个感情丰富的魅。

但叶空山听到父亲的死讯时却很奇怪。别说掉眼泪了，他的脸上甚至没有表露出一丁点悲伤，与之相反，他显得很平静，平静到近乎冷酷。

“明白了，”叶空山的语调中毫无波澜，“我这就请假回去奔丧。”

“不是奔丧的事儿，”叶寒秋说，“父亲的尸体被我注入了防腐药物，暂时不下葬。”

“为什么？”叶空山眉头一皱。

“父亲的死有疑点。”

叶空山的脸上这才终于有了一点微微诧异的神情：“哦？他是被人谋杀的吗？”

“不，他的死，几乎相当于自杀，”叶寒秋回答，“他无缘无故地突然冲向一辆奔跑的马车，被撞成重伤，最后伤重不治而亡。”

叶空山沉默了一阵子，最后慢慢开口说：“那他或许真的是自杀吧。你来找我，难道是要我去查清他的死因？”

“你知道，我现在已经不是捕快了，”叶寒秋说，“我也没有时间。而你，我的弟弟，我一向都听说你在青石城游手好闲不务正业，想来把你借走衙门也不会有什么意见，所以我顺便把借调文书都带来了。”

叶寒秋的意思很明白，他已经带来了刑部的正式文书，要借调叶空山去天启城专门负责调查此事。叶空山久久没有说话，岑旷的眼珠子转来转去，一会儿看看哥哥，一会儿看看弟弟。她能够感觉到，这两个兄弟之间，以及他们的家庭，存在着某些非常复杂而纠结的关系。

"既然有正式文书，我就算是去天启城公费旅游一趟吧，"叶空山随手挠着下巴，"不过我必须先声明，关于父亲大人是怎么死的，我其实半点兴趣都没有。让我去调查，效果未必会有天启城的普通捕快更好。"

"我当然很明白这一点，"叶寒秋的话语里有着难以形容的轻蔑，"但是这毕竟是我们的家事，我不容外人去插手质疑。你就算再不肖，总也还是父亲的儿子，即便这一生都在顶撞他，现在他死了，你总该尽到一点儿子的责任。"

"那就这么定了吧，"叶空山挥挥手，表示准备结束这场谈话，"不过我会要求多批一份旅费，因为我要带上我的助手。如果你拒绝这个'外人'参与，我就拒绝这个调令，大不了辞职不干。"

"……可以。"叶寒秋犹豫了许久，勉强点点头，取出一份卷宗扔给叶空山。那应该就是两人的父亲的案件卷宗。

叶空山不再多说，示意站在一旁发呆的岑旷随他离去。走出几步后，他像是想起了什么，又停住了脚步。

"你让我去调查，也是因为你知道，你这个不成器的弟弟还是有一些过人之处的，至少比天启城的其他捕快可靠得多，对吗？"叶空山问。

"如果连这一点才能都不具备，你也不配做父亲的儿子。"叶寒秋没有否认，"顺便说，你大可不必把此事看作父亲的案子，当成一个寻常的疑案去解谜就行，这些年来，我好歹也听说过一些你的传闻，听说你最喜欢的就是怪异难解的案件……"

三 

叶空山的父亲叶征鸿的确是在一种很怪异难解的状况下死去的。

据家里的仆人交代，叶征鸿在突然出现并且突然受到致命重伤之前，已经失踪两天了。鉴于这位老人在步入暮年之后一直有点神神道道的，高兴起来就会出门几天、几夜不归，等到仆人们着急到准备报官时，他又会突然出现在自己的卧床上呼呼大睡，所以也没有人为此感到太紧张。

他们的判断似乎是正确的，因为两天之后的下午，一名出门买菜的老仆人果然就在离家不远的一条街上见到了叶征鸿。他连忙走上前，准备招呼着主人赶紧回家休息。

但叶征鸿并没有理睬这位仆人。他的脸上带有一种近乎醉态的表情，双目茫然无神，脸色灰败，嘴角微微抽动着。一向步履矫健从不服老的叶征鸿，此时却如同一个衰迈的老叟，迈着细碎的步子，一点一点在街上挪动着，走在下午灿烂的阳光里，仿佛只是受着本能的指引，才走到了家门附近。

老仆也被叶征鸿的表情吓坏了。他想要搀扶叶征鸿，但他的主人却狠狠地把他推到了一边，以至于他一个踉跄摔倒在地。

“老爷！您怎么了？”忠诚的老仆顾不上呼痛，开口就只是呼唤着叶征鸿，“快回家吧！快回家吧，老爷！”

这一声呼唤把所有人的视线都吸引过来了，也为接下来叶征鸿的死找到了数量充足的目击者。人们看着这个蹒跚而僵硬的老人旁若无人地前行，全然不顾道旁仆人的喊叫，都在猜测着他的身份。

但叶征鸿仍然对这一切没有任何反应，虽然所有人的目光都聚集在了他的身上，他却仍然只是木然前行，好像生命只剩下了行走这件事本身。人们看了几眼，也觉得并没有什么值得看的——也许这就是一个寻常的疯老头，一个随时等待着死神召唤的无足轻重的路人。

人们的视线还没来得及移开，离奇的变故就产生了。此前一直表情漠然、形若僵尸的叶征鸿，突然之间双目圆睁，气喘如牛，喉咙里发出一阵咯咯的怪声，伸出手指直指前方，就好像青天白日见了鬼。

围观者自然顺着他手指的方向看过去，所有人都感到莫名其妙。叶征鸿手指指向的地方，一个手捧花盆的青衣书生正脚步轻快地从街旁走过。这个书生衣着朴素，相貌寻常，脸上透出几分呆气，正是那种到处都能见得到的呆板读书人形象。

这个书生能有什么奇特之处？所有人都糊涂了。但叶征鸿的整张面孔都在巨大的惊吓中变形了，浑身像筛糠一样地抖动着，嘴角甚至无意识地流出了口涎。他的双眼怒睁，似乎是要把眼眶都撑裂，眼白上布满了鲜红的血丝，这一副表情把老仆人吓坏了。

“老爷，您怎么了？”他走上前去，第二次试图搀扶住叶征鸿，“咱们回家去吧，别站在这儿了。”

但叶征鸿第二次推开了老仆。他直直地瞪视着那个已经被吓坏了的书生，目光中仿佛能滴出血来，过了好一会儿，他骤然发出一声凄厉的惨叫，双手拼命抓扯着自己的须发，一缕缕保养良好的银发就这样被硬生生揪了下来。

“他发疯了！”人们喊道，“那个老头发疯了！”

是的，叶征鸿发疯了，但这并不是他疯狂的终点。就在这时候，远处传来一阵马嘶声，一辆马车横冲直撞地高速驶来，车夫拼命勒着拉车黑马的缰绳，嘴里大呼小叫着：“快躲开！马惊了！快躲开！”

人们慌忙闪出一条道来。街中心只剩下了叶征鸿一个人，他仍旧在疯狂地号叫着，声音已经近乎嘶哑，鲜血从被扯伤的头皮上慢慢流下。马车已经靠得很近了，他却视若无睹。

“老头儿，快躲开啊！”“老爷，快躲开啊！”车夫和老仆一齐发出绝望的喊叫。

随着这两声喊叫，叶征鸿终于挪动了步子。但他并没有逃向路边，而是在众目睽睽之下，坚决地、毫不犹豫地一头撞向了飞奔的惊马。一声巨大的碰撞声后，他的身体飞了起来。

四

入夜之后，岑旷在自己的小屋里整理着行李，但其实除了几件换洗衣服，她压根没有什么东西需要整理。虽然已经在人族社会混迹了一年多，

她仍然没有化妆和佩戴首饰的习惯，不过那副天生丽质的容颜走在街上反倒更能吸引目光。魅的凝聚往往会造就特别出色的容貌，或者极端丑陋的畸形，岑旷幸运地赶上了前者。

岑旷把几件衣服叠进包袱里，打好了结，似乎就无事可做了。只是在她的心里，她始终还在想着白天发生的一切。在叶空山身边已经一年多了，她从来没有听到他谈及自己的家人，半个字都没有。直到今天她才知道，原来叶空山有着一个他并不爱的父亲，一个总与他针锋相对的哥哥，好像还有一个总是护着哥哥的母亲。他不提，不谈，却总有面对他们的时候。

他一定有着很悲惨的童年吧？岑旷禁不住这样猜想。在她的面前，叶空山是一个高深莫测的智者，一个懒散却长于破案的捕快，一个牙尖嘴利的浑球，一个似乎懂得所有事情的老师。她简直无法想象，这样一个人会被自己的亲哥哥如此轻蔑侮辱，还能展现出习以为常的神态。这是一个陌生的叶空山，一个她过去无法想象的叶空山。

这原本是和她没有什么关系的事情，但她还是禁不住要去猜想叶空山过去的生活，并且这样的猜想一次次地刺痛了她的心。

“你为什么不问我？”叶空山问。

岑旷侧过头，看了叶空山一眼，没有回答。此时两人各自骑着一匹快马，正行走在宛州通往中州的官道上。从清晨出发之后，到现在已经是中午，几个时辰中，两人几乎没有说一句话。岑旷觉得自己有一肚子的话想要问，却又始终不敢问出口。

“是不是担心你想要问的问题刺激到我，让我伤心？”叶空山又问。

岑旷很想摇摇头，但她天生不能说谎，迟疑了许久，只能开口回答：“是的。”

“放心吧，我没那么脆弱。”叶空山说，“前面有一家酒肆，我们歇歇吃点东西，我把事情都告诉你，不然这一路你非得憋出病来不可。”

岑旷不好意思地笑了笑。两人跳下马，在那间简陋的路边酒肆里要了两碗面，要了一壶酒。岑旷刚吃了小半碗，叶空山已经风卷残云地连面带汤解决干净，然后连喝了三杯酒，脸上现出很满足的表情。

“在我小时候，如果吃东西敢吃得这么快、这么粗鲁，一定会被我家老太太揍的，”叶空山说，“而我哥哥不管吃快还是吃慢，没有人会责备他。”

“我可以想象。”岑旷回想起兄弟俩简短而含义丰富的对话，“你的父母到底是什么样的人？不管怎么说，你哥哥是九州神捕，你也是个很厉害的捕快，那你爹也一定不是寻常人吧？”

“我父亲曾经是个将军，后来因伤退休，在兵部领了个兵部侍郎的闲职，官居三品，”叶空山说，“叶征鸿这个名字你听说过没有？”

“哇，那是你父亲？”岑旷吃惊不小，“当然听说过，现在茶馆里的说书先生还在说着他的故事呢，那可是一代名将啊！”

叶空山“嗤”的一笑：“名将？那倒的确是。可惜对我来说，他不过是个冷漠威严、令人厌恶的老头子罢了。”

于是岑旷第一次听叶空山讲述了他的童年。据他说，他出生之后，父亲常年在外地带兵，征讨各种各样的叛逆和强盗，家中往往只有母亲和两兄弟在。一般而言，两个年纪差不多的小男孩一起成长，发生一些冲撞摩擦总是在所难免，但叶家兄弟的母亲却展现出极度偏袒其中一方的态度。

“凡是我和哥哥发生什么争执，母亲总是问都不问一声就直接斥骂我或者责打我，哪怕此事明明是叶寒秋理亏，”叶空山面无表情地回忆着，“最开始的时候，我还会又哭又闹地抗议，到了后来，我发现这些全都无济于事，我母亲不可能有丝毫改变，也就不再抗争了。我至今还记得五岁那年，我在院子里的一棵树下捡到了一只受伤的小鸟，于是偷偷把它养了起来。两天之后，我的哥哥发现了那只鸟，并且做出了一个不平凡的决定：他要把这只鸟烤来吃掉……”

岑旷的脸色一下子变白了：“他没能得逞，对吧？”

“他比我大一岁，也比我强壮得多，但我用尽全力反抗，不小心把他推倒在地上，额头上磕出了血，”叶空山说，“他的哭声招来了母亲。母亲甚至没有多问一声，就毫不犹豫地把我拖回房里锁了起来，然后急慌慌地去给哥哥包扎。然后，她重重打了我一顿，打得我三天后才能起床，正好赶上我哥哥把那只小鸟的羽毛全都粘在了一个布偶身上，拿到我面前炫耀。”

“太恶毒了……可是你的父亲总有回家的时候吧！”岑旷愤愤不平地说，“为什么不能告诉他呢？”

“因为他对叶寒秋的偏爱比我母亲更甚，”叶空山又叫了一壶酒，“而他是习武之人，送出的耳光比母亲的藤条还要疼一些。所以到了十六岁，我就离家出走了，从此再也没有回去过。”

岑旷说不出话来。她一直在学习着人世间的一切，并且时常羡慕人有着家庭和亲人，但就在她最亲近的人身上，她看到了，并非所有的家庭都代表着温馨、和睦美满。

这倒很像是小说里的桥段，她想，好多英雄人物都在家里受欺负，饱受兄弟或者后娘之类的人的虐待。只可惜过程近似，结果却大不一样，小说里受欺负的人后来往往成长为一代大侠，而叶空山，最终却成了一个混吃等死的小小捕快，反衬着兄长的成就非凡。

“别说这些了，没什么意思。”叶空山打了个响指，“先看看卷宗吧，了解一下我伟大的父亲到底是怎么死的，顺便也可以做出一些你自己的推测。”

岑旷默默地接过卷宗，翻看起来。

对于岑旷而言，这是一次阴郁的旅程，无论是叶空山晦暗的童年，还是他父亲的离奇死亡，都让她感到一种莫名其妙的重压。而或许是出于同样的理由，叶空山这一路上也很少说话，这更让她觉得难受。不过踏入天启城的时候，她的心情终于有所好转了。

“这就是万年帝都吗？”她喃喃地说，“虽然没有南淮城那么漂亮，但是……真的是……有一种气派，说不出来的大气派。”

岑旷并不擅长修辞，但叶空山明白她的意思：“的确如此，天启城一向都有帝王之气。不过对于我们普通人来说，帝王之气没有丝毫用处——或许酒气的吸引力更大一点。”

“我懂你的意思，而且我已经闻到了前面那条巷子里飘出来的酒气，”岑旷板起脸，“但我们说好了的，一进城就直接去你家。”

岑旷是个性情温和的人，很少绷着脸说话，更加不会发脾气，正因为如此，一旦她不高兴了，叶空山总是尽量不去违拗她。因此他只能发出几十声哀叹，带着岑旷回到了位于城东富贵人家聚居地的叶宅。

叶征鸿官居三品，宅院自然富丽堂皇，可惜主人新死，令这座大院显得有些阴气森森。一个管家模样的矮胖中年人迎了出来，老鼠似的细眼上下打量一番叶空山，皮笑肉不笑地浅浅鞠了一躬：“二少爷，您回来了。”

叶空山没有回话，猛然间飞起一脚，正踢在中年人的胸口。中年人被踢得在地上皮球般滚了几滚，满脸痛楚地站起来，却并没有出声斥骂，也没有冲上前厮打。

“还记得当年的仇呢……”中年人苦笑着，拍打着身上的尘土。

“这是我家的仆人叶添，当年不过是个小厮，现在大概已经是管家了，”叶空山一边把行李往他手上堆，一边对岑旷说，“是一个擅长背后打小报告、对任何事都要添油加醋的浑蛋。这几天我们就住在家里，我会好好折腾折腾他的，算是回报他当年的照顾。”

岑旷无话可说，跟随着叶添认清了客房的位置。叶添安置好她后，大声问：“二少爷，您住在哪儿？是住您当年的房间，还是隔壁的客房，或者我就在这间房里多加一个枕头……痛死了！”

叶空山放开自己拧住对方胳膊的手，淡淡地说：“就住我当年的房间吧。难得回来一趟，自然要缅怀一下温馨的旧时光了。你要不要跟过去参观一下？”

岑旷当然要去。只是走出几步之后，她才反应过来叶添所说的“或者我就在这间房里多加一个枕头”到底是什么意思。这个嘴贱的管家！但不知怎么的，她的脸上微微一红，倒并没有太生气。

叶空山的房间整体而言比较干净，说明在他离家之后，至少还是有人定期打扫的，但仔细看看一些细微之处，就会发现这样的打扫并不怎么认真，有些不易察觉的角落早就布满了灰尘。至于叶寒秋的房间，虽然并没有进去，但岑旷光从门口的鲜花就能判断出该房间受到了何种照料，这大概也能说明叶家大少爷和二少爷的地位区别。

叶空山对这一切习以为常。在接下来的午餐中，他甚至表现出了相当不错的胃口，反倒是岑旷小心翼翼地几乎没有动筷。在她所读过的那些小说里，类似叶空山这样对管家飞扬跋扈的货色，总是难逃吃食里被吐唾沫或者加入其他更精彩的作料的命运。所以尽管饥肠辘辘，她也只是吃了两口白米饭——至少看上去很干净——喝了半杯茶。站在一旁随侍的叶添看着她，笑了起来。

"您放心，岑小姐，就算我真的想要报复二少爷，也不会殃及无辜，"他说，"更何况，二少爷这么精明的人，如果我在饭菜里动了手脚，你以为他不会发现？"

"放心吃吧！"叶空山扔下手里那根被啃得干干净净的鸡骨头，"叶添虽然一肚子坏水，但不会在这些小事儿上做文章。他要对付我，也得是找到我工作中的把柄，然后告诉黄炯把我开除出捕快队伍之类的狠手段。"

岑旷尴尬地张张嘴，试图否认，但她天生不能说谎，所以最终什么也没有说出口。她只是伸出筷子，夹了一大块红烧肉，放到了自己碗里。叶家厨师的烹调手艺的确不错，这碗红烧肉烧得色香俱佳，她早就想尝尝其味了。

吃过饭之后，叶空山悠闲地喝完了一壶茶，然后领着岑旷参观了他的家，十六年间从来没有回来过的家。他有着惊人的记忆力，能够记清楚每一处角落里发生过的故事，在某棵树下父亲曾经一耳光把他扇到树干上啃了一嘴树皮，在某个厨房门口他往叶添身上扔过烂泥，在某口井边他做的机关差一点就把叶寒秋送到井水里了……

岑旷默不作声地听着，觉得自己怎样评价那些往事似乎都不合适，唯一的选择就是干听不说话。但叶空山仍然兴致很高，在逛完了叶家宅院之后，又带着岑旷跨出大门，在天启城里参观了一番。

十六年过去，天启城已经变样不少，不过叶空山仍然牢牢地记得那些还没有来得及被时间所改变的大街小巷。当然，天启城很大，半天时间只能管中窥豹，但跟在叶空山屁股后面的岑旷还是大大饱了眼福。

“今天没什么时间了，咱们一路上也累坏了，晚上早点休息吧。”叶空山在回到叶府吃晚饭时对岑旷说，“明天我带你去看看皇宫，虽然不能进去，在外面看看也是挺壮观的。”

“皇宫？我们这样身份的人恐怕压根儿就不能靠近吧？”好学的岑旷早就积累了一肚子的人族社会常识。

“但是他们看不到我们的身份，只会看到我父亲的马车，”叶空山坏笑一声，“那辆马车就是身份的象征。”

“好吧，随你吧。”岑旷无可无不可地说。叶空山看了她一眼：“你怎么了？累了？”

“不是累，能逛逛帝都我也挺开心的，但是……”岑旷吞吞吐吐。

“有话直说吧，我知道你从来不能说谎，老憋着不说话会憋出病来的。”叶空山拍拍她的脑袋。

“我只是想问你，你其实是在故意消磨时间，对吗？”岑旷说，“你一向很懒散，一向不喜欢守规矩，但一旦某个案子交到了你的手上，你就会一边嘴里骂骂咧咧，一边迅速地开动。”

“你还真了解我。”叶空山耸耸肩。

“可是这一次，你真的好像只是过来旅游的，”岑旷说，“半天过去了，你甚至没有召集府里的仆人们问半句话，明天你还想继续闲逛。这是为什么？死去的难道不是你的父亲吗？为什么你好像半点都不在意？”

叶空山放下筷子，脸上浮现出一种近乎落寞的神情：“其实我还是在意的。父亲虽然对我不好，但毕竟也还是他给了我生命，又把我养大的。在死亡面前，过去的一些争执龃龉或许根本就不算什么。我只是在害怕而已。”

害怕？岑旷几乎以为自己的耳朵听错了。她认识叶空山这么久，从来没有见过叶空山害怕任何事物。他在衙门不遵守任何规章，他经常拿自己的上司们开涮，他办起案来不理会任何权贵的利诱恐吓，简而言之，这是个连皇帝老子都敢挂在嘴边破口大骂的角色。而现在，他竟然会说他在害怕，这简直比太阳从西边出来还奇怪。

“你竟然也会有害怕的东西？”岑旷吃惊得有些合不拢嘴，“害怕什么？”

“我害怕真相。”叶空山只说了这五个字，然后用表情和手势向岑旷表明：你别再问了。两人在沉默中吃完了饭，各自回房。

岑旷也确实觉得很累了，赶了好几天路，又陪着叶空山逛荡了一下午，但她的脑子却一直在不停地运转，驱走了全部的睡意。叶空山那句谜语一样的“我害怕真相”，一直压在心头，让她无法停止思考。

什么真相？叶征鸿死亡的真相吗？岑旷想着，无论怎样，不过是一个老人的死，又怎么会让叶空山害怕呢。什么样的真相，能让叶空山这样没心没肺的一流浑球感到害怕，也是她十分好奇的。

最后她终于忍不住了，从床上跳起来，开门出去，决定立刻去找叶空山问个明白。

叶宅很大，而这是她第一次住进来，所以她费了不少时间，才找到了她想要找的房间。但是一推开门，她就发现自己走错了。这不是叶空山的房间，而是叶空山的哥哥叶寒秋的房间。即便只是借助窗口洒进的微光，也能看出这间屋子里的陈设明显比叶空山屋里的要漂亮规整得多，那正是两兄弟家庭地位的体现。

但她顾不上为此感伤一番了。还没来得及退出去，她就听到外面传来一阵脚步声，非常轻微的脚步声，如果不是她听觉特别敏锐，几乎难以捕捉。凭着一个捕快的职业敏感，她意识到来者肯定不怀好意——无论是不是叶府里的人，走路那么蹑手蹑脚，必然心里有鬼。

岑旷迅速做出了决定，拉开衣柜门躲了进去，打算先借助柜门的缝隙观察一下来的是什么人。然而这个人来到距离房门两丈的地方，却停住了脚步。紧接着，岑旷感受到了一阵若有若无的细微震颤，就好像是有一根光滑的蛛丝划过了身体。

精神触须！岑旷大吃一惊，连忙把自己的精神力迅速隐藏起来。门外来的这个人，竟然是一个高明的秘术师，他并不需要进屋，就可以利用精神触须探查房内存在的精神力，从而知道房内有几个人。

幸好岑旷的反应足够快，第一时间隐藏了精神力。对方感觉到一股转瞬即逝的精神力，似乎有点迷惑，但继续探查之下，始终没能再找到，也就当成了自己的错觉。过了一会儿，这些精神触须消失了。那些细微的脚步声再次响起，渐渐远去，速度相当之快。

到了这个时候，岑旷才能长长地出一口气，从藏身之所钻出来。这个人是来干什么的？小偷吗？似乎不像,因为他的精神触须在房里扫过之后，就迅速离开了。如果这是窃贼，房里没人难道不是偷窃的最好时机吗？

他是来找人的！岑旷忽然反应过来。这个人其实是来找叶寒秋的，但他感知到叶寒秋并没有在房里，于是离开了。那么，除了叶寒秋之外，他还会不会去找其他人呢？这个怀有强大的精神力、行动谨慎、速度奇快的怪客……

岑旷忽然产生了一种强烈的不安，她夺门而出，快步跑向叶空山的房间。叶空山告诉过她，两兄弟的房间原本挨在一起，但由于两人争执不断，所以叶空山被移到了另外一间院子里。

刚刚跑进院子，她的眼前就闪过一道诡异的光芒，颜色非紫非蓝，又带有几丝暗红色调。这种不属于自然界的颜色她并不陌生。那是一种秘术所发出的光，一种通过攻击他人的头脑直接置人于死地的邪恶秘术。而光芒传来的方向，正是叶空山的房间。

岑旷的心一下子抽紧了。强烈的恐惧感填充着全身的每一处毛孔，但在这种恐惧感的驱使下，她的精神力也开始熊熊燃烧。她以一个漂亮的移形换位越过身前的道路，直接撞进了叶空山的房间。

房间里已经是一片狼藉。几乎所有的家具陈设和各种物件都已经化为了碎片，叶空山靠在墙角，身上笼罩着那层色调诡异的蓝紫色光芒。

光芒的来源在房间的中央。一个人影正站在那里，紫光就从他的手中放出，激射在叶空山的身上。而叶空山咬紧牙关，满脸痛苦的神色，显然正在全力对抗。

这种紫光是一种直接攻击人的精神的秘术，能够把被攻击者的脑子直接摧毁掉，但其效果的好坏取决于对方的防御能力有多强。这与被攻击者是否经受过秘术训练无关，而主要是依赖于意志力的强弱。

幸运的是，叶空山虽然打架不在行，性情却是无比坚韧。此刻他虽然经受着剧烈的痛苦煎熬，却仍然勉力支撑着，没有被击倒。而且他的手正在缓慢地探入怀中，看来是要摸出他最擅长的暗器进行还击。

岑旷大叫一声，几乎想都没有想，立即向那个人影发起了进攻。之所以称其为“人影”，是因为此人用了某些秘术来掩盖他的身形，旁人看上去只能看到一团模糊的影子，而无法分辨具体的相貌与身材。但岑旷顾不了那么多，一出手就是威力极大的暗月血咒。

她这一辈子其实极少和人动手，加上性情和善，更不必提使用暗月系霸道的诅咒秘术了。但此时此刻，看着叶空山陷入危险，她忘掉了这一切，心里只剩下了愤怒的杀意。

敌人正在全力攻击叶空山，并没有注意到岑旷的出现。岑旷叫出声后，他才反应过来，但躲闪已经太迟了，暗月血咒击中了他。几乎是在同一时刻，叶空山用尽最后的力量扔出了一把飞刀，“嚓”的一声，把敌人的左耳削了下来。

飞刀削掉耳朵不过是皮肉伤，暗月血咒却相当致命，这是一种加快血液流动的诅咒术，能让受术者体内血液流动陡然加快，以至于心脏难以承受负荷。这个面目不清的敌人很快意识到了这一招的厉害，知道自己必须立即离开想办法消解诅咒，于是陡然变招，收回了对叶空山的精神攻击。岑旷感到几道无形而锐利的风刃向着自己袭来，慌忙侧身闪避。借着这一瞬间的空隙，敌人已经消失不见，临走前还捡走了他被割掉的左耳。

岑旷也无暇去追赶，三步并作两步跑到墙角，扶住了叶空山。叶空山的确算得上一条好汉，仅仅是凭借着顽强的意志力，能够和这位秘术师的精神攻击对抗那么久而不被击垮，但尽管如此，他所受到的伤害依然很重，很可能会导致长时间的昏迷，至于会不会对精神造成永久的损伤，还得看他自己的造化。

岑旷手忙脚乱地将明月系的治愈之术施加到叶空山身上。但她很清楚，这样的治疗秘术只对肉体的伤害有用，对精神伤害的作用微乎其微。但不管怎样，明月秘术至少可以帮助叶空山减轻痛苦，让他在昏迷过去之前能多说几个字。

“知道敌人是什么人吗？”岑旷急急忙忙地发问。

叶空山微微摇头，脸上痛苦的表情慢慢消退，那是他即将陷入昏迷的征兆。但在最后一刻，他忽然咬牙切齿地喊出了一个字。

“花！”他喊道。接着他就真的昏睡过去了。

五

虽然是住在自己家里，但叶空山此行毕竟属于公派的任务，在此过程中受的伤也属于工伤。衙门很快派大夫来为叶空山做了检查。岑旷提心吊胆地等在一旁，最后大夫抬起头来，轻轻地叹息一声。

“现在看起来，生命危险倒是没有，”大夫说，“但是他的头脑可能会长期处于一种封闭状态。”

“封闭状态？什么意思？”岑旷急忙问。

“在受到精神攻击的同时，叶捕快一直在全力相抗，”大夫说，“这种抗拒使他的精神自然而然地生出了某种自我保护……打个比方来说，就像是田鼠受到天敌惊吓的时候，一下子钻到地底去。”

“一下子钻到地底……”岑旷有些明白了，“就是说，他的精神世界自我封闭起来了。”

“是的，现在他就好比是一个灵魂和肉体分离的人，只剩下了空空的躯壳，无法对外界做出任何反应，”大夫说，“运气不错的是，他的灵魂并没有消失，只是深藏在了某处，但什么时候能被挖掘出来，那就谁也说不准了。老实说，遭遇到那种程度精神攻击的人，即便是高明的秘术师都很难存活下来，叶捕快实在有些过人之能，但也正因为如此，想要唤醒他也很难。也许他会一辈子都昏迷不醒。”

大夫留下了一张药方，无非是些调理进补的药物，无法对病况有直接的帮助。岑旷把药方交给叶添，回头看着病床上双目紧闭的叶空山，忽然间眼泪就掉了下来。从大夫的话里，她得出了这样的结论：也许她将永远失去叶空山了。

叶空山是什么人？

首先他是一个捕快，相当聪明的捕快，总能从旁人难以注意的蛛丝马迹中找到线索，并且非常擅长揣摩罪犯的心理。所以尽管他有着种种恶行，衙门还是一次次地留下了他。而他虽然动不动就偷懒旷工、酗酒、辱骂上级，也的确不负众望地解决了很多疑难案件。岑旷成为他的下属之后，先后跟着他办理了若干要案，其中的鬼婴案、童谣杀人案和花魁剥脸案尤其让人印象深刻。

其次，他是岑旷的上司和老师。岑旷自从凝聚为人形之后，心里就充满了强烈的了解人族的渴望。但那时候，她的心就像水晶一样透明而纯洁，假如贸然进入到人族中，也许会在一瞬间被嚼得连骨头渣了都不剩。但幸运的是，黄炯把她交给了叶空山，而这个一肚子坏水的捕快几乎是手把手地教会了她各种人世间的险恶，一次次地保护了她。

再次，他是岑旷的朋友和亲人。很长一段时间以来，岑旷已经习惯了跟在叶空山身后巡街，听他以尖酸刻薄的语气教授世事，陪他一起喝酒吃肉。叶空山擅长把所有人气得七窍生烟，但对岑旷，他总是带着几分保护的意味，宽容着她的幼稚和单纯。岑旷忘不了在侦破那起剥皮案的时候，自己曾在寒风中坐了一夜，而正是叶空山把她带回家，替她揉搓双手以防冻伤，还给她煮了一碗面条。那碗面的味道现在都还在舌尖流转，无法忘却。

又次……

岑旷不敢再想下去。她坐在床边，看着叶空山的胸膛因为呼吸而平稳地起伏着，慢慢意识到，自己失去了一个最重要的支柱。在过去的日子里，总是叶空山不断指点着她该这样干、该那样干，而现在，一切都要靠自己了。再也没有什么人能纠正她的错误，带领着她找到正确的方向，从这一刻开始，她要独力扛起这一切，不管是寻找叶空山的父亲死亡的真相，还是找到袭击叶空山的神秘秘术师。

当然，后者其实应该由天启城的捕快来负责，但在叶空山的熏陶之下，岑旷并不信任他们。她相信，即便只是作为一个助手，自己也是叶空山的助手，会比其他的捕快更强。只不过自己不是三头六臂，也没有长两颗脑袋，只能暂时把叶空山的案子交给他们，自己先全力查清叶父的死。

"你等着吧，我一定会把一切事情都解决掉，不管是你父亲的还是你的，"岑旷轻轻抚摸了一下叶空山的面颊，"然后我会想办法把你叫醒。我不能没有你。"

药味很浓，但叶添早已习以为常。由于年轻时常年征战，原本身强力壮的叶家主人叶征鸿到了晚年疾病缠身，几乎每隔几天就需要喝药，这些活原本可以交给下人去干，然而忠诚的管家叶添总是亲手为主人煎药。现在，叶征鸿去世了，他又开始亲手为叶空山煎药。

"我真没想到你会亲自做这种事，"岑旷靠在厨房门边，"你不是很讨厌他吗？"

"我的确讨厌他，但他还是叶家的少爷，我还是叶家的管家，尊卑之分是不能乱的，"叶添头也不抬，"当我讨厌他的时候，我会寻找他的痛脚去告诉老爷和夫人，让他的父母去收拾他，那是我仅能做到的。我只是一个管家，无权对他做什么，同时也有义务为他煎药。"

"你真是一个奇怪的人，"岑旷走到他身边，"那你觉得你有义务为了帮助他复原而回答我的问题吗？"

“你可以尽管提，”叶添说，“无关叶家声誉和隐私的问题，我都可以回答你。”

“关于叶老将军的死，不知道你有什么看法？”岑旷说。她已经细细读过卷宗，了解了现场发生的一切。

“没有任何看法。”叶添依旧没有抬头，忙着灭掉炉火，把药罐子里的汤药倒到碗里。

“你的主人被一个平凡的书生吓得面无人色，然后选择了撞向惊马自杀，你会没有任何看法？”岑旷觉得自己有些咄咄逼人，但她别无选择。叶空山不在，她就必须以叶空山的霸道姿态去办案，甚至说话语气都模仿他，这让她产生一点“叶空山还和我在一起”的自我安慰。

“老爷的任何事情，只要他没有吩咐我去过问，我都不会去过问。”叶添把药碗放到一个托盘上，端着托盘向门外走去，“他从没有向我提过他认识什么年轻的书生，所以我不知道。”

“那他之前的两天到什么地方去了，这你知道吗？”岑旷追在他身后问。

叶添停住了脚步，仿佛是犹豫片刻之后，慢慢地回答说：“最近几年里，老爷的脾气越来越古怪，他经常不打一声招呼，也不留一张便条，就突然离家出走，踪影全无。开始的几次，我们都报了官，但在官差找到他之前，他总会自己回家，并且绝不肯透露半句他到底去了哪儿。到后来我们慢慢也就习惯了。”

“你们没有派人跟踪过他吗？”岑旷心头咯噔一跳，觉得这可能是叶征鸿死因的关键所在。

“不瞒你说，我们尝试过，我亲自找了一个天启城里声誉卓著的游侠，”叶添回过头来，满脸都是苦笑，“可是老爷，他可是当过大将军的人，不比一般人，什么样的阴谋诡计没有见识过？他很快就发现有人追踪，并且在大街上把那个游侠揪了出来，打了个半死。更糟糕的是，回到府里，他当场就决定把我逐出去，要不是碰巧大少爷回家探望他，正好替我求情，你现在已经不可能在叶府见到我了。”

岑旷心里不禁升起了一丝同情。虽然叶添和叶空山是如此不合拍，但此人的忠诚令人不得不感佩。叶征鸿死得那么突然，他的心里一定难过到了极点。

也许哪天我可以找他一起喝酒？看着叶添远去的背影，岑旷冒出了这样一个念头。都说酒后吐真言，如果能撩拨起他对叶征鸿之死的悲伤情绪，说不定就能套出一些话来。不过此事不能操之过急，否则会引起怀疑，最好还是等几天。现在她可以先干点别的。

艾华川最近有点郁闷，或者说，有点倒霉。一件和他几乎没有任何关系的事件，却给他带来了无穷无尽的烦扰。这些天来，他已经数不清自己到底回答过多少遍那个莫名其妙的问题了，所以当这个新捕快上门的时候，他原本做好了打算，要把这些日子积蓄的火气在他身上狠狠地爆发一次——虽然艾华川一向是个知书守礼到近乎懦弱的读书人，但兔子急了还要咬人呢。

但他刚刚酝酿好了情绪，等见到来人之后，一腔怒火就不得不收敛起来。来的竟然是一个女捕快，而且是一个年轻靓丽的女捕快，脸上的笑容足以令人迷醉。艾华川是读书人，读书人都懂得怜香惜玉，面对着这个名叫岑旷的女捕快，他当然不会表现出半点的粗鲁。

“这个问题其实我已经回答了上百遍了，但我还是只能给出同样的答案，”艾华川对岑旷说，“我不认识那位叶侍郎，他更加不可能认识我。事实上，他发疯的那一天，是我们第一次打照面。至于为什么他会那么害怕地盯着我，到最后怕到去自杀，我更是完全不知道。”

艾华川一边说话，岑旷一边盯着他的脸，看得这个老实书生脸上一红，心里微微生出一些绮念。他并不知道，岑旷是在用叶空山教导的方法，观察他的面部表情，以判断他是否说谎。岑旷很希望能捕捉到一丁点说谎的痕迹，但遗憾的是，这个书生看上去比任何人都更加诚实。

“我相信你说的是真的，”岑旷拍拍艾华川的肩膀示意他别太紧张，不过这一拍让他的脸更红了，“不过你还可以仔细想一想。也许你的确和叶侍郎没有任何关系，但会不会是你的父母或是其他亲人认识他，而他看到你吃惊，不过是因为你的长相和你的亲人很相近？”

“这个问题也是其他捕快早就问过的了。”艾华川说，“我家从我曾祖父那一辈开始，就在天启城里开小食店，售卖祖传秘制的烧饼，一直是小本经营，从来不会到哪里去招惹是非。现在那家店还是我哥哥在打理，而我则是四代人里的第一个读书人。你如果不信，可以去查我家的背景，随便怎么查，但你会和其他捕快一样失望的。”

岑旷相信。所以她只能叹一口气，很不甘心地再问一些其他问题，希望能发现一点与众不同之处。这也是叶空山告诉她的，要注意一切别人很可能忽视的小细节。

“能告诉我，出事的那一天，你在那条街上干什么吗？”岑旷问。

这个问题抛出来之后，她惊讶地发现艾华川原本只是微微发红的脸一下子涨得通红，那种扭捏尴尬的神态，完全像是被抓住的偷情男女。不对，也许光说“像”都还不足够，从来没有谈过恋爱的岑旷毫不犹豫地认定，这样的窘态，绝对和男女之事有关。这样的事情，当事人通常不好意思说出口，这种时候就需要做出一些让对方放心的承诺——至于该承诺能否兑现，那就另说了。

“我来到这里，关心的只是叶征鸿的死，其他事情一概和我无关，”岑旷努力让自己看上去和善可亲，“不管发生了什么，你都可以说出来，我一定替你保密。我保证。”

艾华川踌躇了许久，终于低着头，用蚊子叫一般的声音说：“我那天路过那条街，是想要去往邻街刘铁匠的店铺，给刘夫人送点东西。刘铁匠那一天恰好有事出城……”

岑旷明白了。这种红杏出墙的勾当，这样外表知书达理内心却放荡淫逸的书生，小说里实在见得太多，没什么值得惊讶的，所以她尽力把鄙夷留在心里，表面上仍旧若无其事地问：“送什么东西呢？”

“一盆花，”艾华川说，“刘夫人喜欢养花，我恰好养活了一盆品种珍稀的好花，就给她送过去了。”

一盆花？岑旷眉头皱了皱，忽然间浑身一震。她想起来了，在描述叶征鸿死状的卷宗里，的确提到了这个书生手里捧着一盆花。而在叶空山受到精神攻击失去知觉之前，最后只留给了岑旷一个字。

那个字就是：花！

花！这就是叶空山最后想要告诉岑旷的：让他父亲瞬间发狂失去理智的并不是这个书生，而是他手里捧着的那盆花！正是那盆花强烈地刺激了叶征鸿，才导致了接下来的惨剧。

“什么花！现在在哪里？”岑旷一把揪住了艾华川的衣领。

“您先放开我，我才好带您去看啊！”艾华川觉得自己快要喘不过气来了，同时也更加深了他对女人的认识：这真是一种比六月的天气变脸还快的动物，看起来这么温柔可爱的女捕快，下手也能那么狠。

岑旷很快在艾华川家的后院里见到了同样类型的花。这种花颜色素白，花瓣上有淡淡的紫色斑点，加上茎叶挺拔，看起来淡雅而不失大气，岑旷虽然不怎么懂得鉴赏花朵，也觉得此花清丽脱俗，让人看了心生愉悦。

“这种花除了我家的后院，在东陆任何地方都是见不到的，因为水土不服，种了也会很快死去，”艾华川不会放过在漂亮姑娘面前卖弄的机会，“我也是托人带来的花种，从古书里好容易才找到的方法，先后养死了十多盆，最后才终于找到合适的栽培方式。尽管这样，这些花的生命依然很短暂，你看现在开得很灿烂，再过半个月，就会枯萎死亡。”

“这又是何苦？让它们好好待在原来的生长地不好吗？”岑旷觉得有些不忍心。

“花嘛，原本就是拿给人来观赏的，只要有一瞬间的灿烂不就足够了？”艾华川不以为然，“至少刘夫人非常喜欢这种花，她看到我拿过去的那盆花时的表情，简直美极了。”

岑旷摇摇头，不准备继续这个话题。她接着问：“那么，这种花的原产地到底在哪里？”

“在西陆，雷州的山区里，西南部山区，”艾华川说，“在某些西南的深山里，这种花开得满山遍野都是，可惜一带出山区就种不活。”

“它有名字吗？”

“学名我还真不知道，雷州山区里的山民叫它‘紫玉箫’。”艾华川回答。

岑旷有些意外：“这个名字听起来很文雅啊，不像是山民起的。”

“他们说，那是以前途经雷州的有学问的旅行家所起的，因为花白如玉，上面又有紫色斑点，并且当深夜的山风吹过长满这种花的山谷时，会响起一种很奇特的类似箫声的声音，这种声音大概来源于它的叶子。”艾华川一边说，一边从地上捡起一片长而细的绿叶，交给岑旷，向她做了一个把东西放在唇边的手势。

岑旷会意，把这片树叶放在唇边，运气一吹，果然发出了一阵呜咽般的声响。

“还真像是箫声，可惜听起来……有点凄凉。”岑旷说。

六

紫玉箫，一种产于雷州深山里的美丽的花，在东陆几乎见不到。外表朴实内心风流的书生艾华川想方设法将它培养成功，然后端着一盆花兴冲冲地去送给他的情人刘铁匠夫人。半路上他遇到了叶征鸿，叶征鸿一见到这盆花就发疯了，扑向了狂奔的惊马。

这就是真正的事情经过，这当中的疑问是显而易见的：紫玉箫对叶征鸿而言到底意味着什么？难道他也曾经像艾华川那样，捧着紫玉箫去讨好情人？可他又为什么会那么害怕呢？

岑旷知道空想是不能解决问题的，要找到叶征鸿和紫玉箫之间的联系，必须还得去盘问叶征鸿身边的人。现在他的大儿子叶寒秋大概还在宛州公干，二儿子叶空山昏迷不醒，唯一能问的，恐怕还是管家叶添。

“我早说过了，老爷的事情我无权过问，请你别再问我了！”虽然使用了“请”字，叶添的语气仍然充满了不耐烦。

“我只是想问问，你家老爷喜欢花吗？”岑旷明白和叶添打交道很不容易，所以早就准备好了足够多的耐心，“这不算是什么隐私得不得了的问题吧？”

“……老爷并不喜欢那些花花草草的玩意儿，”叶添说，“他是军人出身，不喜欢那种调调。前两年他的脾气越来越古怪，大夫建议他养养花，陶冶一下性情，他养了一段时间后，觉得花草实在太难伺候，把花圃里所有的花都连根拔起扔掉了。从此以后，再也没人敢劝他养花。”

岑旷不甘心，从身上取出一朵艾华川给她的紫玉箫的干花：“你确定你在家里从来没有见到过这种花吗？”

叶添仔细看了一会儿，摇摇头：“确实没有。老爷种花挺没品位的，种的都是那些艳俗的市井之花，没有这么好看的。”

岑旷收回干花，有些失望地转身走开。难道是叶空山判断错了？也许叶征鸿并不是因为看到这盆花才发狂的，而是因为看到了一些其他的被所有人忽略的事物，或者干脆他就是产生了幻觉，比如把正准备去和情人幽会的艾华川看成了一个魔鬼，或者是他几十年戎马生涯中遇到过的可怕的对手……

“你家老爷去过雷州吗？”岑旷忽然醒悟到了其中的关键，“他以前打仗，去过雷州吗？”

“去过，当然去过，”叶添毫不迟疑地回答说，“老爷三十五岁的时候，被皇帝派到雷州剿匪，经过大小七次战役，全歼了当地势力庞大的匪患。那是他一生中最光荣的战绩。”

岑旷悄悄地在心里叫了声好。这下不会有错了，叶征鸿一定是在雷州打仗的时候见识过这种奇妙的花朵，并且在战争中遇到了某些事件，和紫玉箫息息相关。而要打听出叶征鸿当年在雷州的经历，眼前的这个管家，恐怕就派不上用场了。

果然叶添说：“抱歉，我是在老爷定居天启之后，大少爷已经出生了才进入叶家的，之前的那些事迹，老爷很少提起，我没法说得更详细了。”

“没关系，你已经帮了大忙了。”岑旷说。从他的这句“老爷很少提起”，可想而知叶征鸿一定是担心把某些事情说漏了嘴，这才不去提及的。叶征鸿在雷州的经历，必然有些问题。

“那你认识什么人曾经跟着你家老爷去过雷州的吗？”她想了想，又问道，“请相信我，这件事和他所发生的事故密切相关，甚至也和叶空山的受袭相关，我必须要弄清楚。”

叶添踌躇了一阵子，告诉了岑旷一个地址：“他叫钱江，曾经是老爷的下属。不过这个人脾气很怪，你和他打交道要小心些。”

没关系，岑旷想，我和任何脾气不怪的人打过交道吗？

岑旷按照叶添给的地址找到了天启城城南的一处贫民居住区，然后又从这片居住区直接去往了衙门。这位钱江脾气怪不怪她还不得而知，但可以肯定，此人脾气很坏——他刚刚把一位邻居的肋骨打断了两根，所以被关进去了。

岑旷凭借着叶寒秋给他们的借调公文进入了牢房，见到了钱江。此人已经年过五旬，却仍然是一条剽悍的大汉，满面胡须，相貌生猛。当岑旷来到关押他的监牢门口时，他正四肢摊开地躺在草垫子上，一个人占了三个人的空间，而牢里的其他人则在角落里挤作一团，半点也不敢靠近他。从他们青肿的眼珠子，岑旷可以大致猜测到发生了什么。

她隔着栅栏叫了钱江几声，后者却始终装聋作哑不予理会，过了好一会儿，他突然站起身来，一下子冲到门边，吓了岑旷一大跳。

“老子不管你是谁，想要问我话，就带酒来！”钱江吼道。

岑旷没有说话，默默地退了出去。大概半个时辰后，她回到了牢里，果然带来了一壶好酒，还有一包酱牛肉。钱江看都不看那包牛肉，抓过酒壶，仰起脖子一饮而尽，简直就像是在喝白水。随后他把酒壶往地上一摔，抹了抹嘴：“不够！下次直接带一坛来！”

他正准备转身回去接着躺下，却发现自己的身子不知怎么变得僵硬，似乎每一处关节和每一块肌肉都被冰冻住了一样，几乎完全不能动弹。与此同时，他感到一种难以言说的痛楚开始在身上延伸，就好像有千万根钢针在刺着他的内脏，让他忍不住呻吟起来。

“我相信一句话，叫作‘先礼后兵’，”岑旷低声说，“‘礼’我已经表达过了，别逼我用‘兵’来对付你。”

说完这句话，钱江浑身一松，僵硬和痛楚都消失了。他知道自己遇上了一个厉害角色，只能闷闷地说：“我服了，你问吧。”

岑旷轻轻一笑。这是她生平第二次用秘术去折磨别人——第一次是对叶空山——如果换作其他情况，她绝不可能做出这样的事情，但是昏迷不醒的叶空山让她别无选择。

“其实我身上还多带了一壶酒，”她笑眯眯地说，“不过这次你最好喝得慢点，因为我变不出第三壶了。”

她把酒壶和牛肉一起递了过去。

“没错，我曾经是一员偏将，跟随着叶将军去雷州征讨，那已经是三十六年前了，那阵子，叶将军刚刚三十五岁，我还是个二十岁的毛头小伙子，”钱江虽然暴躁、嗜酒，但看来记性不错，“当时雷州出现了几股很大的匪患，兵力有数万之众，以西南山区为主要据点，而雷州的驻军一向薄弱，根本无力清剿。到了那一年，皇帝终于觉得忍无可忍了，于是派叶将军带领八万大军，跨海到雷州去剿匪。”

钱江向岑旷讲述了当年的剿匪历程。他自称十五岁入伍，曾经也参与过几次越州和澜州的剿匪行动，在他的眼里，土匪大多是一帮乌合之众，虽然个个勇悍，却完全不懂兵法战术，在朝廷正规军的打击下根本不堪一击。所以在西渡雷州之前，他觉得这一趟大概也不会有什么波折，顺顺利利就能拿下来。

但敌人的实力却大大出乎他的意料。土匪们从大军离船时就开始发动了突袭，利用朝廷军队立足未稳、大半人马还在海上的机会，痛击了渡海的先头部队，杀死将近一千人，自己的损失不足百人。这一战有如当头棒喝，警告了朝廷军：这一次，你们遇到的对手绝不一般。

但土匪们的对手同样不一般，他们所要面对的，是叶征鸿叶将军。这位年仅三十五岁却已经功勋卓著的大将有着极为丰富的战场经验，参与过朝廷和鲛人、北陆蛮族、越州南蛮的多次战争。随着近几年大规模战争的逐渐平息，他又担负起了剿匪的重任，同样功勋卓著。土匪们的这次奇袭很成功，却也是他们在整场战争中为数不多的成功。这一战之后，叶征鸿迅速做出调整，把这帮土匪当成最危险的正规军去对待，并且从东陆增调了两百名专业斥候，再也没有给他们太多的机会。

“最大的差距还是在实战经验上，”钱江嘴里嚼着牛肉，含糊不清地说，“那些土匪的确装备精良，并且经过了严格训练，表面看起来似乎和正规的军队没什么区别，但他们再怎么训练，也没法获取真正的战场经验。而我们都是身经百战的，双方一旦经过正面接触，这样的差距就会迅速显现出来。”

“我完全能理解，”岑旷点头附和，“就好比了解一些破案的知识和真正能够办案完全是两回事。以前我看到那些坊间小说里煞有介事地描写捕快或者游侠如何破案，还总觉得很生动；等到自己也办过一些案子之后，才发现无聊文人们其实什么都不懂，就会拍脑袋胡编乱造，骗读者的钱。”

钱江的脸上露出了自豪的表情：“那可不是。那些土匪看起来凶神恶煞的，老子提起刀一气儿砍掉七八个脑袋，他们马上就乱了阵脚了。不是我吹牛，其实我们也遇到过好几场硬仗，但只要我老钱的大刀往前一冲，没有拿不下来的山头！”

岑旷耐心地听着钱江的絮絮叨叨，听他追溯着当年的豪情与荣光。她知道，这种时候不宜打断，越是做出认真倾听的样子，越能博得对方的好感。等到钱江完全把她当成朋友了，再要打听点什么就好办了。

她听着钱江各种带有夸张渲染的回忆，不时应声附和，当钱江谈到剿匪大军如何占据绝对优势，开始进军雷州西南山区土匪的老巢时，她才不经意地问了一句：“听说那里的山区有一种花，叫作紫玉箫的，你听说过吗？”

钱江脸色一变："你问这个干什么？"

"当然是有需要才问的了。"岑旷迟迟疑疑地说。这种时候她真是痛恨自己不能说谎，不然可以轻松地用"我就是随口一问"之类的假话去搪塞。

"我不记得了。"钱江硬邦邦地说。但岑旷能看得出来，他明显有事隐瞒。她知道，这下子必须说实话了，否则的话，没法让钱江继续说下去。

"我这次来，其实主要是为了调查叶将军的死因。"岑旷说。

"什么？他死了？"钱江大为震惊。

岑旷把叶征鸿的死粗略描述了一下，钱江的眼眶里立即涌出了泪水。他猛然间虎吼一声，转身揪起身后的同牢囚犯们一阵拳打脚踢，岑旷不得不再度催动秘术阻止他。钱江瘫软在地上，毫不遮掩地号啕大哭了一阵子，这才渐渐恢复了理智。

"我曾经是一个偏将，后来却没有再参军了，那是因为叶将军退伍了，再也没有其他人能保我，"钱江低声说，"如你所见，我脾气暴躁，贪杯嗜酒，动不动就爱体罚士兵，只有叶将军能一直信任我，用我做先锋，让我发挥我战阵上的才华。离开他之后，我很快就被人抓住一连串的把柄逐出了行伍，慢慢变成现在这副德行。对我而言，我生命中仅有的那几年亮色，都是叶将军给我的。"

"所以你更应该告诉我，紫玉箫和叶将军的死到底有什么关系，"岑旷温言说道，"报答他的最好方法就是别让他死不瞑目。"

"紫玉箫的确是雷州西南山区里特产的一种花，但在那段时期，这种花有着特殊的含义，"钱江抿着嘴唇，神情凝重，"紫玉箫，象征着死亡。"

"象征着死亡？你这话是什么意思？"岑旷眉头一皱。

"那段时间，我们的大军势如破竹，打得土匪溃不成军，但那并不意味着我们没有损失，"钱江说，"在战争的过程中，有不少将领都被暗杀了。"

"暗杀？你是指，潜入到军营里的刺客？"

"是的，刺客，很厉害的刺客，"钱江说，"前后一共有十七名将领被杀害，而每一起凶案的现场，都扔着一朵干花，那就是紫玉箫。”

岑旷大吃一惊。怪不得叶征鸿看到那盆紫玉箫的时候那么惊恐，她想，原来这种花，曾经在某一个历史时期象征着暗杀与死亡。这种只生长于特定区域的花儿，大概就是土匪们的自况吧。

“那些刺客，最后有没有抓到呢？”岑旷又问。

“说来惭愧，别提抓到他们了，我们甚至连他们的影子都没见到过，”钱江说，“只是在某天晨练的时候，我们发现某位将领没有出现，他已经死在了自己的床上，有时候是被刺穿心脏，有时候是被砍掉脑袋，有时候是中毒七窍流血。”

“那叶将军被刺杀过吗？”岑旷又问。

“没有，对他的保护一向非常严密，不可能有刺客能找到机会。”钱江很肯定地说。

岑旷沉默了。她隐隐地对此事有了一些初步的判断。第一种可能是，其实根本没有任何特异的事情发生，叶征鸿就是无意间看到了紫玉箫，激起了当年的恐怖记忆，因而失去了理智。这当然是最简单明了的解释，也可以轻松结案，但如果仔细想想，就会发现这种推论讲不通。叶征鸿当年并没有被刺杀，甚至没有见到过刺客，那些紫玉箫干花象征的不过是十七名被杀害的他的下属而已。作为一个沙场浴血的老将，他没有必要为了这点事情而大惊小怪甚至自杀。

更何况，还有最重要的一点：叶征鸿是自杀的，但叶空山确实遇袭了，她不相信这二者毫无关联。

所以她猜想了第二种可能性。也许是当年的土匪并没有被清剿干净，三十六年之后，又有刺客追踪来到中州，只为了报复当年消灭了他们的仇人。而叶征鸿或许已经提前听到了风声，所以才一直那么草木皆兵，他经常性失踪或许也是为了去暗访此事。而与艾华川的那一次不幸的擦身而过，就好像是压垮骆驼背的最后一根稻草，终于让他不堪重负。

但这种推断仍然有不合理的地方。叶征鸿是国之功臣，假如真的有当年的残匪去侵扰他，他完全可以要求兵部派人保护，何须自己那么费劲？

更何况，这仍然无法解释当时那种可怕的表情。叶征鸿不会是一个那么怕死的人，即便是面临刺客的威胁，会做出那样的表情吗？

“看上去就像是……天要塌下来了一样，”卷宗里记录了一位现场目击者的原话，“怎么说呢，与其说那是害怕或者恐惧，倒不如说是一种绝望，一种一切都会烟消云散般的绝望。”

七

“从今天开始，你可以跟着这位叶空山叶捕快好好学习。”一年半前的某一天，岑旷被黄炯带到了叶空山的家里。

“你好。”岑旷怯生生地打着招呼。

眼前这个相貌平凡、一头乱发的男人放下手里的烧鸡，饶有兴趣地打量着她，那目光凌厉如刀，让她有些不寒而栗。

“你说要指派一个魅给我做助手，我原本以为是男人呢，没想到你带来一个妞，还是这么漂亮的一个妞。”叶空山缓缓地摇摇头，“我没有义务去给你做保姆照顾一个娇气的小妞。”

“岑旷可一点也不娇气！”黄炯连忙说，一边说一边狠狠地向叶空山使眼色，“而且她很聪明，很有学习的欲望。她现在已经读完了……”

“那她可以去继续读书应试嘛，要是能成为本朝第一位女状元，也算是一段佳话。”叶空山完全无视黄炯的挤眉弄眼，“如果读几本书就能当一个好捕快，现在恐怕满大街都是神捕了。所以，算了吧，把她领走，别来烦我。我的鸡再不吃就凉了。”

“你这个混账东西……”黄炯气得吹胡子瞪眼，却也拿叶空山这头犟驴毫无办法。正在这时候，岑旷却插嘴了：“你只是见了我一面，甚至没有回应我的问好，为什么就觉得我不能胜任一个好捕快？”

“小姐，你这样漂亮的脸蛋，去当捕快未免也太惹眼了吧？”叶空山说，“当捕快是苦差事，风里来、雨里去，有时还得打架，以你这样的身

材、这样的脸，不如去当个舞姬什么的……”

他的话还没说完，突然感到有一种无形的力量在挤压自己的嘴，让他完全无法再继续说下去。另一股力道则从脚底生起，带动着他的身体往上升，慢慢悬浮在了半空中。叶空山口不能言，也不能操纵自己的身体落下去，只能在空中挥舞着四肢，活像一个巨大的提线木偶。

“你看，如果要打架的话，我不会害怕任何人，”岑旷平静地说，“事实上，我刚刚凝聚成人形后不久，还没能找到衣服，就在山里遇到了一个强盗。结果我穿着他的衣服，拎着昏迷的他下了山，正好遇上了黄捕头。”

叶空山被放了下来。他丝毫没有生气，好像也并不觉得被一个女人制服是很丢脸的事情，而是开口就问：“这么说，那个强盗看到了你的裸体？你为什么不杀了他？或者你刚刚凝聚成形，还不知道女人的裸体被男人看到是很羞耻的事情？”

“我确实不大懂这是一种羞耻，”岑旷回答，“但即便当时我知道，我还是不会去杀他。生命是宝贵的，不应该随便夺走他人的生命。”

叶空山轻轻鼓了鼓掌：“你做了一件让我喜欢的事，说了一句让我喜欢的话，我收下你了。”

“让你喜欢的事？”岑旷有些疑惑，“我用秘术对付了你，你觉得很喜欢？”

“在我手下做事，就必须要有蔑视上级的习惯，要经常性地和上级作对，把上级都当成猪脑袋才行，对吧老黄？”叶空山满脸堆欢地拍着老脸已经呈猪肝色的黄炯的肩膀。

现在岑旷看着叶空山昏迷中的面容，不自禁地又想起一年半前的这段往事。其实她跟随叶空山只有一年半的时间而已，却好像已经过了很久很久，以至于身边没有叶空山就觉得很不习惯。她无法容忍总是看着叶空山这样不省人事地躺在病床上，看着他那张能把死人气活的嘴始终牢牢紧闭。

她陷入了困境，弄明白了紫玉箫曾经的意义，并没能帮助她理清案情的线索。她花了好几天的时间，在天启城又拜访了几位当年曾经西征的老兵，他们的说法和钱江所说差不多。总而言之，要从“紫玉箫曾经是刺客的标志”，推导出“叶征鸿受刺激自杀”，总是太过牵强，虽然这样也可以勉强结案，但岑旷知道这一定不是全部的真相。她是叶空山的助手，绝不能丢叶空山的脸。

在叶征鸿和紫玉箫这种花朵之间，一定还有一些隐秘的事情发生，岑旷非常确定这一点，但她却不知道应该去哪里挖掘。在过去，这样的问题只需要问问叶空山，总能得到提示，可现在叶空山不能提供帮助了，她应该怎么办呢？

我离开了你，果然就一事无成吗？岑旷忧郁地想着，没有注意到门开了，叶添捧着放有药碗的托盘走了进来。这些天来，岑旷一直在外奔忙，叶添一个人照料着叶空山。现在是吃药时间了。

“我来吧。”岑旷说。

“你恐怕不行，”叶添说，“这可是技术活，不信你试试。”

于是岑旷试了，并且迅速败下阵来。叶空山在昏迷状态下嘴咬得很紧，光是撬开他的嘴就很不容易了，还要保证药汁顺利入喉，不会溢出，更是难上加难。当她喂出的第三勺药有一半都漏到了叶空山的下巴后，她不得不放弃。叶添一笑，给叶空山擦干净嘴，接过药碗。

“真抱歉，我太笨了。”岑旷低声说。

“你没有做过这些伺候人的活儿，当然一下子就手忙脚乱了，”叶添说，“我可是做惯了。以前二少爷被老爷和夫人揍到不能动弹的时候，都是我伺候他，比那些丫鬟老妈子的手脚都利落。”

“你当年干吗要讨厌叶空山啊？”岑旷忍不住问，“我觉得你是一个很好的人啊。”

“谢谢夸奖，其实我对二少爷并没有什么成见，但是……我所做的一切都是为了让老爷高兴，”叶添叹了口气，“老爷喜欢大少爷，不喜欢二少爷，我也只能随他，经常去抓二少爷的痛脚打小报告。二少爷离家之后，我并非没有内疚过，但老爷就是我的天。”

“你为什么对叶将军那么崇敬呢？”岑旷很好奇。

“因为那时候，是老爷救了我的命。”叶添说，“那一年我的家乡遭遇饥荒，我逃到天启城要饭，因为实在饿急了，偷了一家包子铺的两个包子，险些被活活打死。是路过那里的老爷救了我，带我回家让我吃了饱饭，还花钱给我治伤。等我养好伤后，我请求给老爷做仆人，就这样一直到现在，已经三十多年了。”

“那他的确是个不错的人，”岑旷说，“按照你的说法，那时候叶寒秋已经降生了？”

“是啊，大少爷是早产，剿匪结束之后大概九个月生下来的。后来搬家的时候，大少爷才三个月，一直哭闹，谁都哄不住，我试着去抱一抱，没想到他居然就不哭了，老爷直夸我和大少爷有缘呢。”叶添得意地说。

“搬家？什么搬家？”岑旷敏锐地注意到了这个词。

“哦，就是那一年，大少爷生下来不久，老爷举家搬迁到了城东，”叶添说，“老宅本来在西郊，大概是觉得那边太荒凉了不够繁华，所以搬到了东面。”

“为什么要搬家呢？”

“我也不知道。老爷的决定我从来不去问。”

“那……老宅在什么地方，你还记得吗？”岑旷忙问。

“倒还记得，不过那地方什么都没有了，就剩一座破宅子，三十来年没人住了，没准早就是流浪汉的地盘了。”叶添回答。

“没关系，破宅子也可以去看看的。”岑旷说。这几天和叶添聊天，叶添曾说过，叶征鸿是一个很喜欢清静的人，既然这样，城西的老宅应该正合他意，他为什么要搬到城东人多的地方去呢？更何况，那时候叶寒秋刚刚生下来不久，难道不应该先考虑安定吗？岑旷意识到，老宅里也许可以挖掘出点什么东西。

“叶家？我不知道是哪家，反正要说大宅院，这一片就那么一家，”被问路的老头伸手往前指，“喏，就在前边，左拐就能看见。”

“现在有人住吗？”岑旷又问。

"谁敢住那种地方！"老头夸张地摇着头，"鬼气森森的，好多人都说那是个鬼宅，里面经常能见到红衣女鬼呢。"

岑旷谢过他，拐过那个弯，果然见到了那座宅院。这果然是一座相当破败的大宅子，门口的牌匾早就不翼而飞，连大门都没了，大概是被别人拆走当柴火烧掉了。走进门之后，只见遍地一人高的丛生杂草，到处是鸟粪，墙上灰浆早就剥落，斑斑驳驳的有如一双双怪眼。再往里走，一间间房屋屋顶的瓦片都残损了，木柱子也都腐朽不堪，角落里结满了蜘蛛网，一阵阴风吹过，蛛网飘来荡去，糟朽的木门发出"吱呀"的响声，如同老头儿所说，还真有点鬼气森森的感觉。

岑旷估计了一下，这座宅子比起城东的叶宅只大不小，从内部的布局也能判断出来，当年的修建和内部装饰都很花了些功夫，而此地的外部环境也确实比较幽静。叶征鸿为什么会放弃掉这样一座挺好的宅子，搬到他不喜欢的人多热闹之地去？

她信步在这座废宅里穿行着，内心充满了疑惑。然后慢慢地，她从时间顺序上想到了点什么：叶征鸿是在结束雷州剿匪之后九个月就生下了叶寒秋，又过了三个月，他就匆匆搬离了城西。按照叶添的说法，此后三十几年城东的生活始终波澜不惊，除了家庭内部矛盾之外，没有发生过任何大事。那么，如果有什么离奇的变故，多半也就在那一年里或者之前了，也就是说，从剿匪开始到离开城西，那一两年里发生了什么，是她需要重点调查的。

岑旷一面想着，一面探查着宅院里的房间和剩余的物件。当然了，这里是不会再剩下任何值钱的东西了，就算有，也早就被流浪汉拿光了。各个房间里只剩下一些笨重不易搬动的粗笨家具，全都布满灰尘。岑旷注意到，某些床其实是完好的，但显然已经很久很久没有人睡了，尽管院子里和房间里都有不少杂乱的足迹。可见老头所说的闹鬼云云，没准也是真的，这才把那些流浪汉都吓住了，尽管时不时有人闯进来看看，却没人敢鸠占鹊巢。当然，岑旷并不相信世上真的有什么鬼神作祟，她觉得也许是什么人故意装神弄鬼。可这样做的目的又是什么呢？

她一面认真思考着，一面按照叶空山传授的分心二用的法子，一个房间一个房间地检查，试图找到点什么有价值的残余物，可惜的是，搜完了四分之三个宅院，依旧一无所获。

岑旷微微有些气馁，觉得剩下四分之一的地方恐怕也搜不出什么东西了。而且不知不觉中，她已经在这里待了整整一天，带在身边的干粮和水囊里的水都吃光、喝光了，抬头看看，日头已经西沉，也许应该先回去，明天再来。说真的，岑旷虽然并不是一个胆小的姑娘，但夜幕降临后，这座宅院的阴森气息愈发地弥漫开来，那些风声都像是有亡魂在窃窃私语，的确是相当瘆人，她不想在天黑后还留在这儿。

于是她转身准备离开，但没走出两步，脑海里就浮现出叶空山的面孔。如果叶空山在这里，他会怎么做？首先他会极尽尖酸刻薄之能事，把世上一切的神圣仙佛妖魔鬼怪嘲讽个遍；然后他会点亮火把，告诉岑旷，人在夜间的干劲更高，我们应该继续搜查下去。

岑旷倒并不相信什么“人在夜里更有干劲”之类的鬼话，但她想到了一点，那就是时间已经过去了不少了。天启城的废物捕快们依然在徒劳无功地搜索着那天夜里的凶手，叶空山仍然躺在病床上知觉全无。她觉得，自己不能再浪费时间了，对于一个秘术精湛的魅来说，在黑夜里搜查这种事压根儿算不得什么，唯一需要做的是：克服心中的恐惧。

夜风吹得更加猛烈，那一切古怪的声响都像是群魔夜唱万鬼齐哭，岑旷咬咬牙，重新转过身去，手掌上亮起一团长明火焰，走向了下一个房间。

半个时辰过后，夜色渐深，而她也已经又累又饿又渴，感觉已经到了体力的极限。就这样吧，她想着，叶空山同样说过，拼命也并不意味着就要把自己累死。再检查最后一个房间，然后回去睡觉，明天继续。

她这么想着，伸手推向了下一扇门，但门摇晃了一下，并没有打开。她用火光一照，不由得愣住了——门上了锁。并且，这是一把经常使用的锁，锁上虽然有些陈旧的锈迹，却并没有灰尘蛛网缠绕其上。

岑旷想了想，用秘术打开了门锁，走进房里。再次出乎意料，她发现这个房间也明显干净得多，显然至少最近几个月里有人打扫过。尤其是火光照映下的、放在房间角落的那张床，上面铺着洁净的床单，却并没有枕头和被子。

这就是叶征鸿频繁短期失踪的原因吗？岑旷一下子产生了这种直觉。她认为，那张干净的床属于叶征鸿，而这正是叶征鸿那些莫名失踪的真相：他一次次地离开家回到城西，在这个被他抛弃的陈旧宅院里小住几天。

她仔细分析，觉得这样的猜想并不算突兀。虽然叶征鸿离开了这座老宅，但也许这里有什么他一直留恋的东西，所以才会偶尔回来住上两天，缅怀一下。尽管这张床上并没有枕的和盖的，睡上去一定不会太舒服。

那么，到底叶征鸿在留恋些什么、缅怀些什么呢？

岑旷很仔细地搜索了房间，并没有发现什么东西。她想了想，做出了一个大胆的决定——熄掉火光，在床上躺下，她决定在这里睡上一夜。这个举动很疯狂，但她别无选择，她必须弄清楚叶征鸿的心理活动，弄清楚在这个令人毛骨悚然的鬼宅里独自居住意味着什么。

她这么想着，真的脱掉鞋子，在床上躺了下来。月光偶尔从乌云的缝隙中洒下惨白的光芒，把种种被风吹得张牙舞爪的树影映照到墙壁上，显得鬼影幢幢。岑旷嘴里不断默念着“不怕不怕不怕”，过了一会儿，她只能嘴唇嚅动，却发不出声来了。

见鬼，我的脑子居然把“不怕”这两个字当成了谎言，然后禁止我说谎！岑旷一阵悲从中来。她是真的感到了害怕。在这样一个空旷破败的宅院里，仿佛时间都凝滞在了三十年前，那些墙角的蜘蛛耐心地织起罗网，把时光统统粘在上面，无法流动。夜风拂过，三十年前的幽魂们开始纵情歌舞，比紫玉箫的吟唱更加悲伤。

岑旷觉得自己的身体开始不由自主地发起抖来，之前想的好好地“体会一下叶征鸿的心情”的计划早就不知飞到哪儿去了。她现在只能紧紧闭上眼睛，把脸冲着墙，却总有一种错觉，觉得自己一旦睁开眼睛，就会看到一张惨白腐烂的人脸，或是一只只剩下白骨的手掌，或是一个没有脸的

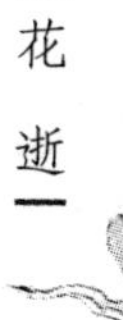

女人头，或者诸如此类的可怕玩意儿。凝聚成人形这一年多来所听过读过的所有恐怖故事都选在这个时候从脑海里一一闪过，带着清晰的图像和逼真的声音，让她感到自己的头发都要竖起来了。

可是越不想睁眼，心里就越有一种按捺不住的冲动想要睁眼，似乎不把眼前的恐怖事物看清就没法安定。熬了一会儿，她还是无奈地睁开了眼，这一睁眼，她呆住了。

就在她面前，鼻子所冲着的那块墙皮，颜色好像和周围的墙皮都不太一样。如果不是躺在这张床上，恰好以这样的角度去看，还真看不出来。岑旷连忙伸手在那块墙皮上按了一下，发现它能够被按得凹下去，像是一个按钮。

她一下子坐了起来，怔怔地盯着这块墙皮，睡意全无，一时间忘记了那些乱七八糟的恐怖联想。她意识到自己找到了门，一扇通往真相的大门，也许能就此解决这个案件。但是，万一，万一这扇门的后面什么都没有该怎么办？她觉得自己已经不能再承受这样的失望打击了。

她犹豫了好久，最后还是缓缓伸出了手，手指微微颤抖地在墙皮上用力按了下去。地下传来一阵机簧运转的吱嘎响声，在她反应过来之前，身下的木床骤然下降，“啪”的一声，岑旷从这座闹鬼的荒宅里消失了。

八

床下藏了一个地道。岑旷摔进了地道，正好躺在了一堆柔软的稻草上。她站起身来，拍拍身上的稻草屑，沿着地道向前走。地道本身并不长，很快就走到了头，一架梯子正靠在那里。岑旷注意到，这个地道也经常有人走动，所以并不是特别脏，梯子上的灰尘更是很薄。

她沿着梯子毫不费力地爬上去，推开梯子尽头的一块木板，来到了地面上。这时候正好乌云散开，月光尽情挥洒在地面上，把一切事物都照得亮堂堂的。岑旷站在如水的月色下，看着眼前的一切，一种难以言说的复杂情感从心底涌起。

她看到了花圃，一片种满了紫玉箫的花圃，看样子足足有好几百朵，是艾华川所种植的许多倍。艾华川说得没错，紫玉箫这种花，即便找到了种植方法，让它在东陆的土地上绽放了，也不会持续太久。现在这些花儿一大半都已经枯萎凋谢，落了一地，叶子也开始枯黄，显出一派凄凉的景象。

但她仍然可以想象当这些紫玉箫全都盛开时的美丽景象。明月之下，夜风拂过，白色的花瓣轻轻摇摆，间杂其中的紫色波浪散发着清新的芬芳，带出若有若无的箫鸣声，那样的场景一定很让人感动。

岑旷俯下身，拾起一朵还算完整的落在地上的紫玉箫花朵，轻嗅着还未完全消失的花香，想象着在雷州的山区里满山遍野都是这种花的情景，几乎忘记了自己来到此处的目的。过了好久，她才定了定神，决定先弄清楚这里到底是哪儿。她发现，此处已经是另外一座院落了，比叶家老宅小得多。那么叶家老宅在什么方位呢？

她打算纵身跳上墙头，向远处眺望，却发现周围的围墙不但高，而且顶端插满了尖锐的玻璃，看来防盗措施做得很严密。不过些许玻璃阻挡不了一个秘术高手，岑旷很快除去了部分玻璃，为自己找到了落脚之地，然后跳上了墙，望向远处。

这一望让她吃惊不小。原来这个花圃是一个小宅院的后院，而这座小院竟然和叶宅之间隔了整整一条街，而且彼此之间还隔了两栋其他的房屋，一栋与叶家老宅背靠背，一栋与这座小院背靠背。也就是说，假如沿着街道行走，这两座房子相隔非常远，但没有人会注意到，假如通过地道连通，它们之间的直线距离其实并不远。

这一定是当年叶征鸿所精心布置的，以方便他通过地道来到这里，岑旷兴奋地一挥拳头。这些年来叶征鸿的古怪举动也有了解释，他其实是回到老宅，然后通过地道进入到这座院子里。所以，只要弄清楚这座种了许多紫玉箫的院子到底有什么古怪，也许就能接近事实真相了。

她打量着花圃周围，发现这个后院被一把人锁牢牢锁住了通往前院的道路，而后院里除了花圃之外，还有一座孤零零的小房子。整个后院就像是完全被封锁起来了，如果不是那些美丽的花朵，简直像是某种软禁，或者直接地说，一个大一些的、能见到阳光的囚牢。

岑旷小心地靠近那间屋子，敲了敲门，没有人应声。她推开门，看见里面摆放着床、桌子、柜子等家具，而这张床上终于有齐全的被褥了。怪不得叶家老宅的那张床上什么都没有呢，岑旷恍然大悟，那张床只是一个纯粹的机关，叶征鸿实际上是在一街之隔的这间小屋里消磨时光的。

她观察着屋子里摆设的事物，虽然都很陈旧了，但仍然可以看出来，这间小屋里曾经住着一个女人，一个细心且井井有条的女人，但不知从什么时候开始，这个女人消失了，再也没有回来过。

岑旷的眼前浮现出如下的画面：地面上的木板移开，一个白发苍苍的老人费力地爬出来，孤独地守在那些漂亮的紫玉箫前，一坐就是一整天，缅怀着那个消失了的女人，直到入夜之后，才到床上去安睡。这间小屋和这些花，还有那个神秘的女人，对他到底有着怎样的意义呢？

她干脆就在那张床上躺下，睡了一觉。天亮之后，她从地道退出到叶宅，再走到街上，绕回到那个隔街小院的门口。她还没来得及靠近，就看见几个顽童跑了过去，向宅院的大门扔出了几块大石头。石头砸在木头门上，发出清脆的响声，紧接着大门“轰”的一声打开了，一个驼背老人从里面吼叫着冲了出来，手里拿着一根足够把狗熊砸死的大木棒。孩子们看到老人出来，并不慌乱，先齐喊了一声“臭驼子”，然后一哄而散。这帮小恶棍显然早就商量好了，分别跑向不同的方向，而那个驼背老人看来腿脚并不是太灵便，根本追不上，只能气哼哼地转回去。

岑旷是一个魅，直接以成年女性的体态凝聚成熟，虽然实际上她的实魅体还不足两岁，却始终以成人的方式生活着，以成人的思维模式思考着，从来没有经历过所谓的童年。此时看着这些活泼的顽童，她不由自主地生出一丝羡慕。回过神时，驼背老人已经回到了院子里，“砰”的一声关上门。

岑旷找到一个路边卖水果的摊贩，买了几个苹果，然后向他打听那个驼背老人。小贩一听她问的是驼背老人，嘴角一撇：“那个老怪物啊？听说他已经在那里住了三十多年了。那座院子就是他的命根子，他成天守在门口，不许任何人进去，谁敢靠近他就要打谁。”

“难道那个院子里藏了什么宝贝吗？”岑旷忍不住问。

“就他那副穷样，能有什么宝贝？”小贩哼了一声，“几十年了，他的生活一成不变，就是天天看着院子，除此之外什么也不做，也从来不和邻居往来，甚至连问好都从来不问，唯一的好处大概就是买东西从来不赊账。对了，他买东西都从来不出门的，都是叫人送过去，每次加一点跑腿费。”

“他到底是什么人，你知道吗？”

“我也只是听说，据说他原来是个当兵的，还曾经到西陆的雷州去打过仗呢，”小贩说，“后来在战场上伤到了脊椎，变成那副驼子的样子，兵也没法当了，回到了天启城。谁也不知道他怎么会弄到那么一笔钱，买下这个院子的。好多人都在说，其实那个院子是晋北的大盗用来藏值钱宝物的，驼子不过是个看门的而已……”

岑旷觉得，自己距离终点又近了一步。这个看门的驼背老头，毫无疑问曾经是叶征鸿的手下，在剿匪战争中受伤，被迫退伍。叶征鸿因此收买了他，让他在这里看着这处庭院，禁止外人进入。想要了解这里隐藏的奥秘，就得从这个老头身上入手。

但是应该怎么和他交流呢？按照刚才那个小贩的说法，该驼子脾气暴躁，动辄打人，不愿意和任何人交往。如果是叶空山在这里，没准还能有点花言巧语去接近他，但自己非但拙于言辞，甚至根本不能说谎话。

她在街边坐下来，盯着那扇神秘的大门，苦苦思索着。最后她突然想到了，在过去的若干年里，驼子一直只守着正门，而不会去在意后院的响动——否则昨天夜里他就能发现自己了，因为他知道，那里面不管有什么事情发生，都是叶征鸿的事，他不必去过问。那么，假如自己从后院的门里面对着他说话，并且恰好发出叶征鸿的声音，是不是能够骗到他呢？要知道驼子现在还忠实地守在这里，说明从不和人打交道的他并不知道叶征鸿的死讯。

岑旷被自己这个大胆的主意惊呆了，但仔细盘算，又觉得还是有成功的可能性。她只是模仿别人的嗓音，这个动作本身不算是说谎话，只要言辞中注意着只发问、不回答提问，也就不会有说谎的机会。至于驼子会不会上当，那就只能走一步看一步了，不试试怎么能知道呢。

当然，这当中还有一个技术性的难题，那就是自己从来没有听到过叶征鸿说话。她必须要回到叶府，侵入叶空山的精神，从他的记忆里找到他父亲的声音。读心术，这就是岑旷所掌握的最与众不同的秘术，也是黄炯如此器重她的根本原因。这是人族几乎不可能掌握的高深秘术，只有魅的强大精神力才能驾驭。

叶空山一生中大概从来没有像这段日子一样安静过。他虽然旷工偷懒的时候也可以整天整天在床上赖着，但那张嘴从来不闲着，可以从黄炯开始数落到皇帝，再挖苦到历史上的名人们。可现在，他的思维已经禁锢起来，不再能指挥他的身体。岑旷只能扮演一个入侵者的角色，去读取他的记忆。

这并不是第一次。在过去，叶空山也曾经为了帮助岑旷了解人族，让她体验过他的精神，但在那种时候，叶空山主动取消了精神上的防御，主动把自己的思想袒露出来，而现在，他能辨认出入侵者是岑旷吗？他会不会发起难以预料的攻击呢？

另一方面，岑旷之所以必须由叶空山来指导，就是因为她虽然擅长读心术，但人族的思维太过诡诈狡猾，总会用虚假的记忆来欺骗她。通常情况下，只有那些濒死的人才会失去这道防线，任由她找到真实的记忆。而现在，她面对的是叶空山，也许是九州最奸诈的家伙，他的记忆一定会被包裹在各种各样的假象和陷阱中，非但能不能看到他的真实记忆实在难料，稍有不慎，就有可能被吞噬，导致自己精神失常。

但岑旷顾不得那么多了，就算再危险十倍，她也必须那么做。她的手掌轻按在叶空山的额头上，开始催动精神力。片刻之后，她进入了叶空山的精神世界。

在她的想象中，此时此刻叶空山的精神世界应该是一片黑暗，但出乎意料的是，她发现眼前充满了光明。她踏足在一片芳草如茵的绿色草地上，细长的草叶如波浪翻滚延伸向远方，在太阳下闪烁着金光。天空湛蓝如洗，点缀着朵朵白云，仿佛纯净得没有一粒尘埃。

这片草地真是宽广，根本就是一望无垠的草原，这是岑旷的第一印象。但仔细观察之后，她觉得这草地很不自然，因为其中没有任何小昆虫和小动物，甚至找不到一朵野花。这无边无际的绿色乍一看很舒服，看久了就会有些别扭。

她随便选了一个方向向前走去，走了大约二十分钟，眼前所见竟然没有丝毫变化，仍旧是看不到边际的绿色草原，仍然是连位置都没有发生变化的太阳和云朵，仿佛这只是一个无尽循环的世界，无论走到哪里，都只能见到一样的景物。

这就是叶空山自我设置的保护层啊，岑旷想，他把自己内心的一切都深深隐藏起来了，让人完全看不到他真正的思想。如果始终这样的话，自己就算是再走上一天两天，也无法从这个迷宫里钻出去，更不用提找到叶空山了。

难道就这样放弃吗？岑旷坐在草地上思考了一会儿，又站了起来。她的手指绘制出秘术印纹，郁非系的秘术从指间流出。郁非，是火焰的象征。

大火熊熊燃烧起来，呈燎原之势，迅速向前扩散，很快点燃了整片草原。岑旷把自己笼罩在防火的秘术罩中，看着冲天的烈焰席卷着那些原本挺拔的绿草。这原本是很消耗精神力的秘术，但在纯精神的世界里，秘术的使用变得轻松容易，几乎感觉不到疲累，这也让她增长了不少信心。

草原上火光冲天，浓黑的烟雾几乎遮蔽了太阳的光辉。但是突然之间，火焰消失了，烟雾消失了，原本烧成灰烬的草，以惊人的速度重新生长起来。岑旷心里一颤，知道这个世界的主人——叶空山，终于出现了。他主宰着这个世界，有着远比自己强大得多的能力来改变它。

前方出现了一个小小的身影，缓缓来到岑旷身前，她惊讶地认出来，这是孩提时代的叶空山！虽然他个子小小，满脸稚气，但脸还能依稀辨别出来，而那挂在嘴角的倔强更是不会让人认错。

这就是叶空山的精神世界吗？岑旷呆呆地想，这个仿佛了解一切、蔑视一切的强势的男人，内心深处其实只是一个小孩子？

“你来这里干什么，岑旷？”叶空山冷冷地问，虽然嗓音稚嫩，但语调仍然是岑旷所熟悉的那种咄咄逼人。

“我来找你，我想要带你回去！”岑旷连忙说。

“这里很好，我不回去。”叶空山依旧冷漠地说。

“可是你必须得回去，我们都需要你。”岑旷说。终于能和叶空山对话了，尽管对方看起来只是一个小孩，她仍然觉得十分激动，有一肚子的话想要说。可是看着叶空山冰一样的眼神，她又觉得自己什么都说不出来。这是一个完全陌生的叶空山，陌生到让她害怕。

“你并不需要我，没有谁需要我。你回去吧。”叶空山摆摆手，转身走开。一阵狂风刮过，草原上的草疯狂地摇摆起来，天空中出现了成片的乌云，太阳的颜色也变成了暗红。这个世界的主人不高兴了。

岑旷心如刀割，却也知道，在叶空山的世界里，连太阳和星辰都归他调度，自己完全对他无能为力，他能够轻松地把自己撕成碎片。现在暂时不要和他说太多，岑旷想，只能先打听出叶父的声音，先解决那件事再说。

“好吧，你别生气，我马上就走，立刻就走！”岑旷大声说，“我只想求你一件小事。”

“什么事？”叶空山并没有停步。

“我想听听你父亲的声音，可以吗？”岑旷问。

叶空山仍然没有停住脚步。但岑旷能感到，风越刮越猛烈，整个天空已经完全被乌云遮蔽，世界变得一片昏暗。她下意识地抬起头来，惊异地发现乌云都在迅速地移动，慢慢排列成一个图形，一个俯瞰着这个世界的巨大无比的图形——一颗人头！

岑旷在衙门的停尸所看到过这颗人头。那是叶空山的父亲，叶征鸿。

遮天蔽日的巨大人头张开嘴，话语如同轰鸣的雷声般响起：“如果你想走，你就走，我不会拦你。”

“既然你已经不把这里当家了，也不必把我再当成你的父亲，我也可以不再见你这个儿子！”

“要滚就滚，谁也不许拦他，把大门打开，让他滚！我叶征鸿不需要这样的儿子！”

“我就当我从来没有过这个儿子！”

每一句话都如同闪电，狠狠劈在岑旷的心上。世界开始旋转、变形，慢慢沉入黑暗。最后一眼，岑旷看见叶空山瘦小的背影渐渐远去，好像一粒微不足道的灰尘。

九

岑旷再次回到叶家老宅，通过地道进入那个隔街的院子。她走向了那道大锁。这把锁比叶征鸿用来锁房门的锁大得多，结构也更加复杂，她费了好大力气，都没法在不损坏锁芯的情况下打开这把锁。这样也好，她想，正好就躲在门后光说话就行了，还省掉了幻影术。

她开始用力砸门。那个名叫曹大海的驼子虽然年纪不小了，耳朵还是挺灵的，不久之后就赶了过来。

“将军，是您吗？”曹大海的声音里充满了惊疑不定，“三十多年来，您从来没有召唤过我，今天为了什么要敲门？”

岑旷不能回答，因为她的回答注定是谎话，不可能说出口，所以最好的选择就是——避而不答。她用变声术模仿着叶征鸿的声音，咳嗽了一声：“我有些话想要问你。我要求你，只能回答我的问题，不许提问。”

“您只管问。您的话对我来说永远都是命令。”曹大海对昔日的将军非常恭敬。

好吧，对方的态度很恭谨，可是我该怎么问呢？岑旷很是犹豫。论到随机应变，她知道自己和叶空山还差得远，所以她事先想了很久，并且准备了一张小纸条。就先照着纸条上的内容来吧。

“这些年来，你没有放过其他人进来吧？”岑旷问。

“我以我的军旅荣誉做保证，绝对没有人能靠近后院，”曹大海说，“这三十年里，我连睡觉都睁着一只眼睛。”

“这里的人去哪儿了，你也不知道吗？”岑旷再问。

“这个院子里到底有什么，我从头到尾都一无所知啊，”曹大海的话语里有些疑惑，“难道不是您当时命令我，只需要看门，什么都不必问吗？”

岑旷没法回答，只能继续提问。从刚才的两句话她已经能判断出，曹大海其实也并不知道这个院子里藏的是什么，她准备好的后续问题一下子都派不上用场了。她很失望，却也很不甘心，打算旁敲侧击地再问一点其他的问题。

“雷州剿匪的最后一年里，你的经历是怎么样的，再讲一遍给我听吧。”她依然用叶征鸿的语调说。这个问题有些突兀，她不知道对方会不会起疑心，但她一时间也想不出更好的问法了。

门后的声音消失了，在很长一段时间里，曹大海一言不发，岑旷有些疑惑，不知道自己是不是说错了什么。然后突然之间，几乎是凭着某种本能的直觉，她预感到了危险的临近，急忙向后退出数步。刚刚退开，身前传来一声轰然巨响，门上出现了一个大洞，从洞里面露出一个金属做成的大家伙。

那是一柄巨大的铜锤，正握在驼子曹大海的手里。此时的曹大海，看上去不再像是一个猥琐的看门人，而像是一个威风凛凛的将军，那个恐怕有上百斤重的大铜锤，在他手里浑似没有重量。一下、两下、三下……木门很快被砸得稀烂，曹大海冲进了后院。

“你是谁？怎么敢冒充将军？”曹大海的语声里充满了愤怒，而他甚至没有留给岑旷回答这个问题的时间，就猛扑了过来，挥舞着铜锤发起进攻。铜锤带起呼呼的风声，攻势好不猛烈，岑旷只能狼狈地躲闪。

看来曹大海当年的确是员骁将，虽然多年不动手，锤法依然娴熟，但他的腿脚明显有些不太灵便，因而限制了他的攻击力。岑旷左躲右闪，一边闪避一边试图和曹大海对话，但不管她怎么致歉，对方根本就不听，看来不把她先砸翻在地誓不罢休。而岑旷知道，这个人也许能提供一些很重要的情况，所以不愿意用秘术去和他对战，更加激发他的敌意。最后她没有办法，只能大喝一声："别打啦！你的叶将军已经死啦！"

曹大海骤然收住招式，惊疑不定地看着她。岑旷顾不上喘气，倒豆子一般说出一连串的话："我来到这里就是因为叶将军死了，我想要调查他的死因，如果你不能帮助我，那他就真的死不瞑目啦！"

她说到"死不瞑目"的时候，尤其加重了语气。曹大海犹豫了许久，终于抛下手里的大锤，和之前的钱江一样，泪水夺眶而出。岑旷忍不住想，看来叶征鸿真是受人爱戴啊。

"你是怎么听出我其实是冒牌货的？"岑旷一边说着，一边为曹大海倒了一杯茶。她知道，这种外表孤僻古怪的老人，其实内心很渴望得到旁人的照拂。果然，曹大海闻到茶叶的清香，脸色缓和多了。

"因为你这一问犯了忌，将军的忌讳，"曹大海说，"当年他亲口命令我，不许再提在雷州的往事，现在怎么可能反而主动问起呢？"

岑旷点点头，心里更加确信了，那段时间一定发生了极不寻常的事件。她向曹大海毫无保留地讲述了叶征鸿的死亡过程，更着重讲述了叶将军的二儿子为了此事被人袭击，至今昏迷不醒，只是略去了该二儿子和将军夫妇之间素来不睦的糟糕关系。既然曹大海已经三十多年没有和叶征鸿说过话，那他一定不会知道叶家的家庭矛盾，正可以用这一点去软化他。至于这样的隐瞒是否道德，反正我们的岑小姐以为：我只是略去不提，没有歪曲没有捏造，自然也算不得说谎。

果然曹大海听完叶空山的遭遇后，悲痛不已："连将军的儿子都不能幸免！这真是个畜生，要是让我遇上了，非赏他一百锤不可！"

你要是听见将军的儿子和将军的争吵，没准会先去赏这个儿子一百锤。岑旷一边想着，一边附和着他说话。最后他一拍大腿："事到如今，我也管不了那些过去的承诺了，反正将军也已经死了。只要能帮助你抓到幕后的凶手，我破誓下地狱都没关系！"

这真是个忠心耿耿的好汉子，岑旷不由得心生感慨。

“先从哪儿说起呢？”曹大海琢磨着，“就从那次出兵的真正目的说起吧。”

“真正目的？”岑旷一愣，“难道不是为了剿匪吗？”

曹大海摇摇头：“你以为皇帝当年钦点叶将军，带领着那八万大军跨海到雷州，真的只是为了‘剿匪’吗？那你就大错特错了。”

雷州位于九州大陆中的西陆，与神秘莫测的云州毗邻，历史上虽然不至于像云州那样难以踏足，也还是一片荒凉之地。不过最近几百年来，随着九州人口的不断膨胀，越来越多的移民迁移到了雷州，朝廷也颁布各种政策法令鼓励人们去雷州开荒，比如著名的前五年免税法案。因此，雷州的人口越来越多，毕钵罗港更是成了九州知名的大型港口城市。

总体而言，雷州的繁华程度仍然不能和东陆相提并论，甚至连南蛮之地越州都不如。正因为如此，在雷州这种地方出现上万人的土匪巢穴才会显得很奇怪——在这样的穷地方，哪儿有那么多值得一抢的钱财呢？

这自然引起了朝廷的关注。在历经几年、派出上百名斥候进行深入调查之后，朝廷发现了惊人的事实。其实这些土匪平时很少打劫，他们的财富来源于山区里的丰富矿藏，而他们的兵力逐年增长十分迅速，而且兵员常年经受严格操练。也就是说，有那么一支武装力量盘踞在雷州，不断通过开矿累积财富、扩展兵力，却又偏偏把自己装扮成土匪——稍微有点常识的人，只怕都会想到，这多半是一支伪装成土匪的叛军，一旦羽翼丰满，就可能对东陆诸国造成严重的威胁。

匪患也许可以置之不理，叛乱可是历代帝王最忌讳的事情。皇帝立即召来了功勋卓著的大将叶征鸿，命令他立即带兵跨海平叛，把叛乱扼杀在摇篮里。

皇帝不愿意叛乱的事情流传太广，所以这次出兵仍然是以“剿匪”之名执行的，并且只让叶征鸿带了八万人马——假如带上二十万人去对付一群区区土匪，听起来未免太夸张了。因此，对于叶征鸿而言，这次带兵肩负的使命极重，难度也很大，但叶征鸿仍然自信满满地接受了皇帝的圣旨。这个秘密，粗枝大叶的钱江是不知道的，但作为叶征鸿最信赖的爱将，曹大海知道真相。

战争初期，朝廷的军队遭到了对方蓄谋已久的几次伏击，造成了一定的损失，但身经百战的叶征鸿很快稳住了阵脚，步步为营地拔除了叛军的几个重要据点。正如之前钱江对岑旷所说的，叛军虽然训练有素，却缺乏实战经验，尤其缺少叶征鸿这样的帅才和钱江、曹大海这样久经沙场的猛将。战事越是深入，这样的差距就表现得越明显。另一方面，叛军也充分利用了雷州复杂的地形和多变的气候，虽然始终处于劣势，却也还保留着一丝希望。

叶征鸿并不着急，继续稳扎稳打，一年之后，叛军被逼上了绝路。他们只剩下了位于雷州西南深山处的最后一处山寨，和不到五千兵马，面对着十倍于自己的朝廷军，实在是没有什么翻盘的可能性。但是这一处山寨却成了天大的难题，它依山而建，地势极为险要，光用“易守难攻”都不足以形容。

“事实上就是，完全没可能攻上去，”曹大海说，“我一看那个地势就能看出来，就算有一百万人，也不行。而他们早就在山寨里囤积了足够用几年的粮草，摆出死守的架势，我们攻打了几次，折损了好几千人，仍然没法打进去。我们又尝试了火攻，也收效甚微，反而因为风向的变化，差点烧到了自己。”

“那后来是怎么把他们解决掉的呢？”岑旷问。她不大懂军事，也想象不出能有什么办法。

“后山有一条秘密的小道，”曹大海说，“极隐秘的小道，那是山寨给自己留的后路，没有外人知道，甚至连士兵们都不知道，只有叛军的几名首脑人物才知道。但就是在那个时候，其中的一名知情者叛变了，投靠了将军，把那条小道告诉了将军。于是将军组织了最精锐的小分队，从后山攻入山寨，前后夹击，终于取得了最后的大捷。当时我就是从后山攻入

的成员之一，也正是在那一战里，我受了重伤，变成了现在这个鬼样子。不过当兵的为国家捐躯是理所应当的，我好歹保住了性命，已经算是运气不错了。嘿嘿，那真是一条惊险的鸟道啊，我到现在都难以忘怀。”

“那后来呢？那个叛变者怎么样了？他是男是女？”岑旷隐隐领悟到了一些什么。

“不知道他是男是女，除了将军之外，没有人见过他。”曹大海说，“总而言之，战争就此结束，叛军的首领有的在最后一场战役中被杀死，有的选择了自杀，没法问到口供，所以我们也无从得知是不是所有人都死了，还有没有逃脱的。至于那个叛变者，将军只是告诉我们，他走了。”

是的，他走了，或者说，她走了，这个叛变者，毫无疑问应该是一个女性。岑旷慢慢理清了整个事件的轮廓。三十多年前，叶征鸿得到了这个叛变者的帮助，但由于无法确定是否所有的叛军首领都被杀死，所以她请求叶征鸿的保护。于是叶征鸿把她带回到了东陆，藏在了天启城的这个房间里，并且指派因伤退伍的曹大海替他守护，这样也算是为曹大海解决了后半生的生活。

可是毫无疑问的，叶征鸿和这个背叛者之间所存在的联系，绝不仅仅是保护与被保护的关系。那个横跨一条街的地道，那些短暂的失踪和痛苦的缅怀，都能说明很多问题。再想一想年龄，当时的叶征鸿只有三十多岁，正是风华正茂的时候。

叶征鸿和背叛者，一定是产生了爱情，岑旷大胆地推断。但是为了防止追杀，他又不能让她公开露面，所以只能把她藏在这里，通过地道来和她幽会。可是为什么一年之后他就搬家了呢？难道那时候那个女人已经死掉了？

“对了，叶将军什么时候成亲的？你知道叶夫人是什么样的人吗？”岑旷马上想到了这个重要问题。

“仗打完了，一回到天启城，马上就成亲了，”曹大海说，“但是他娶的妻子……说实话，所有人都大皱眉头，虽然为此称赞他的也不少。”

“又是大皱眉头又是称赞……为什么呢？”岑旷很感兴趣。

“你想想，将军那时候是剿匪的大功臣，正当盛年，前途不可限量，多少王公贵族抢着要把家里的掌上明珠嫁给他，他却娶了一个普普通通、相貌平凡的乡下农家姑娘。”曹大海说。

“乡下农家姑娘？”

“据他自己说，那是他小时候订下的娃娃亲，他一直忙于打仗，始终没有来得及办事，现在打完这一场仗，正好就喜上加喜把亲事了结了，”曹大海说，“所以啊，虽然人们都觉得那个女子不配他，但也同时觉得他信守承诺，是个诚实君子。”

岑旷默不作声，想起了之前和叶府管家叶添的对话。那时候她纯属无意地提起：“叶家这两兄弟相貌差别还挺大的呢，用你们人族的标准来判断，叶寒秋长得很英俊，叶空山就挺一般了。”

“是啊，这两兄弟的确是不怎么像，”叶添说，“相比之下，二少爷更像夫人一些。”

“那他们和你家老爷的相像程度呢？”岑旷又问。

叶添的眉头紧皱：“说真的，也是二少爷更像，大少爷……不怎么像。”

十

现在，事情渐渐变得清晰起来了，岑旷运用着叶空山教给她的推理方法，努力构建着事实的真相，用叶空山的话来说，那就好比是搭积木。

“任何一块积木，只要形状和尺寸稍微有一点不对，就会让大厦倾覆，”叶空山说，“所以，必须保证每一块积木都是正确无误的，否则的话，最后的事实也必然会出现谬误。”

现在事实的轮廓已经出现了，但还少一些关键的、让大厦立起来的积木。岑旷绞尽脑汁，想呀想呀，总是不得要领。这一天夜里，她实在觉得自己睡不着了，于是从床上起来，准备再去看一看后院的那间小屋。

她已经在这个院子里住了好几天了。由于叶征鸿已死，后院已空，不

再有守望的价值了，所以忠诚的曹大海在时隔三十余年之后，终于可以离开这里。他的亲人早已不在，但还有一些老朋友可以去拜访一下，临行前把院子托付给了岑旷。

岑旷求之不得。她总觉得，那间供那位背叛者居住的房间里会隐藏着一些秘密，但不管怎么寻找，都找不到任何特殊之处。但除了这个房间之外，她又再也无法找到任何和背叛者有关的物件了。

她很焦急，案子悬而未决，叶空山始终昏迷，让她觉得自己实在太没用了。她不止一次地想到，也许我永远都破不了这个案子，也许叶空山永远都不会醒来，这种想法每每让她在深夜里惊醒，发现枕头都被泪水浸透了。

无论怎样，岑旷相信自己有一样东西不会输给叶空山，那就是毅力。就算是掘地三尺,我也要再找到一点新的突破口,她这么想着,向后院走去。

后院的门早就被曹大海打破了，一直没有修补。岑旷走出几步，猛然见到门里有一道影子飞快地晃过。她慌忙闪到一边，屏住呼吸，一点一点蹑手蹑脚地靠近。

是什么人这么晚了跑到这个后院里来呢？岑旷一边猜想着，一边使用了极耗费精神力的消声术来隐藏自己的脚步声，贴在破门边向院子里张望。

月亮露了一下脸，又很快消失，后院里黑暗一片，岑旷只能看见一个模糊的黑影。但尽管只是一瞥，她还是能认出，这正是那天夜里袭击叶空山的凶手！

愤怒瞬间涌上了心头，但她强行克制住了，对方的秘术很高强，动作更是有若妖魅，而自己精神力虽强，却缺乏和人对战的经验，真要动起手来，未必是他的对手。她只能拼命忍耐，同时也更加好奇：这家伙跑到这里来做什么？

她一动也不敢动，缩在破门旁边的院墙后面，一边努力分辨着那黑乎乎一片的视界，一面仔细聆听着后院里的响动。看和听结合在一起，她勉强可以判断出，那个黑影先是进入了小屋，不久之后又走了出来，长久地伫立在那片已经凋零殆尽的紫玉箫花丛前。就算再有风吹过，箫声也终究无法响起了。

但就在这时候，另外的声音响起了，听到这个声音的一刹那，岑旷几乎不敢相信自己的耳朵。

哭声。

那个黑影陡然跪倒在地上，面对散落一地的枯萎花瓣，爆发出凄惨的哭声，那哭声中似乎饱含着人世间所有的悲凉和愤恨、所有的哀伤和痛苦，那哭声在暗夜的空气中如河流般奔涌，将黑夜的色彩染得墨一般浓重沉滞。

我还是头一次听到有人能这样哭，岑旷想，我开始相信传说中哭倒城墙的故事了。

尽管与己无关，尽管对方是自己的仇人，但听着这样令人肝肠寸断的痛哭，岑旷居然觉得自己的眼眶也有些湿润。当那个黑影像纸鸢一样从高高的插满玻璃的围墙上飘出去之后，她的耳畔仍然回荡着那撕碎一切的哭声。在哭声中，她觉得自己已经找到了开启那扇秘密之门的钥匙。

岑旷在天启城待了十来天之后，叶寒秋终于办完了公务，也回来了。他早就搬离将军府，不住在这里了，但是由于和父母的亲密关系，经常也会回家看看。而现在，父亲和母亲都已不在，这个家对他而言，也像是失去了意义。

叶寒秋站在叶空山的床前，良久没有说话。岑旷站在一旁，注意着他的表情："其实你心里，还是不愿意看到你的弟弟变成这样吧？"

叶寒秋迟疑了一下，还是回答说："既然你是一个从来不能说谎的魅，我也不想对你说谎。是的，虽然很多时候我都恨不得把我这个弟弟揍成肉酱，但是现在，我感到了难过。这或许就是亲情，那种天然的纽带怎么也没法切断。"

"谢谢你的诚实。"岑旷低声说。

"怎么样，这些天你找到了什么线索没有？"叶寒秋问。

“线索有一些，但是最关键的链条还没能接上，说出来也没有凭证。也许我需要你的帮助。”岑旷说。

“只要我能帮得上忙的，你只管说。”叶寒秋毫不犹豫地回答。说起来也真奇怪，叶寒秋在岑旷面前说话始终谦和有礼，或者说，他对任何人说话都这样，唯独对自己的亲兄弟叶空山如此冷漠粗鲁。

“我只需要你帮我一个小忙，”岑旷说，“这几天请你夜里别回家，就住在叶府你当年的老房间里。”

“这真是个奇怪的要求。”叶寒秋耸耸肩。

“而且是个危险的要求。”岑旷直视着他的眼睛。

叶寒秋和她对视了一会儿，似乎也明白了她的用意：“那好吧。叶添！替我把房间收拾一下。”

“不用特别收拾，随时随地都是干净的。”叶添笑着说。

于是叶寒秋在他的老房间里住了三天。岑旷则在他的房外收拾出了一块最利于埋伏的地方，白天睡足了觉，晚上就潜伏在院子里监视着，然而两个整夜过去了，什么事情都没有发生，倒是让岑旷生出了一种“我是不是个偷窥爱好者”的错觉。而且，这次的一切推论都是她凭借着自己的头脑独立完成的，她实在没有把握保证其正确性。只有叶空山的推理，才能让她完全信服。

但她还是决定，无论如何不能放弃，此时此刻，她必须相信自己的判断，在没有叶空山帮助的情况下，她必须强迫自己无条件相信自己的判断。同时，她还得强迫自己在一整夜的时间里不能有丝毫分神，她忘不了在青石城童谣谋杀案中，自己不过睡着了短短的几分钟，就酿成了惨剧。而这一次，或许将是她一生中最重要的一次守候，就算非得用锥子锥大腿来保持清醒，她也不得不那样做。

所以在第三天夜里，她照样睁大了已经熬得通红的双眼，死死盯着叶寒秋的房间，恨不能用小木棍支住眼皮，以防自己眨眼，至于那样或许会有睁着眼睛睡着的危险，她就没有想到了。

时间一点一点过去，很快已经到了子时，夜色愈发浓重。正当岑旷开始猜想今夜会不会又白忙活的时候，她终于又感到了那久违的精神触须。这一次，那位神秘来客显得更加谨慎，进入院子之前就已经探出了精神触须，但岑旷早就做好了准备，及时地隐藏起了自己的全部精神力。

终于要到谜底揭晓的时刻了吗？岑旷觉得自己的心脏狂跳不已。她一面努力屏住气，一面目不转睛地看着那个身影走进来。他依然是那样轻飘飘似乎连地面都不会沾的高明身法，浑身上下散发出逼人的杀气，看上去，上次岑旷施加在他身上的暗月诅咒已经被清除干净了。他来到了叶寒秋的房门外，站立了一会儿，大概是通过精神触须确认了里面有人，然后他举起手来，不知道绘制了怎样凶险的秘术印纹，看来是准备破门而入了。

然而有人的动作比他更快，还没等他击碎房门，房门自己突然打开了，一柄寒光凛凛的长剑从里面直刺出来，速度有若惊雷。

这把剑当然是握在叶寒秋的手中。和懒散的叶空山不同，他自幼就苦练武艺，加上天赋出众，一手剑术早就练得出神入化，而且在多年的捕快生涯中积累了丰富的实战经验。这几天夜里，辛苦熬夜的不只是岑旷，叶寒秋也一直紧绷着心弦，长剑就放在枕头边，随时准备应付来犯之敌，避免弟弟的悲剧重演。现在敌人既然上门了，他就绝对不会客气。

但敌人的实力也高得出奇。在叶寒秋剑招的逼迫下，他的步伐丝毫不乱，有条不紊地躲闪着进攻，并且随时准备用秘术反击。当年以紫玉箫为标志的杀手，大概就都得是这样的水准吧，岑旷想着。她毫不怀疑这一点，这个人就是当年雷州叛军的一员，也是紫玉箫杀手中的一员，能在百万军中取上将首级的强大杀手。

这是岑旷有生以来见识过的最高水平的一场决斗，昔日的朝廷神捕和昔日的冷血杀手互不相让，针锋相对，绝不是叶空山那种半吊子功夫可比的。为了全神贯注地对付叶寒秋，这位深夜怪客不得不撤去了身上用以模糊他人视线的秘术，岑旷也第一次看清了对方的形貌。

这是怎么样的一个人啊！岑旷禁不住打了个寒战。他虽然用长袍裹住了身体，但在激烈打斗中仍然能看到胳膊和双腿，完全就是骨瘦如柴，一张脸更是形若骷髅，仿佛只有薄薄一张面皮裹在骷髅头上，加上被叶空山的飞刀割掉的残耳，形容恐怖至极。

一个人怎么会瘦成这个样子？他一定经受过许多折磨吧，岑旷想，不是非人的折磨，不可能把一个人弄成现在这副戳破皮就看见白骨的样子，但是……他竟然还活着，而且还能动手和人打架！那样的生命力，真是比他的长相更为可怖。

院子里战况激烈，一时之间，很难看清两人的胜负，但时间长了之后，天平就开始倾斜了。很显然，叶寒秋年轻力壮，体力更加悠长，而那个骷髅模样的怪客，虽然从死人一样的外表上无法判断年纪，体力却有些不济。双方激战一阵子之后，他已经开始不住地剧烈喘息，动作也渐渐有些凝滞，叶寒秋趁此机会连环三剑强攻，刺伤了他的右肩。

这一剑更加重了怪客的劣势，他的脚下步法越来越显得散漫，身上也增添了好几处伤口。叶寒秋乘胜追击，换了一套招招抢攻的快剑，专门攻向敌人的各处要害，怪客更加难以支撑，突然间脚下一个趔趄，下身露出了破绽。叶寒秋不多想，一剑削向了他的右腿，眼看就要把这条腿生生切断。

岑旷忍不住“啊”的一声叫了出来，但万万没有想到，这一剑砍在右腿上，竟然发出“当”的一声，右腿丝毫未受损伤。那是一条金属假腿！

糟糕了，岑旷心知不妙，这个独腿怪客自知体力不足，竟然是故意露出那个破绽，就是为了引叶寒秋上钩。叶寒秋一剑砍在那条金属假腿上，立即感到全身一震，长剑被假腿牢牢吸住，一阵冰冷的寒流顺着剑身传到了他的体内。

他别无选择，只能撤剑，但失去了兵器之后，他很难赤手空拳地去和一个秘术师比拼。独腿怪客则抓住这个良机，骤然把精神力燃烧到顶点，以一记精确的音爆术击中了叶寒秋的双耳。空气爆裂发出的巨大响声瞬间把叶寒秋震昏倒地。这就是捕快和杀手之间最本质的差别：杀手更加狡猾，更加不择手段。

独腿怪客狞笑一声，右手运起了不知是哪种类型的蓝色光团，准备打在叶寒秋的身上。但就在这一刻，岑旷大喊了一声，让他浑身一震，生生收住了手。

“别杀他！”岑旷喊道，“他是你的儿子！”

他是你的儿子。

这六个字让独腿怪客停住了致命的一击。他扭过头来，骷髅一样的眼眶里，两粒血红色的眼珠死死盯住了岑旷，看得她浑身发毛。但此时此刻，已经没有任何退让的余地了，她深吸一口气，反而向前跨出了几步，将自己也置身于独腿怪客的攻击范围之内。

“我没有骗你，他不是叶征鸿的儿子，而是你的儿子。”岑旷说，“三十五年前，在那个女性背叛者，也就是你的情人，被叶征鸿带回到天启城之前，她就已经怀孕了，怀的是你的孩子，就是你眼前看到的这个人。不信的话，你可以仔细看看他的脸，我相信，你能够从他的脸上看出你年轻时的影子。”

独腿怪客沉默了一小会儿，俯下身来，扳过叶寒秋的脸，手上燃起一团照明的火焰。在火光的照耀下，他那张几乎只剩一层皮的脸显得更加狰狞可怖，令人完全无法把他和英俊挺拔的叶寒秋相提并论。但他的表情渐渐起了变化，一直像僵尸一样不喜不悲的面庞上，交替闪过了喜悦、激动、痛恨、愤怒、哀伤等等复杂的情绪，他血红色的双眼死死地盯着叶寒秋的脸，两滴眼泪落了下来。

“你说得对，”他用一种类似锯木头一样的喑哑嗓音说，“他的确是我的儿子，他的这张脸，正是我和紫瑶的脸合在一起。”

“进屋喝杯茶吧，”岑旷走上前，费力地抱起昏过去的叶寒秋，“你一定有很多话想要说，我也有很多问题想要问。对了，她叫作紫瑶，那么请问你怎么称呼？”

正在走向叶寒秋房间的独腿怪客停住了脚步，他踌躇着，就像是因为自己的名字已经太久没有人唤起，早已经被他遗忘了。但到了最后，他还是轻轻说了两个字：“贺颜。”

十一

“从我发现了叶征鸿一直以来的短暂失踪其实都是去往那个后院之后，我就开始猜测，这件事应该和某个女人有关，”岑旷说，“我并非不相信男人之间也有那种延续几十年的深沉的友谊，但是友谊和爱情，表达的方式是截然不同的。一个需要面对着鲜花去缅怀的人，只可能是情人。”

贺颜手捧热茶，静静地听着，不置可否，岑旷也没有发问，只管自己说下去。她憋得实在是太久了，只想一口气把所有的推测统统说出来：“然后我了解了雷州最后一战的详情，你们是因为遭人背叛而导致山寨失陷的，在那之后，那名背叛者从来没有出现过，甚至大多数人不知道此人的存在。再联想到叶征鸿回到东陆之后的种种古怪举动，我终于明白过来：叶征鸿爱上了那名女性背叛者，并且把她藏在那个后院，然后通过叶宅的地道前去和她幽会。至于为什么要把她藏得如此隐秘，我想应该是为了躲避叛军的残余势力。他们虽然无法再掀起叛乱了，暗杀的实力绝对是有的。当然，她不会在那里住一辈子，叶征鸿一定也在想办法清剿叛军的残部，以便永除后患。

“这也能解释为什么叶征鸿那么着急地结婚。他的情人怀孕了，而叶征鸿并不情愿自己的孩子也那样在一个小院里住那么久，所以他给自己弄了一个明媒正娶的妻子，日后生下孩子来，只需要假托是叶夫人生的就行了。而且他特意挑选了一个乡下姑娘，为的是对方老实听话，不会泄露他的秘密。事实上，回到天启九个月后，他有了第一个孩子，他的情人所生下的孩子，就是叶寒秋。

“但是叶寒秋出生没多久叶征鸿就搬家了，举家搬到了天启城的另一端，我猜想，这说明刺客还是找上门来了。她要么被刺杀了，要么为了避免连累叶家而离开了，总而言之，她消失了。而之后，我相信叶征鸿和他的妻子渐渐有了真的感情，生下了第二个孩子，那就是叶空山。叶空山和叶寒秋，至少母亲是不同的。

“可是他们一定就是同一个父亲吗？我问了很多人，他们都说，叶空山长得很像他的父母，叶寒秋却并不像。这让我又回过头去审视当年的时间表，从叶征鸿回到天启到叶寒秋出生，总共只有八九个月的时间，据说叶寒秋是早产。但如果他不是早产呢？那只能说明一点，在她遇上叶征鸿之前，就已经怀孕了，她不过是一直瞒着叶征鸿罢了。甚至，她之所以愿意跟随叶征鸿回天启，未必是真的爱上了这个人，而只是要借助他的势力去保护她的孩子而已。

“如果我没有猜错的话，孩子的父亲就是你。三十五年前，你们都是叛军的一员，你们是情人。那天夜里，我看到了你在那些枯萎的花瓣前面痛哭。”

岑旷讲述的过程中，贺颜仍旧一言不发，等她讲完后，他放下茶杯，轻轻鼓了鼓掌。

“真是不简单，”他说，“大部分的事实你都猜对了。我只需要补充一点细节就足够了。”

“什么细节？”岑旷问。

“她的确是一个背叛者，但不是开始，而是后来。”贺颜说。

这话有点费解，岑旷苦思了一会儿，忽然间脸色变得苍白：“你是说，最初的时候，她其实是……”

“是的，根本就是假投降，”贺颜说，“山寨被攻破是迟早的事，即便不进攻，围上两年，所有人也饿死了，苟延残喘不能解决任何问题。所以首领们决定，利用紫瑶的美色去接近叶征鸿，争取让她成为叶夫人，以便日后获得在天启城刺杀王公大臣，甚至刺杀皇帝的机会。我们剩余的五千人，都只是她获取信任的筹码。”

岑旷捂着嘴，一时间难以置信。过了好久，她才颤抖着开口：“这是为什么？如果反叛不成，大家散伙不就行了吗？争取逃出去隐居起来不就行了吗？为什么要那么执着？为什么宁肯全军覆没也绝不罢休？为什么？

你们到底是什么人？”

这一连串的问句并没有动摇贺颜的情绪，他微微一笑：“因为我们不是人。”

“不是人？”岑旷一愣，接着猛然站了起来，“你们……你们……”

“我们和你一样，都是魅。”贺颜的每一句话都像雷鸣一样打得岑旷头昏眼花，“那座山寨的地下有一片废墟，在许多许多年前，曾经是一座城市，我们魅族在历史上拥有的唯一一座城市——蛇谷城。”

岑旷颓然坐下，那些陈旧的历史忽然一下子涌上心头。魅族，九州人口最稀少的种族，也是最被提防和仇视的种族，的确曾经历经千辛万苦建立起一座山中城市，与人族为敌。那座城市集中了当时几乎所有的魅族精英，但最后，仍然毁于人族的铁蹄之下。她没有想到，几百年之后，竟然又有一群魅来到这里，仍旧怀着同样的疯狂梦想。当然，他们最后也只能得到同样的悲剧结局。

每次读到这些历史，岑旷都感到莫名的悲哀，不只是为了魅，也不只是为了人族。她不明白，同样是智慧的生灵，为什么会有那么多的仇恨和杀戮，并且一代代地传下去，融入所有人的血液里。她千辛万苦才来到这个世界上，原本非常热爱这个世界，但是那些血淋淋的历史总是让她觉得呼吸困难。

“蛇谷城的路子行不通，你们就隐藏起自己的身份，伪装自己是人族，煽动其他人族和你们一起叛乱……”岑旷长叹一声，“这是何苦？”

“这些事情，永远解释不清，也不必解释，”贺颜淡淡地说，“跟随自己的内心就好了。我不求你的理解。”

岑旷摆了摆手：“好吧，不谈这些。可是，如果紫瑶是怀着那样的阴谋去接近叶征鸿的，后来她并没有要求叶征鸿娶她，反而夸大了残余刺客的实力，自己躲藏了起来，这才是她真正的背叛。这又是为什么呢？”

“我之前也始终没有想通，可是知道了我的孩子的真相之后，我终于明白了，”贺颜的语声低沉，充满了痛苦，“那个孩子改变了一切。当发现自己怀孕之后，她只是想要保护自己的孩子而已。如果她真的去做了刺客，难保不被发现，那时候孩子的命运怎么样就很难料了；而如果只是嫁给叶征鸿而并不动手，则会被自己人惩罚。为了孩子，她决定不去冒任何险，而是想办法永久地消失。”

“这就是一个母亲的抉择，甚至不惜为此背弃过去的信仰，”岑旷点点头，“真的很了不起。对了，我还没有问过你这三十多年的遭遇呢。”

“我嘛，其实是被他们判处了死刑，但运气不错，一直没有死成，前段时间终于被人救了出来。”贺颜的语气恢复了平淡，“三十五年前，我是唯一反对用紫瑶去潜伏的人，因为我爱她，不能容忍她嫁给一个人族，无论真假。于是我被带到山寨的山崖下，用坚硬的锁链捆绑起来，又用尸鹿线穿过肢体，让我不能运用秘术，打算让我在那里活活被蛇虫咬死，或者饿死。”

“但你并没有死。”岑旷说，同时也明白了为什么贺颜会变成现在这副人不像人、鬼不像鬼的模样。

“那是我的运气，有一根尸鹿线穿歪了一点，使我还保留了一点点精神力，”贺颜说，“那点精神力不足以帮助我挣脱锁链，却可以用精神蛊惑术吸引周围的鸟兽来到我身前，然后……”

他做了一个牙齿张合的动作，岑旷会意，他接着说下去：“我就这样苦苦支撑着，只是想要再见紫瑶一面。一直到去年，一个迷路的旅行者意外来到了我身前，我才借助他的工具脱困。我找遍了我们在雷州的秘密据点，终于在其中一处找到了我昔日的同伴们，向他们逼问紫瑶的下落，这才知道了事情经过。”

“那紫瑶到底去了哪里？”岑旷忙问。

“叶征鸿和紫瑶经过了巧妙的布置，故意留下一些线索给追踪的魅，制造了紫瑶重病身亡的假象，然后叶征鸿娶了别人为妻，以求能瞒过他们，但是最后，还是叶征鸿引起了他们的怀疑。”贺颜说，“叶征鸿真正爱上了紫瑶，总是克制不住自己通过地道去探望紫瑶的念头，终于有一天，监视叶征鸿的人发现他凭空消失在自家的房间里，就此发现了地道的秘密。那个时候，我的儿子刚刚出生不久。

“于是紫瑶选择了离开，我猜那是为了避免让对方发现她已经有了一个儿子。她把追踪而来的杀手带到了天启城之外，和他们进行了决斗，那些杀手都死了，而她，从此消失了。”贺颜神色黯然，“我问完这番话后，猜想会不会她又被叶征鸿藏起来了，于是去找了叶征鸿。他年事已高，嘴却挺硬，坚持说不知道紫瑶在哪里，我猜想他大概的确不知道。但我的仇恨之火因此却燃得更旺，所以我不断地恐吓他，从精神上折磨他，并且一直威胁说要杀掉他的两个儿子。等到他突然死去之后，我的恨意仍然没有消减，所以真的对他的儿子下手了，却没有想到……”

贺颜回过头，看着叶寒秋沉睡中的面容，目光中的含义复杂至极，让岑旷看得不自禁地为他心酸。

“你这句话算是解释清了一个疑团，那就是叶征鸿为什么那么害怕，又为什么会自杀。”岑旷思索了一下，终于恍然大悟，“叶征鸿大概是从叶寒秋搬出叶宅后，开始经常回到老宅，借助通道去往后院，因为儿子走了，他失去了精神寄托。他一直把叶寒秋当成自己的亲生儿子，他所害怕的不是自己会怎么样，而是害怕你伤害他的儿子。

“那段时间，因为你的出现，他一直神志恍惚，碰巧那天在路上遇到了那个端着紫玉箫的书生，他乍一看到紫玉箫，以为是当年雷州的刺客们重新出动了，目的就是要杀害他的儿子，于是绝望之下，选择了自杀。他的自杀其实还包含了一重含义，那就是‘一切都冲着我来，让我以死赎罪，放过我的儿子吧’。这句话也许你听了不大乐意，但是，他真的是一个伟大的父亲，虽然细节上很不完美。

“而我也想明白了，叶家复杂的家庭关系究竟是怎么回事。出于对紫瑶的怀念和内疚，叶征鸿对叶寒秋特别偏爱一些，也影响了叶夫人。其实叶空山才是叶夫人亲生的，但叶夫人只是一个普普通通的乡下女子，固有的观念就是为夫者尊。她的心里未必不喜欢叶空山，但既然丈夫特别偏爱叶寒秋，她也只能跟着丈夫了。”

“不只这一点，还有感恩。”贺颜说，“叶征鸿告诉我，叶夫人非常明白，她能够摆脱贫困的生活嫁给一位将军，全都是因为紫瑶，是紫瑶改变了她后半生的生活。她的内心对紫瑶没有一丝一毫的嫉妒，反而充满了感激之情，因为这种感激，她才特别照顾紫瑶的儿子，而对自己的儿子多有亏欠。当她临死之前，她曾对叶征鸿说，自己这辈子最对不起的，就是她的亲生儿子。”

现在，所有的谜团都解开了。整起事件的前因后果都已经理得很清楚，除了一点：紫瑶后来到底去了哪里？她是不是真的死了？

“我想她是死了吧，和那些刺客动手，就算能取胜，也多半会身负重伤。”贺颜说。

“我倒不这么认为。”岑旷慢吞吞地说。

贺颜一怔，血红色的眼睛里忽然有了一丝希望的光芒：“为什么？”

“后院的那些花，那些紫玉箫，”岑旷说，“叶征鸿不是一个会养花的人，而紫玉箫离了原产地几乎没法养活，是谁能把那些花儿照料得那么好？我猜想，虽然为了避免连累叶家父子，她始终不敢露面，但当发现叶征鸿开始回到后院之后，每隔一段时间，也许她也会去到那里，用紫玉箫的花香慰藉叶征鸿的心。”

贺颜握紧了双拳，几乎浑身都在微微颤抖，但最后，他还是冷静了下来。

“见面不如不见，我不会去找她了，”贺颜说，“我的年纪已经足够老了，其实三十多年前就已经该死，不过是靠着一口气撑到了现在。我现在只想要找一个安静的地方，带着内心的安宁平静地死去。”

岑旷不知道该怎么劝他，只好闭嘴不说话。但过了一会儿，她终于想起了最关键的问题：“叶空山受到了你的精神袭击，已经把他的自我意识完全封闭起来了，你有办法把他救醒吗？”她简单描述了一下叶空山的性格以及他的童年遭遇，还有她在叶空山的精神世界里所见到的一切。

“我很抱歉，”贺颜的脸上闪过一丝歉疚，“其实能不能唤醒他，关键在于你。”

“在于我？”岑旷一呆。

“人是不大会选择自我封闭的，除非这个世界上有什么事情让他想要去逃避。”贺颜说，“听了你的描述，我觉得这个人其实是在用外表的坚强来保护他内心的伤感与软弱，而在我的秘术催动下，那种自我保护的意愿被无限放大，以至于他那种潜意识里的逃避占据了上风，压倒了其他的意识。你必须要击败这种逃避的意识，唤醒他求生的本能，以便释放出他真正的主意识。”

“我明白了。”岑旷坚定地点点头。贺颜伸出手来，握住了岑旷的右手，一股强大的精神力从贺颜的手上注入了她的体内。

“我很快就会死去，这些精神力对我而言没有任何意义了，”贺颜说，“它们在你的体内大约能保持一天，用它们激发你全部的力量，去拯救你想要拯救的人吧。”

失去精神力的贺颜不再有飘逸的身法。他像一个垂暮的老者，拖着沉重的步伐向门外走去，岑旷猛醒过来：“等等！你不想等着你的儿子醒来，和你说说话吗？”

“他不需要一个我这样的父亲，一个魅，一个和朝廷作对的杀手。”贺颜摆摆手，“他是一个将军的后代，让他继续生活在幸福和安宁中吧。”

十二

仍然是那一片一望无际的茫茫草原，太阳在天空放射着光辉，绿色的波浪随着微风传向远方。

不过这一次，还没有等到岑旷放火烧这片草原，叶空山就主动现身了。吸取了贺颜的全部精神力之后，现在的岑旷无比强大，足以让这个世界的主人感受到威胁。

“又是你？”孩童模样的叶空山皱起眉头，“岑旷，我不是和你说过了吗，我在这里很好，我不想回去。”

“你必须得回去，很多人需要你，”岑旷说，“我已经解决了你父亲的案子了，所有的谜底都揭开了。”

她把在贺颜的帮助下推理出的全部情况都告诉了叶空山："所以，你的父亲和母亲并没有你想象中那么无情，他们也是迫不得已。何况，你才是他们唯一的亲生骨肉。"

"我不在乎。"叶空山懒懒地挥挥手，"有什么样的父母，他们对我怎么样，他们是怎么死的，对我而言都不重要。那个世界没有谁需要我，我喜欢这里，这里才是我的世界。"

随着他挥手的动作，这个世界开始发生了剧烈的变化，脚下的草原在一瞬间变成了黄沙漫天的大沙漠，天空中的太阳也化为了月亮和星辰。就在岑旷身边，十多头骆驼正慢悠悠地踏着沙地走过，慢慢融入大漠昏黄的夜色。

"看到了吗，在这里我喜欢怎么样就怎么样，我不要回到那个糟糕的世界里去，"叶空山大喊道，"只有这里才属于我！"

一阵狂风卷过，沙漠也消失了，岑旷感到一阵凉意，发现自己正踏在一块浮冰上，身处一片蓝色的汪洋之中。远处传来巨大的声响，一条如山般巨大的豪鱼从水里探头而出，紧接着，整个天地都变得昏暗起来，那是因为整片海域都被笼罩在了阴影之中，一只巨鸟的阴影。大风，这种九州世界里最庞大的鸟类，遮天蔽日地从天空中俯冲而下，伸爪抓走了豪鱼，带起的水花高达百丈，就像一座巨型的瀑布。

刚刚想到瀑布，眼前的景物再度发生了变化，岑旷发现自己正站在一座"瀑布"的边缘，可是找遍整个九州，大概也不会有人能见到这么大的瀑布。它根本就是一座无底深渊，无论向哪个方向都看不到瀑布的边际，无数闪亮的庞大碎片随着水流一起冲进深渊里，很快消失不见，甚至还能见到硕大的怪兽的骨头。而天空早就被染成了怪异的血红色，就好像是有无数的火焰在燃烧。

这是归墟！岑旷瞠目结舌，她在叶空山的精神世界里，看到了传说中世界的尽头——归墟。那些发着光的巨大碎片，都是天空中坠落的星辰啊，而那些比星辰还巨大的兽骨，是龙骨！

这就是叶空山为自己精心构筑的精神世界吗？岑旷呆呆地想。他摒弃了现实中的一切，把自己放入了完完全全的想象世界乃至于神话世界。在这样的世界里，他再也不用绞尽脑汁地去和各种骇人听闻的罪案做斗争，再不用耗费心力去揣摩犯罪者的阴谋诡计，再不用应付衙门里令人窒息的烦冗事务，再不用去为了父母长年来对他的歧视而烦心。他只需要坐在美丽的草原上，享受着阳光的温暖；或者站在世界的尽头，看着日月星辰统统流入无尽的归墟，看着天与地永恒地运转。

贺颜的攻击只不过是一种诱因，岑旷终于明白过来，其实叶空山早就对这个世界感到厌倦了，早就想要有一个梦幻般的新世界去逃避休憩。他不再情愿把他超越常人的智慧应用到那些俗不可耐的事务上，他更愿意运用自己的想象力去构建这样的完美世界，然后藏身其中麻醉自己。

“看明白了吗？你回去吧，别再来烦我了。”叶空山小小的身躯悬浮在归墟的上空，在天与地之间显得那么渺小，却又显得那么醒目。他孤独地守望在世界的尽头，守望在星辰万物的归宿之地，寻找着内心的宁静和谐。

“这个世界就再也没有值得你牵挂的人了吗？”岑旷大喊起来，“半个都没有了吗？我不相信！”

这句话喊出口，岑旷发现整个世界抖动了一下，血红的天幕上出现了一道裂口。她突然意识到，这是叶空山难以集中精神的表现，自己刚才所说的话一定是触动了他的内心。

有希望了！岑旷狠狠地一握拳。

“你在骗自己！这个世界上还有你关怀的东西！”她不顾一切地继续喊道，“所以你在这里不会得到真正的快乐！”

一声轰然巨响，归墟消失了。岑旷发现，身边的景物变成了一片火海，不再有草原、森林、山川、湖泊，有的只是冲天的烈焰，连天空中的星辰都变成了飞速移动的巨大火球。那是叶空山的愤怒在勃发。

“再多说一句，我就把你烧成灰烬！”孩童模样的叶空山落在地上，用稚嫩的声音威胁。

岑旷下意识地运用精神力往自己身上加了一层坚固的防火罩，拥有贺颜的精神力之后，她并不觉得自己会惧怕叶空山。但突然之间，另一个念头出现在了脑海里。

和叶空山在他的精神世界里打得天翻地覆并不是我的目的，她对自己说，为了那个男人重新回来，怎么样的冒险都是值得的。因为他值得。

岑旷深吸了一口气，毅然决然地取消掉防火罩。然后她一步一步地走上前，走到了叶空山的面前，呼吸可闻。她低下头，盯住叶空山的双眼。

“我不相信你会烧死我，”岑旷坚定地说，“你的心里是在乎我的，你绝对不会烧死我！”

“我会的！我不在乎任何人！”叶空山歇斯底里地尖叫着，“我——要——烧——死——你！”

“那你就试试吧，”岑旷说，“如果你是叶空山，你就绝不会伤害我，因为你爱我。”

“我？爱你？”叶空山的眼神里充满了茫然，继而变得犹豫，而紧接着，是更加狂暴的愤怒。

“你胡说八道！”他怒吼着，“我不爱你，我也不爱任何人！我恨这个世界！”

“那你就烧死我吧！”岑旷终于忍不住泪流满面，“如果你不爱我，你就把我连同这个世界一起毁灭吧！”

叶空山咆哮着，火焰高炽，仿佛空气都会被瞬间点燃。岑旷依然倔强地站在他身前，没有丝毫抵御，静静地等待他最后的动作。

烈焰漫卷了整个世界，在这个由叶空山的意识所构筑的世界里，除了火焰之外，已经不再有其他的东西了。那是深藏在叶空山内心中的熊熊烈火，现在，这烈火被完全释放出来了。只需要小指头轻轻动一下，只需要吹一口气，甚至只需要意念一闪，这些火焰就会扑向岑旷，把她在顷刻间烧得灰飞烟灭。那么，在现实中，岑旷将会失去意识，变成一个精神失常的疯子。

但是岑旷没有动。她始终站立在那里，目不转睛地看着叶空山的眼睛。

她相信，叶空山一定能从她清澈的目光中找到人世间的温暖，找到人世间的爱恋，找到生存的意义所在。

“你曾经对我说过，要学会在所有的黑夜里看到星光，看到地平线之下的朝阳，那样我们才能有勇气一路向前走。”岑旷轻声说，“现在，找到你的勇气吧，让我陪着你一起走下去。”

她伸出双臂，把这个孤独的孩子揽入怀中，紧紧地抱住他。她感到火焰的温度达到了极限，剧烈的爆炸声响彻天地，正当她觉得自己再也无法坚持下去的时候，那些灼热的高温骤然间消失了。

消失了，吞噬一切的邪火消失了，天空中出现了太阳，脚下长出了嫩绿的草叶。世界又恢复到了最初的样子，宁静祥和，充满生机。

“这样多好……”岑旷欣慰地笑了。她并没有使用丝毫的力量，却又感觉到浑身的力量仿佛都已经耗尽，双腿一软，坐在了地上。在她的身前，叶空山正在望着她，目光已经不再澄明，不再像孩子般纯净无瑕，而是多了几分狡黠，几分玩世不恭，几分看透一切的淡泊。他的外表也不再是一个孩子了，又回复到了那个不修边幅的落魄捕快的模样，但那目光和那张咧嘴奸笑的脸正是岑旷所无比期盼的，这是真正的叶空山，他已经醒来。如同岑旷所说，他总要醒来去面对这个他不喜欢的世界，至少，那里还有他所爱的人。

“回去吧，”叶空山温柔地说，“回去，我们一起。”

叶空山张开了双臂。岑旷默默地点头，把自己的身体倚靠在叶空山的怀里，蓄积在全身的精神力散发出来。碧绿的草原忽然间更换了颜色，千万朵白色的鲜花破土而出，花瓣上带着星星点点的紫色斑点，清新的香气扑鼻而来。

紫玉箫在怒放。